Waguih Ghali

SNOOKER IN KAIRO

ROMAN

Aus dem Englischen
von Maria Hummitzsch

Mit einer Einführung
von Diana Athill

C.H.BECK

Einführung von Diana Athill

An einem Sommerabend im Jahr 1963 lief ich mit besonderem Vergnügen ins Erdgeschoss, um die Haustür zu öffnen. Die Abendgesellschaft galt eigentlich einem amerikanischen Paar, das gerade in London Halt machte, aber insgeheim freute ich mich auf einen anderen Mann, den ich noch nie gesehen hatte. Er war unerwartet in London aufgetaucht, und als er anrief, dachte ich: «Ein Glück, dass ich eine Party gebe; da kann ich ihn gut einladen, ohne dass unser erstes Treffen einen seltsamen Anstrich bekommt.»

Ich wollte ihn kennenlernen, weil ich sein Buch sehr gut fand. Mir war aufgefallen, dass er darin oft so komisch war, nicht weil er um jeden Preis unterhaltsam sein wollte, sondern weil er selbst von der Komik der beschriebenen Situationen bezaubert war. Einen bestimmten Vorfall, eine Gruppe oder eine Marotte festzuhalten, und zwar richtig festzuhalten – das hatte ihm Spaß gemacht und nicht, «sich künstlerisch Ausdruck zu verschaffen». Bücher, die so geschrieben werden, sind nicht unbedingt große Bücher, aber so wurden die großen Bücher geschrieben, die ich am liebsten lese. Sie sind echt.

Wir hatten uns in Briefen angeregt über sein Schreiben

ausgetauscht, und andere Menschen hatten mir von ihm erzählt. Er war ein Ägypter, dem man den Pass entzogen hatte, weil er Kommunist war, und er hatte jahrelang als Exilant in Deutschland gelebt. Er hasste das Land. Bettelarm schlug er sich als Fabrik- und Hafenarbeiter durch. Seinem Roman war zu entnehmen, wie seine Kindheit und Jugend ausgesehen hatten und dass die Entbehrungen des Exils eine dramatische Wende in seinem Leben bedeuteten. Ein deutscher Bekannter hatte ihm «ein bescheidenes, sanftes und gazellenartiges Wesen» attestiert, was zu der Persönlichkeit passte, die man beim Lesen seiner Schriften vor sich sah. Ich hatte eine Schwäche für unterdrückte Ausländer, und ein unterdrückter Ausländer, der ein gazellenartiges Wesen hatte, seine Misere abtat und die Dinge mit dem Humor und Durchblick betrachtete, wie sie sich in seinem Buch niederschlagen, musste mir einfach sympathisch sein. Er sollte mehr als nur ein interessanter neuer Bekannter sein. Er sollte ein Freund werden.

Ich fühlte mich beschwingt, als ich an jenem Abend ins Bett ging. In den besten Jahren schließt man noch jede Menge Bekanntschaften, bekommt aber nur noch selten die Gelegenheit, einen neuen Menschen so ins eigene Leben einzubinden, wie man das in der Jugend tut. Genau das war an diesem Abend geschehen.

Er hieß Waguih Ghali, aber ich nannte ihn Didi. Das war unpassend, aber das galt auch für den Spitznamen seiner Familie. Er hatte festgefügte Vorstellungen von etwas, das er «Aristokratie» nannte und womit er die wesentlichen Elemente von Kultiviertheit meinte, ob nun ererbt oder «natürlich», und allen Widrigkeiten zum Trotz verstand er sich auf die Kunst der Eleganz. Es fiel ihm leicht, gut gekleidet aufzutreten. Er besaß zwei Anzüge, einen dunkelblauen und einen dezent karierten grauen, beide mit konservativem Schnitt.

Ob er nun einen seiner Anzüge trug oder nicht, er schaffte es immer, gut auszusehen. Seine Gestik und sein Auftreten waren von natürlicher Eleganz, und seine Umgangsformen entsprachen seinem Erscheinungsbild: eine ernsthafte, förmliche Liebenswürdigkeit, manchmal eine Spur outriert, aber ungemein einnehmend, oder eine spontane und offene Heiterkeit. Man kannte Didi erst richtig, wenn man verstand, wie tief und aufrichtig seine Liebesfähigkeit war, und niemand konnte eine Viertelstunde mit ihm im selben Raum verbringen, ohne zu spüren, wie hochsensibel sein Stolz war.

Didi hatte wenige, aber tief greifende literarische Leidenschaften, weil er für Geringes keine Geduld aufbrachte. Seine Lieblingsschriftsteller waren Céline und die Russen, besonders Tschechow, den er immer wieder mit endlosem Vergnügen las. («Wenn ich mich manchmal frage: ‹Warum bin ich auf der Welt?›, antworte ich mir: ‹Um Tschechow zu lesen›.») Er verlangte von Literatur Wahrheit. Er misstraute Wohlgeformtem, Poliertem, Geflunkertem, wobei sprachliche Virtuosität ihn begeisterte (er liebte Nabokov). Vielleicht konnte er literarische Qualitäten manchmal nicht sehen, weil sie mit Elementen einhergingen, denen er misstraute (wenn ich das sage, sind das aber vielleicht auch meine eigenen Ressentiments, denn meine Texte mochte er nicht), aber er fiel nie auf Talmi herein, und was sein eigenes Schreiben anging, wollte er immer über die Raffiniertheit hinaus zur Wahrheit vordringen.

Ich erinnere mich an unseren brieflichen Austausch

über sein Buch. Er wusste immer ganz genau, was er wollte, und konnte es begründen. Er akzeptierte bereitwillig Änderungsvorschläge, die sein Englisch betrafen, das nicht seine Muttersprache war, aber wenn sie auch nur ein Jota des von ihm Gemeinten veränderten, blieb er unnachgiebig. Jeder einzelne Satz seiner scheinbar so beiläufigen Prosa war abgewogen und durchdacht.

Didi war ein Hamsterer. Er bewahrte zahllose Entwürfe von allem auf, was er schrieb, sämtliche Briefe, die er bekam, und manchmal – wenn er besonders zufrieden mit ihnen war – sogar Durchschläge seiner eigenen Briefe. Er wusste, dass er als Schriftsteller nur ein Thema hatte, sich selbst, und sein Leben war für ihn Rohmaterial für ein literarisches Werk, für das er mit seinem Roman nur erst einen Grundstein gelegt hatte. Beim Hamstern seines Materials schummelte er nicht: Schmerzhaftes bewahrte er genauso auf wie Angenehmes.

Fünf Jahre nach unserer ersten Begegnung brachte sich Didi in meiner Wohnung um. Er schluckte sechsundzwanzig Schlaftabletten und rief dann einen Freund an. Die häufigsten Reaktionen darauf sind (seitens der Liebenden) das Entsetzen darüber, dass ihn im letzten Augenblick Panik überkam, und (seitens der Wissenden) die Schlussfolgerung, dass er eigentlich nicht sterben wollte. Ich halte beide Reaktionen für falsch. Nach dem Brief zu urteilen, den er mir hinterließ, und nach dem, was der Freund, den er anrief, über seine Ausdrucksweise sagte, brauchte er wohl einen Zeugen. Es ist schlimm genug, einfach vor Trauer zusammenzubrechen, wenn man allein ist; wenn andere Menschen nicht begreifen, was geschehen ist, macht das die eigenen Tränen schnell lächerlich. Wie viel schlimmer wäre es gewesen, wenn er «die einzige authentische Tat in meinem ganzen Leben», wie er sie nannte, in einem Vakuum vollzogen hätte. «Eine schreckliche Enttäuschung»: Das schrieb er in seinem Abschiedsbrief. Ja, es ist schrecklich, wenn man sich an etwas so Bedeutendes wie den Tod von eigener Hand macht, ohne dass jemand davon weiß. Er griff zum Telefon, damit die Tat wirklich wurde. Ich glaube, er hat sich gesagt, dass dieses Buch und seine Entscheidung für den Freitod das Einzige in seinem Leben waren, das ganz dem Mann gehörte, als der er erscheinen konnte und der er unter anderen Umständen vielleicht auch gewesen wäre.

Ich kann nur selten richtig trauern. Meistens ist ein Zuschauer dabei, registriert Unpassendes, beobachtet Unerwartetes, wundert sich über Seltsames. Um Didi habe ich richtig getrauert, aber nicht, als es am meisten danach aussah, als sie ihn nämlich ins Grab hinabließen und ich weinte. Als ich außerstande war, ans offene Grab zu treten, die Tränen mir über das Gesicht liefen und ich so schluchzte, dass ich die Zähne zusammenbeißen musste, weil ich sonst aufgeheult hätte, da stieß mir das eher zu, als dass ich etwas getan hätte.

Das Trauern fand vorher statt, nicht in Form emotionaler Krämpfe und Zuckungen, sondern als ein langer starrer Blick auf das Unerträgliche, nachdem ich das Tagebuch, das er mir hinterließ, von Anfang bis Ende durchgelesen hatte. Unerträglich war nicht, dass er sich umbrachte. Unerträglich war, dass es die richtige Entscheidung gewesen war – dass er keine Alternative gehabt hatte. Unerträglich war, dass man diesen Mann in seiner wehrlosen Kindheit so verkrüppelt hatte, dass er sich selbst in einem genauen und buchstäblichen Sinne nicht mehr hatte ertragen können. Er hatte versucht, sich zu ändern. Sein ganzes Erwachsenenleben lang hatte das, was er seine «geistige Gesundheit» nannte, aus den Kulissen das beobachtet, was er seine «emotionale Unzurechnungsfähigkeit» nannte – beobachtet und vergeblich beurteilt. Seine Intelligenz und seine Gaben – für ihn wertlos. Die Geduld anderer Menschen, ihre Güte und Zuneigung, ihr Verständnis – für ihn wertlos. Liebe? Zu spät und genauso wertlos. Ich für meinen Teil hätte Didi mehr und besser lieben können, aber dann hätte er nur noch mehr Liebe erfahren, an die er nicht geglaubt hätte. Im Kern seines Wesens, in den Fasern seines Seins war er überzeugt davon, keine Liebe verdient zu haben. Wer keine Liebe verdient hat, muss bestraft werden; und das konnte er nur dadurch sicherstellen, dass er sich bis zu dem Punkt trieb, an dem er sich selbst bestrafen musste. Ermordet zu werden, wäre ein einfacheres und weniger trauriges Los gewesen.

Diana Athill war Waguih Ghalis Lektorin bei Andre Deutsch, als Snooker in Kairo *erstveröffentlicht wurde. Diese Einführung ist ein Auszug aus dem Buch über ihre Freundschaft,* After a Funeral *(Granta Books).*

Wir trachten lieber danach,
irgendwelche
phänomenalen Allgemeinmenschen zu sein.

Dostojewskij

Ich sah meiner Tante dabei zu, wie sie Papiere unterschrieb. Vor ihr ein akkurat angeordneter Stapel von mindestens dreihundert Blättern, hinter ihr ihr Sekretär, der ein Blatt nach dem anderen nahm, kaum dass es unterschrieben war, und die unterschriebenen Blätter zu einem zweiten akkuraten Stapel anordnete. Zwischen zwei Unterschriften schaute sie kurz zu mir auf. Ich hatte sie wohl gestört.

Mit jeder Unterschrift verschenkte sie drei Acre Land, und ein Acre Land ist bei uns viel Geld. Am nächsten Tag würde ihr Name in den Zeitungen stehen, weil sie sich den Armen gegenüber so gütig und großzügig zeigte. Und das sollte er auch, wenn sie das alles verschenkte.

Ich hatte eine Zigarette, aber keine Streichhölzer. Darum versuchte ich, den Sekretär darauf aufmerksam zu machen, indem ich sie mir in den Mund steckte. Ich wartete, war guter Hoffnung. Ich beschloss abzuwarten, bis meine Tante einen weiteren Packen im Wert von zehntausend Pfund unterschrieben hatte, und erst dann nach einem Streichholz zu fragen. Eins … zwei … drei … vier … ungefähr fünftausend Pfund; fünf … sechs … sieben … «Hassan Effendi, hätten Sie vielleicht Feuer?»

Sie hörte mich nicht; Hassan Effendi ebenso wenig. Er schaute sich nicht einmal um. Dort auf dem Tisch stand ein Feuerzeug, ein großes silbernes Ronson – Aladins Wunderlampe. Ich schob mich näher heran. Ein Schritt noch und ich war da. Im nächsten Augenblick hielt ich es in der Hand. Tick, tick. Es funktionierte nicht. Mit gesenkter Stimme sagte sie etwas zu Hassan Effendi, der in die Hosentasche fasste und mir eine brandneue Schachtel Streichhölzer gab.

Ich schaute zur Uhr. Zwanzig nach neun. Noch zehn Minuten, und ich wäre seit eineinhalb Stunden da. Ich rauchte. Der Stapel der unterschriebenen Papiere nahm zu, der andere Stapel nahm ab. Noch an die fünfzig, schätzte ich. Sie muss erschöpft sein, die arme Frau, tausend Papiere am Tag, und das nun schon den dritten Tag in Folge. Sie tat mir leid; eine Frau, die sich um zehntausend Acre Land kümmern musste – wie gut, dass ihr das Regime nun nur noch zweihundert erlaubte. Mir fiel ein, wie sie mir damals, in Europa, einmal einen Fünf-Pfund-Schein geschenkt hatte.

Dann kam Marie herein. Marie ist eine gute Seele, eine gute Freundin der Familie: hilft hier und da bei Empfängen aus, ist immer zur Stelle, wenn jemand krank ist, hat jeden Geburtstag im Kopf. Sie weiß nicht, wann ich Geburtstag habe oder meine Mutter, allerdings haben wir es ihr auch nie gesagt.

«Hallo, Ram», sagte sie und setzte sich neben mich, «was machst du hier?»

«Will mir Geld leihen.»

Sie sagte nichts. Sie selbst hatte auch Geld, und in einer Situation wie meiner spricht man am besten freiheraus, vor allem denen gegenüber, die Geld haben. Es gibt ihnen ein gutes Gefühl und so, außerdem weiß man ja nie.

Marie tat mir leid. Sie will nur zu gern mit mir sprechen, um mir zu sagen, wie sehr sie hofft, dass ich das Geld bekomme, und um mich zu fragen, wozu ich es brauche – diese Frage interessiert sie besonders. Aber sie befindet sich in einer heiklen Lage. Vor zwei Tagen hat sie sich einen neuen Cadillac gekauft; jetzt über Geld zu sprechen wäre taktlos. Lächelnd schaute ich sie an.

«Wie geht es deiner Mutter?», fragte sie.

«Sie ist sehr krank», log ich.

Das würde sie für mindestens zehn Minuten zum Schweigen bringen. Mein Interesse galt ohnehin meiner mit Unterschriften beschäftigten Tante. Ich sah es so: Wenn sie Land im Wert von einer Million Pfund an irgendwelche Leute verschenkte, würde sie mir wohl auch eintausend Pfund geben. Vor allem, wenn ich andeutete, dass ich mit einer solchen Summe aus Ägypten weggehen würde.

Ich schaute zu meiner Tante, dann zur Uhr und schließlich zu Marie.

«Hallo, Marie», sagte ich. «Du-siehst-blendend-aus-wie-ist-dein-neues-Auto?»

Fast zärtlich sah sie mich an. «Wie aufmerksam von

dir, mein Lieber. Es ist gar nicht schlecht. Das andere hat zu viel Benzin verbraucht, das konnte ich mir einfach nicht leisten. Ich musste mir ein neues kaufen.»

Plötzlich Bewegung am Schreibtisch. Das Geschäftliche war für heute beendet.

«*Tiens*», sagte meine Tante. «Ich habe dich gar nicht kommen hören, Marie. *Ouf!* All diese Unterschriften, es reicht. Sie müssen auch erschöpft sein, Hassan Effendi. Aber es ist das Mindeste, was wir für die Fellachen tun können, diese armen Teufel.» Das war gut. Ich bemühte mich, so fellachenhaft auszusehen wie nur möglich.

«Warte kurz, liebe Marie, ich bin gleich wieder da.» Meine Tante ging hinaus, gefolgt von Hassan Effendi, der tausend Blatt Papier im Wert von einer Million auf dem Arm trug oder vielleicht nicht ganz einer Million, weil sie das Land günstig verkaufte, der Regierung gegenüber aber vorgab, es den Armen zu schenken.

«Hallo, hallo, Marie», sagte ich erneut.

«Erzähl doch mal», sagte sie, «bist du ins Geschäftsleben eingestiegen?»

Ich erzählte ihr, dass ich gerade eine ganz neue Methode entdeckt hätte, mit der sich die Fellachen ausbeuten ließen. Nun bräuchte ich nur noch Kapital.

«Schätzchen, über solche Sachen macht man keine Witze», sagte sie.

Meine Tante kam zurück und sagte, dass der Brotpreis um einen halben Piaster gestiegen sei. Darüber waren sie beide sehr bekümmert, denn Brot kauften sie jeden Tag. Ich versuchte, mich als möglichst hilfreich zu erweisen, und erzählte ihnen von einem mir bekannten Bäcker, der Brot en gros und nach Gewicht verkaufte. Dann erzählte ich ihnen noch, wie man altes Brot aufbacken kann, verhaspelte mich aber bei dem Versuch, den Preis für das Gas des Ofens von dem Geld abzuziehen, das sie mit dem Aufbacken des alten Brotes einsparen würden. Fast hätte ich ihnen auch erzählt, wie man in Abbasia von der Tram springen und so das Geld für den Fahrschein sparen kann, überlegte es mir dann aber anders. Ich verließ für einen Augenblick das Zimmer und presste mein Ohr an das Schlüsselloch.

«Pass bloß auf», sagte Marie zu meiner Tante, «er ist nur hier, weil er sich Geld von dir leihen will.»

«Ich weiß, meine Liebe. Darum habe ich dich angerufen. Solange du da bist, wird er es nicht wagen, mich darum zu bitten.»

Vom Haus meiner Tante ging ich zum Groppi's, wo ich Whisky trank und Erdnüsse aß, die vornehmen Gäste betrachtete und froh war, dass meine Tante sich geweigert hatte, mir das Geld zu geben. Gefragt hatte ich sie nur, um mein Gewissen zu beruhigen. Aus irgendeinem Grund hatte ich das tun müssen, es aber immer wieder aufgeschoben. Kurz darauf kamen Omar und Jameel, dann Yehia, Fawzi und Ismail. Das Groppi's ist einer der schönsten Orte, um Whisky zu trinken. Die Bar befindet sich im Garten unter einem riesigen Baum, und hinter dem Tresen steht ein gut aussehender schwarzer Barkeeper, der sieben Sprachen spricht. Wir teilten uns eine Flasche Whisky, und ich sah zu, wie sich die anderen darum stritten, wer sie bezahlte. Yehia zahlte, dann gingen wir geschlossen hinaus. Jeder von ihnen besitzt einen eigenen Wagen.

Vormittags langweile ich mich immer ein bisschen,

weil sie entweder alle in der Universität sind oder arbeiten müssen. Manchmal gehe ich in den Snooker-Club, um eine Runde mit Jameel zu spielen. Ihn trifft man immer dort an – genau genommen gehört ihm der Laden. Wenn Font nicht wäre, würde ich öfter hingehen. Wenn ich mir mal wieder Vorwürfe mache, zu viel zu trinken, sage ich mir, dass es Font ist, der mich in den Suff treibt. «Font», habe ich ihn einmal gefragt, «was soll ich tun, los, sag schon.»

«Du sollst abhauen, du Penner», antwortete er. Also bin ich ins Groppi's und habe wieder Whisky getrunken. Genau so läuft das, obwohl ich natürlich immer noch *The New Statesman* und *The Guardian* lese und meine Ausgabe der *Tribune* vielleicht die einzige ist, die man in Ägypten kriegen kann.

«Font», sagte ich ein anderes Mal, als ich ordentlich einen in der Krone hatte und guter Dinge war. «Font», sagte ich, «du bist so ziemlich der einzige *angry young man* in ganz Ägypten.» Und dann lachte ich. Ich fand mich sehr witzig.

«Verzieh dich», war seine Antwort. «Verzieh dich und lass dich weiter von diesen Parasiten durchfüttern.»

Ich hatte dafür gesorgt, dass Font im Snooker-Club arbeitete. Als ich zu Jameel sagte, dass es die einzige Möglichkeit sei, Font von der Straße zu holen, hielt er es für einen Scherz. Ich musste sogar mit ihm nach Sharia-el-Sakia fahren, damit er Font mit seiner Gemüsekarre sah. Jameel war schockiert, einen seiner alten Schulfreunde auf der Straße zu sehen. Und ich konnte ihn nur mit Mühe davon abhalten, Font so viel Geld anzubieten, dass dieser damit gleich den ganzen Rest seines Lebens hätte bestreiten können. Font hätte Jameel nur bespuckt und mir wahrscheinlich eine reingehauen.

Da war er damals also und verkaufte Gurken. Ausgerechnet Gurken. Natürlich verstand ich das. Er war Jimmy Porter. Wir hatten das Stück zusammen in London gesehen, und da war er nun, hatte einen Abschluss in der Tasche und verkaufte Gurken. Da standen auch noch andere Gemüsekarren; Salatköpfe, Zwiebeln, Sonnenblumenkerne, Bohnen. Wir hielten mit dem Wagen direkt vor Fonts Karren und sahen ihn an.

«Zieht Leine», sagte er.

Ich wolle Gurken kaufen, sagte ich, würde ihm aber mit dem Abwiegen nicht trauen.

«Verschwinde», rief er. «Ich schlag dir deine miese Visage ein, wenn du nicht verschwindest.» (Das ist typisch Font. Bei den anderen Jungs macht er einen auf sarkastisch, aber bei mir rastet er aus.) Jameel erzählte ihm, dass er jemanden für den Snooker-Club bräuchte.

«Doch nicht Font, dieser Snob», sagte ich. «Der würde doch nie irgendwo arbeiten, wo ihm seine alten Schulfreunde begegnen könnten.»

«Glaubst du, ihr Idioten interessiert mich auch nur die Bohne?», brüllte Font. Jameel ist ein ruhiger Zeitgenosse und sagte, dass er wirklich jemanden bräuchte. Wäre ich nicht dabei gewesen, hätte Font vielleicht zugesagt, aber so starrte er mich stattdessen mit seinem «du mieser Verräter»-Blick an.

«Font», fragte ich auf Englisch, «was halten eigentlich die anderen Gemüsefritzen hier von Virginia Woolf?»

Die Falle schnappte zu, und er antwortete auf Englisch.

«Machst du dich über sie lustig? Die hätten nie zur

Schule gehen können, selbst wenn sie gewollt hätten, du Penner. Und hat dieser Parasit da neben dir je ein Buch in der Hand gehabt? Er hat zwar viel Geld, ist aber trotzdem ein dummes, fettes Schwein.»

Jameel ist so gutmütig, dass es ihm nicht das Geringste ausmacht, ein dummes, fettes Schwein genannt zu werden. Aber inzwischen waren die anderen Straßenhändler näher gekommen. Font, der in arabischer Kleidung hinter seinem Gemüsekarren saß und Englisch sprach, machte sie neugierig. «Was soll das? Was soll das?», fragten sie.

«Er ist ein Spion», erzählte ich ihnen, und sofort hagelte es Drohungen. «Dem werden wir's zeigen, diesem Schweinehund!», riefen sie. Font kochte vor Wut. Wir zerrten ihn in den Wagen und rasten davon.

Kurz darauf musste ich aus dem Wagen fliehen, um Fonts Zorn zu entkommen, aber eine Woche darauf fegte er mit dem *Literary Supplement* die Snooker-Tische sauber.

Vom Groppi's aus ging ich zum Snooker-Club. Es ist ein riesiger Laden mit dicken Teppichen zwischen den Tischen, einer gemütlichen Bar und tiefen Ledersesseln. Der Club besticht durch seinen unaufdringlichen Luxus, und man spürt sofort, dass schlechte Manieren hier ein Sakrileg wären. Als Jameels Vater seinen Sohn nicht zu höherer Bildung drängte, sondern die Snooker-Leidenschaft des Jungen akzeptierte, ließ er diesen Club für ihn bauen, der sich als wahre Goldgrube erwies. Jameels Vater ist ein seltsamer Mann. Erstaunlicherweise ist er ein strammer Sozialist, und zwar ein echter. Keiner dieser reichen «Liberalen» oder wohlhabenden *Nation*-Leser, nein, er setzt seine Überzeugungen in die Tat um, und König Farouks Männer haben ihn schon einmal eingesperrt. Der große und schlanke Mann mit französischer Bildung, der Leserbriefe an *L'Express* in Frankreich schreibt, kommt oft auf ein Spiel vorbei. Ich mag Dr. Hamza; eigentlich wäre ich gern wie er: gut gekleidet, auf dezente Weise vornehm und wegen sozialistischer Ansichten schon einmal eingesperrt gewesen. *Rein* ins Gefängnis möchte ich nicht, aber drin gewesen sein. Font wird natürlich nicht gönnerhaft behandelt, und Dr. Hamza spielt sich auch nicht gönnerhaft auf; zwischen den beiden verläuft eine Mauer der Sympathie.

Ich ging also, wie gesagt, zum Snooker-Club, stellte mich hinter die Bar und schaute Font beim Saugen der Teppiche zu. Auf Fonts Gesicht liegt ein Ausdruck permanenter Verwunderung, sodass man ihm immerzu Fragen beantworten will, die er nicht gestellt hat. Wie er mit hochgezogenen Augenbrauen und weit aufgerissenen Augen den Staubsauger über die Teppiche manövriert und in die kniffligen Winkel zwischen den Tischen zu kommen versucht, erweckt er den Anschein, als würde er, wenn er mit der Maschine doch nur in *diese eine* Ecke käme, die Antwort auf das finden, was ihm jetzt solches Kopfzerbrechen bereitet.

«Für dich auch ein Draught Bass, Font?»

«Ja, okay.»

Ich öffnete zwei Flaschen ägyptisches Stella-Bier, füllte ein großes Glas damit und rührte so lange um, bis alle Kohlensäure entwichen war. Dann gab ich einen Schuss Wodka und etwas Whisky hinzu. Besser konnte man ein echtes Draught Bass nicht imitieren.

Von der Edgware Road in London geht eine Straße ab, auf der früher ein paar Teddy Boys, irische Arbeiter und andere Randgrüppchen auf dem Gehweg gewürfelt haben. Wir Ägypter sind Spieler. Wo auch immer Ägypter zusammenkommen, kann man sicher sein, dass sie früher oder später um Geld spielen. Es geht uns nicht darum, Geld zu gewinnen oder so; wir spielen einfach gern. Wir sind faul, und wir lachen gern. Nur wenn wir spielen, sind wir hellwach und strengen uns an. Font und ich haben auf diesem Gehweg damals viel Geld gemacht und sind damit zu einem Silberschmied in der Edgware Road gegangen, um die zwei silbernen Bierkrüge zu kaufen, die wir jetzt im Snooker-Club hinter dem Tresen aufbewahren. Wir haben unsere Namen eingravieren lassen und geschworen, nie etwas anderes als Draught Bass daraus zu trinken. Jetzt füllte ich die Krüge mit meiner Spezialmischung und wartete, dass Font den Staubsauger ausschaltete.

«Gar nicht übel», sagte Font. «Wie viel hast du gemacht?»

«Ungefähr zwei Pints für jeden.»

«Davon werde ich den ganzen Tag hübsch betrunken sein.»

«Ich werde heute auch hierbleiben», sagte ich.

Wäre Font nicht so einsam gewesen, hätte er sich niemals mit mir unterhalten. Aber er war einsam und wollte etwas mit mir besprechen; das wusste ich, andernfalls hätte ich mich gehütet, einfach herzukommen und mit ihm zu plaudern.

«Unser eigentliches Problem», sagte er (und wenn Font von sich und mir als «uns» spricht, bedeutet das, dass er gut auf mich zu sprechen ist), «besteht darin, dass wir dermaßen englisch sind, dass einem speiübel wird. Wir haben keine eigene Kultur.»

«Sprich für dich», sagte ich. «Ich kann mit den Besten der Ägypter Witze reißen.»

«Vielleicht hast du recht», sagte er. «Vielleicht ist unsere Kultur ein einziger Witz.»

«Nein, Font, das ist sie nicht. Wir haben nur nie richtig Arabisch gelernt.» Genau so muss ich mit Font reden. Ich muss ihm widersprechen, jedenfalls zu Anfang eines jeden Tags, den wir zusammen verbringen, und ich muss langsam sprechen, weil er mir sonst vorwirft, dass es mir wichtiger wäre, eloquent zu sein, statt ein ganz normales Gespräch zu führen.

«Was meinst du dann damit, dass Witze reißen Kultur ist?»

«Ich meine», antworte ich «was den Bewohnern der Westindischen Inseln ihr Calypso ist und den amerikanischen Farbigen ihr Gospel und ihr Jazz, das ist den Ägyptern der Witz. Im Grunde», redete ich weiter und sagte einfach, was mir in den Sinn kam, weil mir Font dann abnimmt, dass ich es ernst meine, «ist Witze erzählen genauso Kultur wie Orgelspielen.»

Ich füllte unsere Krüge mit Bass auf und sorgte für Nachschub. Font überdachte, was ich gerade gesagt hatte. Manchmal sage ich solche Sachen und kurze Zeit später klingen sie gar nicht mehr so lächerlich wie in dem Augenblick, in dem ich sie ausspreche.

Es war schon nach elf, und die ersten beiden Gäste kamen: Arevian und Doromian, zwei reiche Armenier, denen das Schuhgeschäft im Erdgeschoss gehörte. Zwei fette schmierige Typen mit Sinn für Humor.

«Guten Tag, Guten Tag, die Herren Professoren», sagten sie zu Font und mir (für sie ist Fonts Abschluss stets

Grund zur Belustigung). «Wir sind hier, um Ihnen mit unserem Murmelspiel eine kleine Freude zu bereiten, Professor Doktor Font. Der Sinn unseres bescheidenen Lebens besteht darin, Ihren klugen Augen mit unseren kindischen Anstrengungen etwas Unterhaltung zu bieten, damit sich ihr Geist mit anspruchsvollen Dingen beschäftigen kann.» Sie verbeugten sich vor Font und deuteten einen Handkuss an – in Regierungskreisen ein alter Brauch.

«Sieh sie dir an», sagte Font, «sie zahlen diesem armen Schlucker unten im Monat sechs Pfund für zwölf Stunden Arbeit jeden Tag, und dann kommen sie her und verspielen Tausende, als wäre es Spielgeld.

«Verzeihen Sie uns, Herr Doktor, verzeihen Sie uns», flötete Doromian. «Wenn unser Hassan zumindest einen einfachen Abschluss aus Heidelberg oder von der Sorbonne hätte, würden wir ihm … acht Pfund zahlen.»

Als ich sagte, sie seien die Besitzer des Schuhgeschäfts im Erdgeschoss, habe ich mich nicht präzise genug ausgedrückt. Das Geschäft gehört nur einem der beiden, der andere hat es verspielt. Sie spielen um gigantische Beträge, und wenn alles Geld aufgebraucht ist, spielen sie um ihren Anteil am Geschäft. Sie leihen einander nie Geld. Ich weiß noch, wie Doromian einmal alles verloren hat, sogar seinen Wagen, und Arevian sich geweigert hat, ihm auch nur das Geld für die Straßenbahn zu leihen.

Font legte ihnen die Snookerkugeln hin. Ich hatte zwei Pints von dem Bass geleert, das mir ein wohliges Gefühl verschaffte und meinem orientalischen Hirn gestattete, sich mit unorientalischem Kram wie Font zu beschäftigen oder mit anderen Fonts, die ich mal gekannt habe, und auch mit dem Font, der ich selbst manchmal bin. Fonts, die im Viktorianischen Zeitalter Ägyptens keine Keir Hardies, sondern Jimmy Porters sind; Fonts, die im Klassenkampf keine Revolutionäre oder Anführer sind, sondern die geschliffenen Diamanten der englischen «Linken», einsam und in der sich anbahnenden Revolution der arabischen Welt völlig ohne Glanz.

Einerseits diese Gedanken und andererseits das Glück, im Groppi's zu sitzen und kostenlos Whisky zu trinken oder in den Snooker-Club zu kommen und in Reichweite der Flaschen zu sitzen. Und wie ich das so dachte, griff ich nach der Flasche Martell und führte sie mit Schwung zum Mund. Das Leben war gut.

Font kam zurück, wegen des Bass waren seine Brauen nicht mehr so hochgezogen. Er fragte, ob ich Didi Nackla nach London noch mal wiedergesehen hätte.

«Nein», sagte ich.

«Ich habe gestern Edna und Levy getroffen», fing er an. «Sie kommen heute Abend zu mir. Und du kommst auch.»

Levy und Edna … und Font. Ich wünschte, sie würden alle das Land verlassen und mich in Ruhe lassen. Levy und Edna, vor allem Edna. Ich drehte mich weg und wollte die Flasche ein zweites Mal ansetzen, als er mich davon abhielt.

«Hör auf, dich wie ein verdammter Idiot aufzuführen», sagte er.

Ich seufzte und trank stattdessen mein Bier.

«Ich habe Edna ewig lange nicht gesehen.»

«Du kannst sie heute sehen.»

«Will ich aber nicht.»

«Na dann komm halt nicht.»

«Du weißt ganz genau, dass ich komme», sagte ich.

Er grinste.

«Ich hoffe, wir wandern alle ins Gefängnis», sagte ich. «Irgendwo am Roten Meer. Wir vier. Dann hast du tatsächlich mal einen Grund, wütend zu sein. Ich sehe es genau vor mir, wie du dann verdattert die Augenbrauen hochziehst, bis sie dir am Hinterkopf hängen.»

«Was meinst du damit?», fragte er. «Warum sollten wir ins Gefängnis wandern?» Wieder zog er die Augenbrauen hoch. «Bist du in irgendwas verwickelt …?»

«Nein», sagte ich.

«Ram…»

«Wie oft soll ich es dir noch sagen? Nein.»

Ich sehnte mich danach, Edna wiederzusehen. Ihr langes rotbraunes Haar und ihre großen braunen Augen. Wir würden beide auf dem Boden sitzen, ich im Schneidersitz hinter ihr, und ich würde ihr die Haare kämmen, langsam, Strähne für Strähne, dann das Haar teilen und ihr schließlich zwei lange Zöpfe flechten, die Enden jeweils mit einem Stück Schnur zusammengebunden.

«Reden wir lieber über was anderes», sagte ich. «Komm, trinken wir noch ein Bass.» Ich teilte das restliche Bass zwischen uns auf und sah, wie Fonts Augenbrauen nach oben wanderten, bevor er redete.

«Hast du gelesen, was er getan hat?»

«Wer?»

«Gaitskell.»

«Gaitskell. Gaitskell! Font, zum Teufel noch mal, glaubst du, mich interessiert, was …» Und da sah ich die Einsamkeit in seinem Gesicht. «Ja, ich weiß», sagte ich. «Was hast du erwartet? Wenn man so viele Jahre lang Politiker ist, wird man am Ende einer.»

«Das ist nicht wahr», schrie er, «sieh dir Konni Zilliacus an, sieh dir Fenner Brockway an …»

«Hör auf, hier rumzuschreien, Font.» Drei Männer waren gerade reingekommen und schauten uns an. «Geh schon», sagte ich. «Geh und pack denen ihre Kugeln hin.» Er nahm irgendwelche Schlüssel, die hinter der Bar lagen, und ging schwankend auf sie zu. Ich betrank mich. Ich nahm wieder einen großen Schluck Martell und steckte mir eine Zigarette an.

Font merkt nicht, wie lächerlich es ist, dass ein Ägypter in Kairo sitzt und sich über Gaitskells Position zur atomaren Bewaffnung Englands aufregt. Gut, anfangs hatte er sich zwar über die ägyptische Innenpolitik aufgeregt, aber das war auch lächerlich, genauso lächerlich, wie es ein Glückspilz wie James Dixon zu Dickens Zeiten gewesen wäre. Das war, als würde man versuchen, einen Kuchen zu glasieren, der noch im Ofen war. Font weiß, wie man eine glatte Kuchenoberfläche hinbekommt, sie mit Glasur überzieht und mit der neuesten Deko verziert, aber wie man den Kuchen bäckt, weiß er nicht. Darum muss er warten, bis Nasser ihm den Kuchen bäckt, bevor er ihn auf seine Art verfeinern kann – und er ist sich nicht sicher, ob man ihm das überhaupt erlauben wird, weder jetzt noch später. In der Zwischenzeit sitzt er herum und äußert zu jedem Kuchen seine Meinung und hofft, dass der ägyptische oder der arabische Kuchen auch die richtige Form hat, wenn er fertig ist.

Ich habe die blöde Angewohnheit, manchmal plötzlich loszulachen. In meiner Phantasie habe ich den Kuchen tatsächlich vor mir gesehen, und obendrauf war er nicht so schön glatt und ebenmäßig, wie ich ihn mir gewünscht hätte. Ich sah vor mir, wie ich hier und da davon naschte. Inzwischen war ich natürlich betrunken, und die Kuchensache war sehr witzig, vor allem das mit dem Naschen. Ich lachte laut los.

«Hey, Professor», rief Arevian, «unterhalten wir Euch auch gut, Eure Erhabenheit?»

«Hast du Gaitskell je kennengelernt, Arevian?», rief ich zurück.

«Klar», antwortete er und versenkte eine Kugel. «Gaitskellnier, der große Armenier.»

«Und Dr. Summerskillier und Lord Stansgatier und Kingsley Martinier; kennst du die auch alle?»

«Hab mit den allen Snooker gespielt», sagte er.

Ohne Font anzusehen, verließ ich den Snooker-Club. Ich war mal wieder betrunken und wollte mir eine Aufgabe suchen, bevor ich depressiv wurde. Ich nahm irgendeinen Bus nach Hause.

Wir haben eine schöne Wohnung mit Blick auf den Nil vor Zamalek. Es ist komisch, aber ich habe meine Mutter nie gefragt, wie viel Geld sie hat. Wir haben diese schöne Wohnung und scheinen so gut zu essen wie eh und je.

«*Tu as essayé de t'employer*?», fragte sie.

«*Penses-tu.*» Natürlich sprach sie Französisch, und sie sagte *t'employer*, nicht *chercher du travail.*

Ich arbeite nicht. Seit ich aus Europa zurück bin, habe ich nicht gearbeitet. Was nicht so klingen soll, als ob ich Geld hätte; ich habe kein Geld, und ich habe auch keinen Vater, der mich unterstützen könnte. Einen Vater zu haben ist in Ägypten überhaupt eine Seltenheit. Unsere Mütter sind alle rechtmäßig verheiratet und so, aber ihre Ehemänner sterben jung, das Durchschnittsalter liegt irgendwo bei fünfunddreißig. Im Alter von vier gab mich meine Mutter in die Obhut ihrer Eltern. Als ich sieben war, lebten drei verwitwete Tanten und acht Waisen im Haus meiner Großeltern (durch Menschen wie sie wird das Durchschnittsalter ein wenig angehoben). Mir war nie in den Sinn gekommen, dass zwar meine Tanten sehr reich waren, meine Mutter aber nicht. Ich dümpelte auf der Woge des Wohlstands dahin. Ich war genauso gut gekleidet wie die anderen Waisen und besuchte dieselbe Schule. Machte einer der Waisen seinen Abschluss, wurde er teuer ausgestattet und nach England, Frankreich oder in die Schweiz geschickt. Als ich aber an der Reihe war, wies mich eine Tante nach der anderen ab, und ich musste einsehen, dass der Geldhahn zugedreht war und ich über keine eigenen Mittel verfügte. Jetzt zapfe ich meine alten Schulfreunde an. Warum auch nicht, sie würden es genauso machen. Ehrlich gesagt finde ich das Wort «Schmarotzen» genauso widerlich wie Font. Wenn ihr die Wahrheit wissen wollt, bin ich in dem Glauben zurückgekommen, dass unter Nasser endlich ein anderer Wind wehen würde und das mit den Zapfhähnen nicht mehr nötig wäre. Ich hätte damals auch gearbeitet, wenn ich genauso viel Geld verdient hätte wie meine Freunde. Aber wie die Dinge liegen, müsste ich meine reichen Freunde verlassen, wenn ich arbeiten würde, und ich *mag* meine Freunde.

Ich rief den Türken Assam an. Seine Schwester nahm ab.

«Hallo, Zouzou, ist Assam da?»

«Nein», sagte sie. «Ich nehme an, du hast Lust auf ein Spiel.»

«Sei nicht albern, Zouzou, du weißt, dass ich nicht mehr spiele.» Meine Mutter hörte das Wort «spielen» und kam angelaufen, um mitzuhören.

«Tja, er ist nicht hier», sagte Zozou, «aber wenn du mir einen Gefallen tust, verrate ich dir, wo er ist.»

«Einverstanden.»

«Sag ihm, dass er mich nächsten Samstag zum Ball ins Semiramis begleiten soll.»

«Warum gehst du nicht mit deinen Freundinnen hin?»

«Du weißt ja, wie wir Türken sind», sagte sie. «Ich kann froh sein, dass ich überhaupt gehen darf.»

«Ich dachte, ihr Türken wärt seit vierzig Jahren ganz modern. Ihr seid doch jetzt voll und ganz amerikanisiert und Mitglied der NATO.»

«Was soll das?», fragte sie.

«Nichts, war nur ein Spaß. Ja, ich richte es ihm aus, versprochen. Wo ist er?»

«Im Nackla Pasha's.»

«Danke, Zouzou.»

«Hör mal.»

«Was?»

«Sie spielen Baccara, nicht Poker.»

«Woher weißt du das?»

«Weil er sich hundert Pfund von mir geliehen hat, darum.»

«Danke, Zouzou, mach's gut.» Meine Mutter wartete auf eine Erklärung.

«Jetzt spielen sie also Baccara», sagte sie. «Sieh mal einer an. Assam wird ihnen ihr gesamtes Geld abnehmen. Der Junge hat ein glückliches Händchen.»

«Ich habe noch viel mehr Glück als er», sagte ich.

«Ja, dein Glück ist auch recht ordentlich. Aber es steht natürlich außer Frage, dass du wieder mit dem Spielen anfängst.»

«Natürlich», sagte ich.

«Wo spielen sie?»

«Im Nacklas.»

«*Pas possible*! … so weit ist es schon gekommen? Le Nackla spielt mit Jungen in eurem Alter?»

«Nein», sagte ich, «so weit ist es leider noch nicht, obwohl es langsam an der Zeit wäre. Nein», sagte ich, wütend vom Alkohol, «für le Nackla ist das nur ein kleiner Aperitif. Nur ein paar Hundert Pfund, damit sich die Jungen amüsieren. Der eigentliche Deal läuft erst später am Abend.»

«Aber warum bist du plötzlich so wütend?», fragte meine Mutter.

«Du bist süß, Mummy, aber das verstehst du nicht. Le Nackla hat kein Recht, so viel Geld zu besitzen.»

«Aber so ist es überall auf der Welt», sagte sie.

«Nein, Mummy, ist es nicht. Es gibt Länder, wo es nicht so ist. In …» In Russland oder in China, wollte ich sagen, aber dann hätte mich meine Mutter erschrocken angesehen und für einen Kommunisten gehalten. Nicht dass ihr der Kommunismus Angst machen würde – sie weiß gar nicht, was das ist –, aber sie hat gehört, dass Kommunisten eingesperrt und gefoltert werden, und meine Tante erzählt ihr, dass das Mörder sind … und lässt durchblicken, dass ich einer von ihnen bin.

«Wo ist es nicht so?», fragte sie misstrauisch.

«In Luxemburg», sagte ich. «Und jetzt trinken wir ein kaltes Bier, Mummy, und essen was. Ich habe großen Hunger.»

Sie fragte, ob ich Font mal wiedergesehen hätte; ‹*ce brave garçon*›, was mit ihm passiert sei? Wie tragisch, plötzlich so verrückt zu werden. Ich müsse ihr jetzt aber endlich erzählen, was in diesen vier Jahren in London passiert sei. Fühlte ich mich denn gar nicht verantwortlich? Ich hätte ihn schließlich überredet, mich zu begleiten. Es sei ihr ohnehin ein Rätsel, wie wir das ohne einen Penny in der Tasche geschafft hätten. Stimmt denn, was die Leute sagen? Dass wir unser Geld dort als einfache Arbeiter verdient hätten? Sie hätte das natürlich nie geglaubt … Ihr eigener Sohn …

Da holte es mich wieder ein, London, die vier Jahre mit Font, und meine Laune sackte so richtig ab. Ich trank noch mehr Bier, es war eiskalt, und plötzlich hatte ich alles so satt, dass ich mein Bierglas zerschmiss, und wir inszenierten die immer gleiche altbekannte Szene: Dann geh doch zurück nach London, wenn du hier so unglücklich bist, irgendwie bekomme ich das Geld schon zusammen … Vielleicht kann mir deine Tante … Was denn der eigentliche Grund sei? Ob ich mich dort in ein Mädchen verliebt hätte? So ging das ewig weiter. Und das nicht zum ersten Mal.

«Geh», sagte sie, «geh zum Spielen ins Nacklas.»

Und ich wäre auch gegangen, aber dann hätte ich Didi Nackla gesehen. Zuletzt hatte ich sie in London gesehen, aber seit meiner Rückkehr war ich ihr aus dem Weg gegangen. Keine Ahnung, wieso. Wahrscheinlich denkt sie, dass ich immer noch im Ausland bin.

«Nein», sagte ich und entschuldigte mich dafür, das Glas zerschmissen zu haben.

Ich schlief bis nachmittags fünf Uhr.

«Versuch dir eine Beschäftigung zu suchen, mein Schatz», sagte meine Mutter. «Public Relations oder etwas in der Art würde gut zu dir passen.»

«Ja, Mummy.»

«Schließlich haben wir nicht mal ein Auto», sagte sie. «Schämst du dich denn nicht, wenn du siehst, dass deine Mutter mit der Straßenbahn fahren muss?»

«Doch», sagte ich.

Ich gab ihr einen Kuss, dann machte ich mich auf ins Groppi's. Weil ich kein Geld für den Bus hatte, ging ich zu Fuß. Kaum war ich zur Tür rein, schenkte mir Ragab, der Barkeeper, einen Whisky ein.

«Sie waren alle schon da und haben gesagt, sie sind um sieben zurück», meinte er. Es war sechs, was bedeutete, dass ich warten musste, bis jemand kam, der meinen Whisky zahlte ... oder eine ganze Reihe Whiskys, wenn ich eine Stunde würde warten müssen. An der Bar saßen drei oder vier Leute. Einer davon war ein junger Mann in meinem Alter, der eine Zeitschrift las. Das Cover glänzte bunt, was hieß, dass es eine amerikanische war. Wegen der Art, wie er darin las, so konzentriert und eifrig, wusste ich auch, welche. Was Font und mich noch immer verbindet, ist unsere ausgeprägte Abneigung gegenüber Ägyptern, die das *Time Magazine* lesen. Wir nennen sie Dullesisten, für uns das schlimmste aller Schimpfwörter. Sie sind gut gekleidet, die Leser der *Time*, und werden von der amerikanischen Kolonie und ihren Journalisten als «gebildet» bezeichnet. Sie machen mich krank.

Ich trank den nächsten Whisky und fühlte mich langsam wieder besser. Ich war unruhig wegen des Wiedersehens mit Edna später am Abend. Nein, nicht unruhig, aber ängstlich. Nein, nicht wirklich ängstlich, aber beschämt. Ja, beschämt trifft es. Ragabs Bardienst ging zu Ende, und er fing an, die Gäste abzukassieren. Er schaute mich nicht an, aber flüsterte seinem Kollegen etwas zu, und ich sah, wie er meine Rechnung hinterm Tresen in ein Glas steckte. Selbst Ragab war also Teil des Geheimkomplotts, um meine Arbeitslosigkeit respektabel erscheinen zu lassen; oder hatten ihn meine Freunde gebeten, dass er meine Rechnungen aufbewahren und dann an sie weitergeben sollte? Ich hatte keine Ahnung. Und es war mir auch egal.

Kurz erhaschte ich den Blick des neuen Barmanns. Er schenkte mir sofort den nächsten Whisky ein. Ich nahm das Glas, setzte mich in einen gepolsterten Bambussessel und steckte dem *Time*-Leser, der zu mir hochschaute, als ich den Platz wechselte, dümmlich die Zunge raus. Das Groppi's war inzwischen rappelvoll mit Leuten, alle gut gekleidet und großzügig mit ihren Bestellungen. Ich war wütend, dass die Revolution keinem dieser Leute einen ordentlichen Schlag verpasst hatte. Warum sprachen sie weiter Französisch? Sie alle jammern, jetzt nicht mehr genug Geld zu haben, führen aber den gewohnten Lebensstil weiter.

Jameel und Yehia kamen. Das einzig Auffällige an Jameel sind seine Haare, also nicht die Haare selbst, sondern wie er sie trägt. Er hat einen Mittelscheitel, damit sieht er nichtssagend und harmlos aus.

«Wir waren im Club», sagte er. «Da sind heute zwei Schönheiten aufgetaucht. Eine Deutsche und eine Norwegerin.»

Mit Club meint er den Gezira Sport-Club, und die

«Schönheiten» sind Krankenschwestern oder Kindermädchen oder wie auch immer man sie bezeichnen will. Die «Elite» der Ägypter hat noch immer ausländische Kindermädchen, obwohl die Kindermädchen heutzutage hübsche junge Frauen Anfang zwanzig sind, die für ungefähr ein Jahr herkommen und mit den – auch wenn ich das Wort hasse – «Einheimischen» in Saus und Braus leben.

«Yehia», sage ich, «kennst du den Kerl hinter mir an der Bar, der in der Zeitschrift liest?»

«Das ist Coco, kennst du den nicht? Er arbeitet bei General Motors. Sein Vater ist …»

«Das reicht mir schon», sagte ich.

«Was willst du trinken?», fragte Jameel.

«Ich hatte schon drei Whiskys.»

«In Ordnung», sagte er, machte eine lässige Handbewegung und schlenderte zur Bar.

«Was machst du heute Abend?», fragte Yehia.

«Ich gehe zu Font.»

«Dann brauchst du unsere …»

«Nein, brauche ich nicht», antwortete ich. Sechs von uns teilen sich eine Wohnung im Zentrum, in der es nur sechs Betten und dreckige Laken gibt. Ich sage «teilen», obwohl ich mich kostenmäßig noch nie beteiligt habe.

«Yehia, brauchst du heute Abend deinen Wagen?»

«Nein, wir fahren mit Jameels. Du kannst ihn nehmen.» Er gab mir den Schlüssel, während Jameel gerade mit drei Whiskys zurückkam.

Irgendwann, dachte ich, wird sich einer von ihnen weigern, meine Drinks zu bezahlen oder mir seinen Wagen zu leihen oder irgendwas in der Art, und dann sehe ich sie nie wieder.

«Was ist los, Jameel?» Er wirkte nervös und setzte zwei Mal an, um mir irgendwas zu sagen, überlegte es sich dann aber anders.

«Nichts weiter, ehrlich.»

«Na sag schon.»

«Font war heute betrunken.» Dann war es kurz still.

«Warum schmeißt du ihn nicht raus?»

«Das kann ich nicht, Ram. Wir haben ihn doch alle echt gern.»

«Was hat das überhaupt mit mir zu tun?»

Yehia grinste. «Weißt du, was er gemacht hat? Er hat mit einem Queue auf Arevian eingeschlagen. Ich habe noch nie so gelacht. Sie sind um die Tische gerannt, es hat immer mal wieder *Wusch* gemacht und Arevian bekam den Stock auf den Rücken geknallt. Arevian hat geschrien wie am Spieß und mit den allerneuesten armenischen Vokabeln um sich geworfen. Doromian hat Font angestachelt und sich halb totgelacht.»

Jameel brach auch jetzt in schallendes Gelächter aus, die beiden lachten sich kaputt. Nach einer Weile beruhigten sie sich wieder und erzählten mir, was passiert war. Doromian hätte zehn Minuten lang überlegt, wie er eine Kugel von einer unmöglichen Position aus einlochen könne. Arevian habe natürlich einen sarkastischen Spruch nach dem anderen gemacht: «Du würdest diese Kugel nicht mal in einem Brunnen versenken» und: «Selbst wenn du ihn in deine fetten Hände nimmst, dürfte es schwer für dich werden.» Alle hätten zugeschaut, auch Font. Schließlich habe Arevian gesagt, er würde einen Zehnpfundschein verbrennen, wenn die Kugel von der Position aus versenkt würde. Durch einen unfassbaren Zufall sei die Kugel in einer der

Taschen gelandet, woraufhin Arevian einen Zehnpfundschein aus dem Portemonnaie genommen, ein Streichholz angezündet und den Schein angekokelt habe. Da sei Font ausgetickt und habe sich einen Queue geschnappt und auf Arevian eingeschlagen.

Ich lachte. «Ganz ehrlich, Jameel», sagte ich, «wenn du dich über Font beschweren willst, dann bist du bei mir falsch.»

«Nein, ich will mich nicht beschweren, echt nicht. Ich wünschte nur, er könnte … Ich meine, er sollte ein bisschen …» Aber mehr kam dann nicht.

Font hat zwei Zimmer hinter der Zitadelle im alten Kairo. Seine Nachbarn sind Straßenhändler, Bedienstete und manchmal Bettler. Dieser Stadtteil ist der schönste und lebhafteste von Kairo, überall sonst wäre er ein Kleinod für Künstler, aber nicht hier. Die Kairoer Bohemiens, die sich nicht schon längst in Europa tummeln, sieht man im Jaguar in Zamalek umherfahren. Ich würde auch gern in diesem alten Teil von Kairo wohnen; ehrlich gesagt, würde ich dort viel lieber wohnen. Aber in meinem Fall wäre es anmaßend. In allem, was ich tue, liegt ein Hauch von Anmaßung.

Ich war gelassen und gut gelaunt, als ich zu Font fuhr. Vier Whisky, verteilt auf anderthalb Stunden, scheinen bei mir diese Wirkung zu haben. Worüber mache ich mir Gedanken? Über Edna und das alles? Wie dumm von mir. Mir steht frei, zu tun, was ich will. *Au fond* weiß ich gar nicht, warum ich mir Fonts Spötteleien gefallen lasse. Natürlich werde ich mich nicht aufregen, aber ich … sage ihm einfach, dass er aufhören soll. Dass ich *Time*-Lesern und solchen Leuten die Zunge rausgestreckt habe, ist in der Tat zu kindisch. Wird Zeit, dass ich mich zusammenreiße. Sogar mit meinem Cousin Mounir werde ich sprechen und ihn dazu bringen, dass er mir hilft, bei Shell oder Canadian Insurance unterzukommen. Und ja, die andere Sache gebe ich auf. Irgendwann schnappen sie mich und reißen mir die Nägel raus. Ja, ich hatte eine lange Auszeit, habe meine eigenen wilden Quäker-Haferflocken gesät und hinreichend Fabianer-Mist abgezogen, und jetzt ist es Zeit, erwachsen zu werden etc.pp. Nein, es gibt keinen Grund, jetzt zu Font zu fahren und den dreien mit Schuldgefühlen gegenüberzutreten. Schuld? Schuld woran? Daran, dass ich Edna nicht über mein Leben habe bestimmen lassen? Ich fuhr weg von Fonts Haus, fuhr wieder hin und erneut weg. Fährt sich angenehm mit ein bisschen Whisky intus. Wenn ich länger als eine Stunde nicht geraucht, aber getrunken habe und dann rauche, macht mich die Zigarette plötzlich depressiv. (Wenn ich einen Kater habe, ist es genauso. Egal, wie viel ich am Abend trinke, ich wache morgens gut gelaunt auf, aber kaum rauche ich eine Zigarette, bin ich vollkommen depressiv.) Ich hielt an und gönnte mir eine Zigarette.

… daran, dass ich Edna nicht über mein Leben habe bestimmen lassen? Was für ein Leben, verdammt noch mal? War das etwa ein Leben? War ich etwa ein Mann?

Ich nahm mir mehr Zeit als nötig, um den Wagen vor dem Haus zu parken, in dem Font wohnte, und stellte mich halb auf den Gehweg, weil sonst kein anderes Auto mehr vorbeigekommen wäre. Während ich zu Ende rauchte, stellte ich das Radio an und hörte noch die Nachrichten, bevor ich raufging. Ein kleiner Junge beobachtete, wie ich den Wagen abschloss.

«Ich passe für Sie drauf auf», sagte er.

«Schon gut», sagte ich. «Nicht nötig.»

«Ich poliere ihn auch», versprach er.

«In Ordnung», sagte ich und ging Richtung Tür. Dann drehte ich mich noch mal um und sagte, dass er sich auch reinsetzen könne, wenn er wolle. Ich schloss den Wagen auf und zeigte ihm, wie er das Radio zu bedienen hatte. Er war begeistert; scheu rollte er die Zehen ein.

«Ich putze ihn ganz gründlich», sagte er.

«Vielen Dank», sagte ich und ging hinauf.

Edna saß da, eine Tasse Kaffee in der Hand, und schaute aus dem Fenster. Elegant sah sie aus in ihrem schwarzen Kostüm und mit den bildschönen übereinandergeschlagenen Beinen. Sie drehte sich nicht um, als ich hereinkam. Ich schüttelte Levy die Hand, der Font dabei half, in einer Ecke Geschirr zu spülen. Levy ist sehr groß. Er hat das Kinn vorgeschoben, hält den Kopf so in der Waagerechten, als wäre das die einzige mögliche Haltung, um seine Brille sicher auf der Nase zu balancieren. Im Gegensatz zu Fonts Augenbrauen zieht es die von Levy so weit wie nur möglich nach unten. Ich schaute ihm zu, wie er mit merkwürdigen, abwesend wirkenden Bewegungen das Geschirr abtrocknete. Die Szene hatte etwas Rührendes an sich: Font, der Levy das Geschirr hinhielt, und Levy, der es ihm abnahm, beide einen verwunderten Ausdruck auf dem Gesicht, eine Art seltsamen Virus, der sie befallen hatte und dessen Symptome so offensichtlich waren. Ein stummes *Warum?* auf den Lippen. Würde man sie fragen, warum *was?*, könnten sie es nicht genau sagen.

Ich nahm mir einen Stuhl und setzte mich Edna so halb gegenüber.

«Und darum», sagte Levy zu Font, «war es nicht nur kriminell, sondern auch dumm.» Levy ist das Produkt eines der französischen Lyzeen hier in Ägypten, was man deutlich merkt, wenn er mit Font oder mir zusammen ist. Im Gegensatz zu der Schludrigkeit und Vagheit unserer englischen Bildung sind seine Gedanken und Formulierungen bemerkenswert klar.

«Glaubst du, England und Frankreich hätten uns angegriffen, wenn Israel sich geweigert hätte mitzumachen?», fragte Font.

«Ja, und Israel hätte auch ohne die *aktive* Beteiligung der Engländer und Franzosen angegriffen. Hätte Israel in den Protestchor der Araber gegen die Truppenkonzentration in Zypern eingestimmt und hätte es dem arabischen Volk gesagt, trotz aller Differenzen werden wir uns nicht für imperialistische Zwecke instrumentalisieren und gegen euch ausspielen lassen, wäre wahnsinnig viel gewonnen gewesen.»

«Ja, ja, aber dein vieles ‹hätte, hätte› bringt gar nichts. Du weißt ganz genau, dass die Israelis uns alle liebend gern unter der Kontrolle Europas oder Amerikas sehen würden. Dein ‹hätte› ist überhaupt kein Argument.»

Das kränkte Levy. Aber er ist sowieso ein ewig Gekränkter.

«Font», sagte er, «es ist eine Tatsache, dass sich eine große Zahl von Israelis gegen den Sinai-Feldzug ausgesprochen hat. In Israel gibt es eine große Zahl echter Sozialisten.»

«Echter Sozialisten! Ich kenne deine echten Sozialisten. Maurice Edelman – da hast du deinen echten Sozialisten.»

Ich grinste. Maurice Edelman ist immer ein sehr nützlicher Name für uns, wenn wir mit Juden über den Sozialismus diskutieren.

«Lass den außen vor», sagte Levy, «denk lieber an Leute wie Victor Gollancz.»

Font hat eine Schwäche für Victor Gollancz. «Victor Gollancz ist kein Israeli», murmelte er vor sich hin.

«Edelman auch nicht.»

Die beiden können stundenlang so weitermachen. Mit englischen Persönlichkeiten als Dreh- und Angelpunkt drehen sie noch eine Schleife und noch eine, ohne sich bewusst zu sein, dass sie keine Diskussion über Großbritannien führen, sondern eine über den Nahen Osten.

Nach einer Weile wandte ich mich ab und drehte mich zu Edna um. Ich fragte mich, ob Font und Levy wohl ein sexfreies Leben führten. Fragte mich, ob man ein sexfreies Leben führen musste, um vollkommen aufrichtig sein zu können. Ich wusste, dass sie Edna nie als eine Frau betrachtet hatten, die man sexuell besitzen wollte. Der Armenier Doromian hat mal gesagt, dass die meisten Männer ihr Gehirn in den Geschlechtsteilen spazieren führen, und ich fragte mich, warum Freud so viele Bände gebraucht hatte, um nur das zu sagen. Ich tue natürlich so, als wäre es bei mir ganz anders, aber egal wie wichtig das Thema ist, über das ich gerade spreche, sobald eine schöne Frau den Raum betritt, weiß ich sofort, wo mein Gehirn sitzt, so viel ist klar. Es sei denn, ich bin ernsthaft in ein Spiel vertieft. Vielleicht, dachte ich, hat das Spielen für mich dieselbe Bedeutung wie der Sozialismus für Font und Levy, aber das schien mir dann doch nicht zu stimmen.

«Edna», sagte ich leise. Sie drehte den Kopf ganz leicht,

schaute aber weiter aus dem Fenster. Ich strich ihr langsam über den Ärmel. «Edna … Edna … Edna …» Sie wandte den Kopf und sah mich an. Im ersten Augenblick dachte ich, das da auf ihrer Wange wäre ein Schattenspiel; noch im selben Moment riss ich wie von selbst die Hand vor die Augen und bedeckte sie. Es wurde still, und ich hörte Font und Levy aus dem Zimmer gehen. Von Mundwinkel bis hinauf zum Ohrläppchen zog sich eine breite Schnittwunde über ihre rechte Wange. Der Schnitt war in der Mitte matter und dunkler als an den Rändern. Wegen der Naht waren ihre Lippen leicht verzogen, und durch die Wunde war die Haut an ihrem Hals an manchen Stellen ähnlich gestrafft.

«Gib mir eine Zigarette», sagte sie leise. Meine Hände waren schweißnass. Ich gab ihr eine Zigarette, nahm mir dann auch eine und zündete beide an.

«Na, wie gefalle ich dir jetzt?», sagte sie.

«Ich liebe dich», antwortete ich.

«Ich meine, so unter ästhetischen Gesichtspunkten.»

Ein elender Offizier. Sie musste es gar nicht sagen. Ein elender Offiziersdreckskerl, der ihre Wohnung durchsucht hatte. Ein ach so elegantes Offiziersschwein mit Oberlippenbart. Am Anfang noch ganz freundlich. «Reine Routine», wird er gesagt haben. Ein gutes Opfer, wenn er eine flachlegen wolle, wird ihm irgendwer gesagt haben … eine Jüdin. Womit? Mit einem Messer? Einer Glasscherbe?

«Mit einer Peitsche», sagte sie, ohne dass ich gefragt hatte.

«Na und!», schrie ich. «Na und, verdammt! Gibt es in Israel etwa keine dreckigen Offiziere? Haben die nicht auch arabische Frauen und Kinder abgeschlachtet? Wimmelt es in Kenia denn nicht von dreckigen britischen Offizieren? Wimmelt es nicht auch in Algerien von dreckigen Sadisten in Uniform? Na wennschon! Arbeiten in der dreckigen NATO denn keine jüdischen Offiziere Seite an Seite mit ehemaligen Nazioffizieren? … Oh, Edna … Wer war das?»

Sie antwortete nicht.

«Edna, wer war das?»

Aber sie sagte es nicht.

Sie sah jetzt sehr viel älter aus als ich und sehr erschöpft. Ein Sturm der Zärtlichkeit brach in mir los, und die Sinnlosigkeit und die Ungerechtigkeit von alledem betäubten mir die Sinne. Wie gern hätte ich mich unter Laken begraben, die Augen geschlossen und auf ewig versteckt. Ich versuchte sie an mich zu ziehen, aber sie stieß mich weg, also ließ ich von ihr ab, und sie rückte weg, saß mir jetzt mit der unversehrten Seite zugewandt.

Das ist alles London. Das ist alles London, sagte ich mir. Das kam davon, wenn man Father Huddleston gehört hatte, wenn man wusste, wer Rosa Luxemburg war, und wenn man die Gorki-Trilogie in Hampstead gesehen hatte. Das kam davon, wenn man Donald Sopers Predigten am Speaker's Corner im Hyde Park gehört und Koestler und Alan Paton und Doris Lessing und Orwell und Wells und *La Question* und sogar Kenneth Tynan gelesen hatte. Das kam davon, wenn man wusste, wie es Franco an die Macht geschafft und wer sich seitdem mit ihm angefreundet hatte, wenn man von Churchills hundert Millionen wusste, um Lenin zu vernichten, und von dem Telegramm später; wenn man wusste, wie Palästina an die Juden gegangen war und warum … wenn man von der Bombardierung von Damaskus wusste und Robert Graves' *Good-bye* kannte. Selig sind die Unwissenden. Wie herrlich es doch war, mit meiner Mutter in die katholische Kirche zu gehen, bevor ich das erste Mal von Salazar oder den nach Äthiopien geschickten heiligen Truppen gehört hatte.

«Wann ist das passiert?»

«Das ist unwichtig», sagte sie.

«Und wo wohnst du jetzt?»

«Gleich hier in der Nähe.»

«Und deine Eltern?»

«In Südafrika.»

Ich stand auf und lief im Zimmer umher, warf einen Blick unter Fonts Bett und entdeckte eine Flasche Cognac, merkte aber, dass mir nicht nach Trinken zumute war. Beim Blick aus dem Fenster sah ich Font und Levy, die auf Stühlen unten auf dem Gehweg saßen und mit dem Besitzer eines Kaffeehauses Domino spielten. Spielte Font wirklich gern Domino oder passte diese Szene von Levy und ihm beim Dominospielen mit einem Mann in bäuerlicher Kleidung nur gut in das Bild, das er von sich haben wollte?

«Möchtest du einen Cognac, Edna?»

«Ja», antwortete sie. Ich holte die Flasche unter dem Bett hervor und schenkte ihr ein Glas ein.

«Warum gehst du nicht weg, Edna? Warum gehst du nicht nach Israel oder Südafrika oder Frankreich oder irgendwo sonst hin und führst ein glückliches Leben?»

«Weil ich Ägypterin bin», sagte sie.

Es dauerte einige Zeit, bis mir klar wurde, dass diese Wunde Ednas Gesicht wirklich entstellte und dass genau das auf mich wirkte; nicht auf abstoßende, sondern meine

Zuneigung und Zärtlichkeit verstärkende Weise. Sie wirkte realer dadurch und noch einzigartiger. Wenn sie doch nur weinen würde, dachte ich, wenn sie doch nur weinen und zulassen würde, dass ihre Gefühle einmal über ihre Ratio siegten. Aber in den ganzen sechs Jahren, die ich sie nun kenne, hat sie kein einziges Mal geweint.

«Weinst du eigentlich nie, Edna?» Sie tat die Frage als lächerlich ab.

Wie seltsam. Da lernt ein Mann eine Frau kennen. Und für lange Zeit sind sie eins. Alles ist miteinander verwoben: ihre Gedanken, ihre Körper, ihre Hoffnungen, ihre Gerüche, ihre Leben. Sie sind eins. Und dann vergeht einige Zeit, und sie sind Fremde. Sind nicht länger eins. Als hätte es all das nie gegeben, als würde man in den Spiegel schauen und nicht sich sehen, sondern einen Fremden.

Ich holte mir ein Glas. Was tun eigentlich Leute, die keinen Alkohol trinken, in einer solchen Situation? Sich ihr einfach stellen vielleicht? Sich einer Situation stellen ist das eine, die Situation dann aber auch zu meistern, etwas anderes. Der Cognac würde den Sieg nach Hause tragen: Er würde über Ednas eigenwillige Härte siegen und über meine Unfähigkeit, das Richtige zu sagen oder zu tun. Ich goss uns beiden nach und setzte mich dann schweigend zu ihren Füßen, sie war in ihre Gedanken versunken und ich in meine. Der Cognac setzte sich bereits durch. Beide tranken wir noch ein weiteres Glas, und ich küsste liebevoll und sanft ihr Knie. Zögerlich berührte sie mein Haar, spielte damit und presste meinen Kopf gegen ihren Schenkel. Vielleicht tat sie es instinktiv und unvorbereitet, dennoch war es eine Szene, der man so wahrscheinlich schon einmal in einem Film oder einem Theaterstück oder einer Oper oder einem Buch begegnet ist und die vom Brandy abgerufen wurde, ohne dass man sich dessen bewusst war. Künstler versuchen, Menschen abzubilden; und Menschen bilden ab, wie Künstler Menschen wahrnehmen.

Und dann fiel mir ein, was zu sagen nahe liegend war: «Weißt du noch?» Wäre mir das auch ohne Brandy eingefallen? Vielleicht wäre es das und war es sogar; aber es wäre mir nicht im richtigen Augenblick und auch nicht zärtlich über die Lippen gekommen.

«Weißt du noch?»

«Was meinst du?», fragte sie leise.

Wir wussten es noch, und der Fremde im Spiegel war uns wieder vertrauter, war wiederzuerkennen und nah, war ein und dieselbe Person.

Font und Levy kamen herein und ignorierten, dass mein Kopf an Ednas Knie ruhte und ihre Hand auf meinem Kopf lag. Derart unwichtige Dinge sind der Aufmerksamkeit von Sozialisten nicht würdig. Ich war kurz davor, Font zu fragen, was Lenin getan hätte, wenn er seine Frau mit einem anderen Mann erwischt hätte, überlegte es mir aber anders.

«Immer ist alles Allahs Wille», setzte Font an. «Frag ihn, wie viel Geld er im Jahr verdient, und er antwortet: ‹Ich verdiene genug; gelobt sei Allah.› Frag ihn, ob er froh ist, dass Nasser uns Farouk vom Hals geschafft hat, und er antwortet: ‹Was auch immer Allah uns bringt, ist groß.› Frag ihn, wie viel er dem Kellner zahlt, und er sagt: ‹Allah sei mein Zeuge, mehr als genug.›»

Levy sagte, zwischen Font und Kharafallah unten habe

eine «psychologische Schranke» bestanden. Font aber sagte, er sei ein einfacher Angestellter im Snooker-Club, sodass es eigentlich keine solche Schranke geben sollte, und Edna sprach davon, dass man aufpassen müsse, nicht zu gönnerhaft zu wirken. Ich wartete darauf, dass das Gespräch wieder auf englische Politiker kam. Sollte es das nicht, würde ich nachhelfen, denn sie sind glücklich wie sonst nie, wenn sie sich über London das Maul zerreißen können. Jedenfalls meinte Edna zu Font, dass er sich aufführe wie ein Fabianer, und Levy illustrierte den Fabianismus am Beispiel von Bernard Shaw, und Font verteidigte Wells, sodass sie also auf dem richtigen Weg waren und ich meine Stirn an Ednas Knie rieb.

«Ich fahre dich nach Hause», sagte ich zu Edna.

«Ich wohne nur ein paar Schritte von hier», sagte sie.

«Wir könnten alle zusammen eine Spazierfahrt machen.»

«In Ordnung», sagte sie.

Gerade als wir die Wohnung verließen, drehte sich Levy zu Edna um und fragte: «*Tu te sens mieux*?»

Ihr Blick verfinsterte sich leicht; sie war kein Fan dieser Art von Vertraulichkeit, nur weil sie beide Juden waren. Im selben Moment bemerkte Levy seinen Fehler und wurde rot.

Wir hörten Musik, als wir uns dem Wagen näherten, und ich erinnerte mich an den kleinen Jungen, der angeboten hatte, ihn zu putzen. Zusammengerollt lag er auf dem Fahrersitz und schlief, hielt den Lumpen, mit dem er den Wagen gesäubert hatte, noch in der Hand. Wir starrten auf ihn hinunter, während ich erklärte, wie er dort hingekommen war. Edna stellte das Radio aus und weckte ihn vorsichtig. «Wo wohnst du?», fragte sie. Er rieb sich die Augen und schaute unter seinen Brauen zu uns auf, den Kopf verdreht. Dann sah er mich und lächelte.

«Ich habe ihn drei Mal geputzt», sagte er.

«Er sieht blendend aus», sagte ich.

«Wo wohnst du?», fragte Edna erneut. «Deine Mutter macht sich bestimmt schon Sorgen um dich.»

«Oh, nicht schlimm, Mistress», sagte er. «Ich habe keine Mutter und auch keinen Vater, es ist also nicht schlimm.»

«Wo wohnst du dann?»

«Oh, gleich hier.»

«In welchem Haus?»

«In einem der Eingänge. Egal wo.»

«Du hast also kein Zuhause?»

«Nein, aber im Winter schlafe ich auf der Wache beim Polizisten hinterm Schreibtisch.»

«Beim Polizisten?»

«Ja, er ist mein Freund», sagte er stolz. Ich beobachtete Font. Ich konnte sehen, wie echte Verdrossenheit und Verärgerung über seine eigene Unzulänglichkeit und diese Ungerechtigkeit in seinen Augen aufblitzten und ihm sinnloser Zorn die Sicht verstellte.

«Wie alt bist du?», fragte Edna.

«Weiß nicht.»

In dem Augenblick kam Kharafallah, der Kaffeehausbesitzer, und warf einen Blick auf den Jungen. «Keinen Vater, keine Mutter», sagte er seufzend. «Was soll man machen? Es ist Allahs Wille.»

«Wo kommt er an was zu essen?», fragte Levy.

«Mal hier, mal da. Hier mal ein Brot, da mal ein bisschen Käse; wir tun, was wir können – er ist ja nicht der Einzige. Was soll man machen? Es ist Gottes Wille.»

«Geht er denn nicht zur Schule?», fragte Font in seinem Idealismus.

«Schule? Was denn für eine Schule? Ich habe doch gesagt, dass er weder Vater noch Mutter hat.» Kharafallah schüttelte den Kopf. «Schule? Also wirklich!» Er lachte. «Dieser hier hat Glück; ein Polizist, ein guter Mann, habe Gott ihn selig, hilft ihm, wenn es kalt wird. Was soll man machen?»

Edna gab Kharafallah etwas Geld und bat ihn, sich um den Jungen zu kümmern, bis wir etwas für ihn arrangiert hätten.

Wir fuhren auf die Pyramiden zu, Edna und ich auf der Rückbank und Font mit Levy neben sich am Steuer. Levy hatte resigniert die Arme vor der Brust verschränkt. Er ist zweifellos einsam. Das erste Mal sind wir ihm in London begegnet, wo er in einem der Lyon's Corner Houses gearbeitet hat und von einer unfreundlichen Managerin angeschrien wurde. Er hat nie so ganz in unsere Gruppe gepasst. Nicht nur weil wir eine englische Bildung erhalten haben und er eine französische, sondern weil er etwas Demütiges an sich hat, das manchmal peinlich ist. Edna hat seine Überfahrt nach Ägypten bezahlt, und Font hat sich mit ihm angefreundet. Jetzt gibt Levy Arabischkurse für erwachsene Ägypter, die sich plötzlich gezwungen sehen, diese Sprache beherrschen zu müssen, die er unter muslimischen Scheichs an der Azhar Universität studiert hat. Wäre der Suezkrieg nicht gewesen, wäre in der arabischen Welt sicher ein angesehener Gelehrter aus ihm geworden. Ich fragte mich, warum er nicht nach Israel ging.

«Levy», fragte ich, «hast du je darüber nachgedacht, nach Israel zu gehen?»

«Ja», sagte er. «Jeder Jude hat irgendwann schon mal darüber nachgedacht, nach Israel zu gehen, da kannst du dir sicher sein.»

Ich weiß nicht, wieso, aber es erinnerte mich an: ‹Jeder verheiratete Mann hat irgendwann schon mal darüber nachgedacht, sich scheiden zu lassen.›

«Umgeben von Juden», fuhr er fort, «geht mir jegliche Individualität verloren. Mit allem, was sie sagen, stimme ich überein. Was auch immer sie von mir erwarten, ich sage und tue es; irgendwann wäre ich überhaupt keiner eigenen Gedanken mehr fähig. Nach Israel zu gehen wäre wie Selbstmord.»

... Un acte de suicide de ma part,
Si je ne me tiens pas à l'écart.

«Ich bin Dichter», habe ich zu ihnen gesagt.

Wir fuhren an dem Haus vorbei, in dem meine Tante wohnte und in dem ich Edna zum ersten Mal begegnet war. Edna lächelte zaghaft. Ich fragte mich, ob die Nähe, in die wir bei Font zurückgefunden hatten, sich schon wieder verflüchtigte. Tastend suchte ich nach ihrer Hand und fand sie, aber mein Streicheln wurde nicht erwidert. Ich hatte Angst, sie könnte glauben, ich hätte nur Mitleid mit ihr wegen der Wunde. Und das hatte ich auch, aber mein Wunsch, ihre Hand zu halten, hatte einen anderen Grund. Ich liebte sie.

Wir fuhren hinauf auf das Pyramidenplateau und stiegen aus. Da standen sie. Materie gewordene Monumentalbauten des Immaterialismus. In der Dunkelheit wirkten sie nicht wie von Menschen geschaffene Bauwerke, sondern wie eine göttliche Demonstration hier auf der Erde, ein Zeichen der Stabilität irgendeiner überirdischen Macht. Wären sie noch viel früher erbaut worden und wäre ihre Geschichte unbekannt gewesen, hätte sie auch irgendein Moses oder irgendwer sonst als Zeichen irgendeinem Abraham gegenüber verwenden können:

Und ich sah Feuer, das aus dem Busen von wem auch immer ging, und es geschahen drei Erdbeben, die an die Erde und die Wasser rührten, und die kantigen Säulen der Himmel fielen hernieder und füllten die Erdbeben, und siehe, sie erbauten drei Monumente, die die Seitenwand der Monumente entlangliefen: einhundertzehn Schock irgendwas oder so in der Höhe und in der Breite so viele Schritte, als ein Lamm an einem Tag und in einer Nacht tut. Und die Feuerflammen brannten in seinem Herzen, und er sprach, seine fünf Söhne zu ihm zu führen, und er schlug sie mit gewaltigen Schlägen und trug ihnen auf, alle Jungvermählten am Fuße des größten Monuments zu opfern. Denn dieses war der Wunsch des Herrn.

Ich hielt Ednas Hand, und wir gingen zusammen auf die Sphinx zu. Lange standen wir schweigend da, dann drehte ich mich zu ihr, berührte ihre aufgeschlitzte Wange und sagte ihr, dass ich sie liebte. Sie sah weiterhin die Sphinx an, aber ich küsste sie und hielt sie fest. Arm in Arm gingen wir zurück zum Wagen, ganz wie ein englisches Ehepaar in Brighton.

Wir fuhren schweigend zurück. Ich bin jedes Mal überwältigt, ganz gleich, wie oft ich nachts zu den Pyramiden fahre, und auf der Rückfahrt ist es immer still. Wir setzten

Levy unterwegs ab, und dann fuhr Font zu seiner Bude. Er ließ den Motor laufen, wünschte uns eine gute Nacht und ging hinauf. Eine Weile saßen wir auf der Rückbank, sagten kein Wort. Ich hatte einen langen Tag hinter mir; ich hatte zu viel getrunken und war müde. Und trotzdem war da diese überwältigende Sehnsucht nach Edna; dieses quälende zärtliche Verlangen, sie zu streicheln und zu lieben.

«Wo wohnst du?», fragte ich.

«Komm mit, ich zeig es dir.»

Es war ein einzelnes Zimmer, eingerichtet mit einem für den maurischen Stil typischen niedrigen Sofa, auf dem sie schlief; ich konnte aber nicht viel sehen, da sie kein Licht machte. Ich wusste, sie würde kein Licht mehr wollen. Im Schneidersitz setzte ich mich aufs Sofa, dann kam sie und setzte sich in derselben Position vor mich. Ich löste den Knoten ihrer rotbraunen Haare, wie ich es schon viele Male getan hatte, dann gab sie mir einen Kamm und ich fuhr Strähne für Strähne hindurch bis zu ihrer Taille hinab; ich flocht ihr zwei lange Zöpfe, sie reichte mir die Schnur, und ich band sie zu, dann löste ich die Knöpfe ihrer Kleidung, Jacke und Bluse, zog ihr beides aus und auch sonst alles, sodass sie mit gesenktem Kopf vor mir saß, nackt und wunderschön. Immer wieder sagte ich, «ich liebe dich», küsste sie und flüsterte ihr Liebesworte, Zärtlichkeiten und Erinnerungen ins Ohr. Schließlich drehte sie sich um, ihr Atem war ganz nah, und wir wurden eins. Zwei ineinander verschlungene Körper und Seelen und Leben, und nur das zählte noch. Nur darum werden wir geboren: Damit wir mit dem Menschen, den wir lieben, eins sein können und von ihm geliebt werden.

Sechs Jahre zuvor hatte die Tante, die mit ihrer Unterschrift auf all diese Acres Land verzichtete hatte, zu Ehren ihres frisch aus Amerika zurückgekehrten Sohns Mounir einen Empfang – von ihnen Soiree genannt – gegeben. Das Spektakel in ihrer Villa in der Pyramid Road war groß. Bedienstete in Livree, Kristallgläser und Champagner. Ich kam zu spät. Um eine riesige Tafel saßen an die dreißig Gäste beim Abendessen; und dann war da mein leerer Platz.

«Und hier kommt unser Revolutionär und Nasser-Anhänger», sagte Mounirs Mutter, eine fette, hässliche und reiche Frau. «Solltest du ihnen denn nicht raten, uns unser Haus und Silber wegzunehmen?» Sie quietschte vor Lachen. Alle anderen lachten angestrengt. Sie wurden von acht Bediensteten bewirtet, dem Stammpersonal. Ich saß neben meiner Mutter.

«Sag Mounir wenigstens Hallo», flüsterte sie mir zu, «du hast ihn drei Jahre nicht gesehen.»

Ich suchte die Tafel nach ihm ab und sah ihn flüchtig an, mein Blick aber blieb an der jungen Frau neben ihm hängen. Sie hatte diese einzigartige Haut, glatt und zartbraun, und am Hinterkopf einen mächtigen Schopf rotbraunes Haar. Ihre Augenlider waren feucht, das konnte ich von meinem Platz aus sehen.

«Wer ist das?», fragte ich meine Mutter.

«Das ist *la fille* der Salvas, Liebling. Gerade erst aus Europa zurück.»

Ihr Vater und ihre Mutter waren auch da; ich kannte sie schon. Eine der reichsten jüdischen Familien Ägyptens – unsere Woolworths.

«Lange nicht gesehen!», rief Mounir mir zu. Gott, dachte ich; *lange nicht gesehen!*

Ich schaute ihn an und sagte Hallo.

«Was macht die Kunst, alter Freund? Wir werden uns doch sicher bald ein bisschen gemeinsam amüsieren, was?», sagte er augenzwinkernd.

«*Tout à fait américain*», sagte jemand, und «*c'est mignon*» und «*il est sympathique*».

Den Blick auf meinen Teller gerichtet, stellte ich mir vor, wie der gut aussehende Trottel sich auf seinem Stuhl wand. Hin und wieder schaute ich rüber zur Salva-Tochter; sie schien ständig Mounir zuzulächeln.

«Hey, Ram», rief er wieder quer über den Tisch, «was höre ich da? Du bist jetzt einer von den Roten? Fall nicht auf diesen Unsinn rein. Ich erzähl dir mal ein paar Sachen, die dir zu denken geben werden.»

Ich war weder rot noch pink noch blau noch schwarz. Damals war nichts Politisches an mir. Die Ägyptische Revolution und Farouks Abschuss betrachtete ich nicht als Politik.

«Tue das», sagte ich.

«Glaubt mir», fuhr er fort und wandte sich unterdessen an die gesamte Runde, «die amerikanische Demokratie ist *das* Nonplusultra. O Mann, dieses Land müsst ihr einfach erleben.» Alle nickten artig und zufrieden. Und sein amerikanischer Akzent, ob nun beabsichtigt oder nicht, unterstrich seine Geistlosigkeit noch.

«Ich war da und habe es mit eigenen Augen gesehen. O Mann, das ist genau das richtige Land für mich. Ich sage euch …»

Zwei Tage zuvor war ich mit einer Gruppe von «Freiheitskämpfern» zusammengekommen, alles Studenten, die die britischen Truppen am Sues in Schach hielten. Drei meiner Freunde waren gestorben, und Font lag mit einer Kugel im Oberschenkel im Krankenhaus.

«… die rote Gefahr … freie Marktwirtschaft», fuhr er, zur billigen Bewunderung der in der Runde sitzenden Dauernicker fort. «Wir müssen in jedem Fall wachsam sein», sagte er. «Seht euch nur an, was mit China passiert ist.»

Ich fragte ihn, was mit China passiert sei. Er wusste es nicht. Er wusste nicht, dass es in Amerika so etwas wie Rassendiskriminierung gab. Er hatte noch nie von Sacco und Vanzetti gehört, wusste nicht, was es mit den ‹unamerikanischen Umtrieben› auf sich hatte. Nein, er glaubte nicht, dass es in Amerika arme Puerto Ricaner oder überhaupt irgendwelche Armen gab. Paul Robeson? Noch nie gehört. Rothäute ohne anerkannte Staatsbürgerschaft? Was redete ich da? Ich müsse verrückt geworden sein. Er wusste nur, dass er drei Jahre in Amerika gelebt, die dortigen Redewendungen aufgeschnappt und einen Abschluss bekommen hatte. Er fühlte sich bestens ausgerüstet für ein höheres Amt, und es machte mich tatsächlich krank zu wissen, dass er es auch bekommen würde. Es machte mich krank, weil abgesehen von Font und mir all die anderen Studenten, die am Sues starben aus armen Familien kamen und Mounir und Co. sich den Überlebenden gegenüber als Herren aufspielen würden.

«England», sagte er, «müsse am Sues bleiben und uns vor der Roten Gefahr beschützen.»

Politik hin oder her, das war zu viel. Was dann genau passierte, weiß ich nicht mehr; es kam zum Streit und zu Handgreiflichkeiten, und ich sagte, dass er sich mit seiner amerikanischen Demokratie «den Hintern abwischen» solle. Meine Mutter brach natürlich in Tränen aus, und die Bediensteten rissen uns auseinander, und sogar von einem Anruf bei der Polizei war die Rede.

Ich fand mich auf der Straße wieder. Eigenartigerweise bester Dinge. Ich musste lachen, als mir einfiel, wie meine Tante «Mörder, Mörder» geschrien hatte. Für die Straßenbahnlinie an der Pyramid Road war es schon zu spät, und so machte ich mich zu Fuß auf den sieben Meilen langen Heimweg. Meine Mutter hatte damals noch ihren Wagen, und ich dachte, später würde sie mich vielleicht auflesen. Plötzlich hörte ich meinen Namen, ging aber weiter, ohne mich umzudrehen. Dann hörte ich, wie mir jemand nachrannte.

«Bleib stehen, verdammt!», rief sie.

«Was willst du?», fragte ich und schaute die Salva-Tochter an.

«Deine Mutter sagt, du sollst ihren Wagen nehmen; hier sind die Schlüssel.»

«Wie kommt sie nach Hause?»

«Meine Eltern bringen sie.»

Wir gingen zusammen zurück.

«Ich bin die Tochter von …»

«Ja, ja, ich weiß», sagte ich. «Du bist das reiche Salva-Mädchen.» Ich startete den Motor.

«Kannst du mich nach Hause fahren?», fragte sie.

«Warum?»

«Warte kurz», sagte sie, «ich hole meine Handtasche.»

Wenig später war sie zurück, und eine Weile fuhr ich schweigend. Plötzlich beschloss ich, Font einen Besuch abzustatten. Er hatte ein Einzelzimmer, und ich wusste, dass ich jederzeit ins Krankenhaus reinkam.

«Du wohnst in Heliopolis, oder?»

«Ja», sagte sie.

Zuerst fuhr ich zu unserer Zamaleker Wohnung und bat sie, einen Augenblick im Wagen zu warten. Oben schnappte ich mir zwei Flaschen Wein und zwei Gläser und nahm dann noch ein drittes.

«Warum wolltest du weg von der Party?», fragte ich sie im Wagen.

«Willst du mich mit dem Wein verführen?», fragte sie, ohne darauf zu reagieren. Ich erzählte ihr von Font, der im Krankenhaus lag, und dass ich ihm erzählen wollte, was sich bei meiner Tante abgespielt hatte.

«Fährst du oft ins Sues?»

«Ich nicht, aber Font ist Stammgast.»

«Wie alt ist Font?», fragte sie.

«Einundzwanzig.»

«Und du bist auch einundzwanzig?» Ich nickte.

«Ich bin fünfundzwanzig», sagte sie.

Sie kam mit zum Krankenhaus. Unbemerkt schlichen wir uns in Fonts Zimmer. Ich stellte ihm Edna vor und öffnete den Wein. Edna und ich saßen an Fonts Fußende, und ich erzählte ihm von Mounir.

«Ich habe mich gefreut, als du ihm eine verpasst hast», sagte Edna.

Das überraschte mich. «Für mich sah es aus, als würdest du ihm die ganze Zeit zulächeln.»

«Ich kann ihn nicht ausstehen, und auch sonst keinen von den Leuten dort.»

«Auch deine Eltern nicht?», fragte ich.

«Die am allerwenigsten.»

Ich lachte.

«Worüber lachst du?» Die Frage kam von Font.

«Über diese Reiche-Mädchen-Spielerei», antwortete ich.

«Nein», sagte sie, «du irrst dich.» Ich glaubte ihr. Das war das erste Mal, dass Edna Scham in mir auslöste, weil ich ja wusste, dass mein eigener Auftritt an diesem Tag ein ziemliches Schauspiel gewesen war.

Edna wollte von Font wissen, wie er sich die Verletzung zugezogen hatte. Wir redeten bis in die frühen Morgenstunden. Wir tranken Wein und lachten und achteten darauf, kein Wort über Israel zu sagen, weil Edna Jüdin war. Zufällig streifte ich ihre Hand, und irgendwie schien es selbstverständlich, dass wir für den Rest der Nacht Händchen hielten. Wegen des Weins, der Morgendämmerung und Ednas Schönheit war ich sehr verliebt. Es war eine glückliche Nacht.

Kurz nach diesem Besuch wurde Font aus dem Krankenhaus entlassen. Wir trafen Edna fast täglich. Manchmal holte sie uns mit dem Wagen an der Universität ab, und dann fuhren wir stundenlang über die Wüstenstraße nach Alexandria. Font und ich waren schüchterne Menschen und insgesamt recht anders als unsere alten Schulfreunde – auch wenn wir ihre Vorliebe für Alkohol und Glücksspiel teilten: Wir waren Bücherwürmer. Font lebte damals bei meiner Mutter und mir. Seine Eltern waren tot, und wir kannten uns seit Kindheitstagen. Er erhielt eine kleine monatliche Zuwendung, die er mit mir teilte, für Bücher und andere Sachen, während meine Mutter für den Haushalt aufkam. Das hatten wir nicht abgesprochen, sondern es ergab sich einfach. Wir waren solche Leseratten, dass wir manchmal wochenlang keinen Fuß vor die Tür setzten und in meinem Zimmer ein Buch nach dem anderen lasen. Ich kann mich jedoch nicht daran erinnern, dass Font und ich je über eins der Bücher gesprochen hätten. Wir lasen nur.

Das einzig wirklich Wichtige, das uns widerfuhr, war die Ägyptische Revolution. Unser Interesse war rückhaltlos und natürlich, frei von jeglichem Fanatismus oder konkreten Zielen. Das einzige Mal, dass ich leidenschaftlich reagierte, war an dem Tag, als Mounir sagte, die Engländer sollten in Ägypten bleiben. Und erstaunlicherweise war das auch das erste Mal, dass ich all das Gelesene nutzte: von Rassendiskriminierung und Fällen wie dem von Sacco und Vanzetti wusste ich aus den Tausenden von Büchern, die ich verschlungen hatte. Jemandem, der das Gegenteil von Mounir verkörpert hätte, hätte ich mit den Morden an Karl Radek und den polnischen Revolutionären kommen können. Ich las querbeet und interessierte mich nur für die Geschichten als solche.

Als Edna plötzlich von Sozialismus, Freiheit und Demokratie sprach, sagten wir zu allem Ja, genau das war die

Ägyptische Revolution; die Revolution würde alles Gute in die Tat umsetzen. Anfangs bemerkten wir Ednas Leidenschaft für Politik nicht einmal, aber geduldig erzählte sie uns von unterdrückten Völkern in Afrika und Asien und auch Teilen Europas, und Font und ich lasen Bücher über Politik auf einmal mit gewachsenem Interesse. Je mehr wir lasen, desto mehr wollten wir erfahren und desto dümmer kamen wir uns vor. Zum ersten Mal erfuhren wir von der Geschichte des britischen Imperialismus und davon, weshalb wir die britischen Truppen nicht am Sues wollten. Bis zu diesem Zeitpunkt hatten wir wie alle anderen «Räumung» geschrien, ohne zu wissen, weshalb die Räumung eigentlich so wichtig war. Wir betrachteten uns immer mehr als Teil der Menschheit im Allgemeinen, anstatt nur als Ägypter.

Wir wurden unzufriedener mit dem Universitätsleben, das wir führten. Das trug nicht dazu bei, dass wir härter arbeiteten. Wenn wir nicht gerade Snooker spielten oder Bier tranken, verbrachten wir die Tage mit Edna, und wenn beides nicht ging, verschlangen wir Bücher über Politik.

Edna und ich waren nicht von Anfang an ein Liebespaar. Ich hatte an der Universität zu viele ägyptische Frauen kennengelernt, die es ernst meinten mit der Politik und es verachtet hätten, wenn ein Mann ihnen körperliche Avancen gemacht hätte, sodass ich in meiner stillen Liebe zu Edna Angst hatte, auch sie könnte mich dafür verachten, wenn ich versuchen würde, mit ihr zu schlafen. Einen Teil meiner Leidenschaft lenkte ich auf die Politik um. Ich lernte später, dass ein Mann, der seine politischen Ansichten mit Leidenschaft vertritt, auf Frauen meist sehr anziehend wirkt.

Edna brachte mich mit dem ägyptischen Volk in Berührung. In dem Umfeld, in das ich hineingeboren worden bin, ist es eine Seltenheit, Ägypter zu kennen. Edna erklärte mir, dass die Leute, auf die ich im Sport-Club und bei Galopprennen stieß, die Villenbesitzer und die europäisch Gekleideten und in Europa weit Gereisten, keine Ägypter waren. Kairo und Alexandria waren nicht deshalb kosmopolitisch, weil in diesen Städten viele Ausländer lebten, sondern weil die Ägypter, die dort geboren wurden, für die eigenen Leute Fremde waren.

Irgendwann nahm sie mich mit in eine Wohnung in der Nähe des alten Kairo, die ihrem Vater gehörte. Es war der erste von vielen Ausflügen – barfuß und in Lumpen – in die Armenviertel Kairos und die kleinen Dörfer im Umland. Bei diesem ersten Mal forderte sie mich auf, mich im Schneidersitz auf den Boden zu setzen und ihr die Haare zu kämmen. Sie setzte sich vor mich und zog mehrere Haarnadeln heraus. Die Haare fielen ihr hinab bis auf die Taille, und ich kämmte sie ihr und flocht ihr zwei Zöpfe, die ich mit Schnur zusammenband. Auf dem Bett lagen die bäuerlichen Lumpen, die wir später anziehen würden.

«Bist du traurig?», fragte sie, ohne sich zu mir umzudrehen.

«Ein bisschen.» Es war diese stille Angst, die … na ja, die einen überkommt, wenn man der Frau, die man liebt, die Haare kämmt und das Gefühl hat, nicht gut genug für sie zu sein.

«Wir müssen jetzt die Sachen da anziehen», sagte sie, ohne sich zu bewegen.

«Ja», sagte ich.

«Stört es dich, wenn ich mich vor dir ausziehe?»

«Bitte nicht, Edna.»

«Warum nicht?»

Ich antwortete nicht.

«Etwa, weil du mich liebst?»

Ich betrachtete ihren Nacken und schwieg.

«Ich bin vier Jahre älter als du.»

«Ist das wichtig?»

«Nein», sagte sie.

Nach einer kurzen Pause fragte sie, ob ich so unerfahren sei, wie es scheine. Ich beugte mich vor und küsste ihren Hals. «Ich bin nicht unerfahren», flüsterte ich, «aber ich stelle mich ungeschickt an, weil ich dich liebe.»

«Sag das noch mal.»

«Was?»

«Dass du mich liebst.»

«Ich liebe dich», sagte ich.

Die vielen Bücher, die Font und ich gelesen hatten, ob nun politischen oder anderen Inhalts, wurden zunehmend zu etwas, das mehr war als nur interessant. Edna hatte fast genauso viel gelesen wie wir, und wegen ihr redeten wir auf einmal über das, was wir gelesen hatten.

Die Welt aus Eis und Schnee und roten schrägen Dächern rief uns plötzlich. Die Welt der Intellektuellen und U-Bahnen, der gepflasterten Straßen und der von uns noch nie gesehenen grünen Landschaften lud uns ein. Die Welt, in der Studenten in Wohnheimen wohnten und mit Sekretärinnen ausgingen und Lieder sangen und Bier aus großen Krügen tranken, schrie nach uns. Eine ganze Phantasiewelt. Eine Mischung aus allen europäischen Städten; eine Welt, in der Pubs mit Zinkbars verwechselt wurden und man vom Picadilly direkt auf die Champs-Elysées gelangte; in der Bergarbeiter Kommunisten und Polizisten Faschisten waren; in der es etwas gab, das sich «Bourgeoisie», und jemanden, der sich «Landlady» nannte, außerdem Grand Hotels, Fiatwerke und Stierkämpfe; in der Amerikaner hervorstachen und Anarchisten Bärte trugen und es etwas gab, das man «die Linke» nannte; in der die deutsche Familie von Christopher Isherwoods lebte, wo die Schweden den höchsten Lebensstandard hatten, Dichter in Dachkammern wohnten und es überdachte Schwimmbäder gab.

Ich wollte leben. Ich las und las, und Edna redete, und ich wollte leben. Ich wollte mich in Affären mit Komtessen stürzen und mich in eine Bardame verlieben, wollte ein Gigolo sein und ein politischer Anführer, wollte in der Spielbank Monte Carlo gewinnen und abgerissen durch London ziehen, wollte ein Künstler sein, wollte elegant sein, aber auch in Lumpen stecken.

Es war der letzte Tag vor den Sommerferien; alle gut Betuchten fuhren nach Alexandria. Font und ich warteten am Universitätstor auf Edna.

«Da wären wir», sagte Font, «es ist so weit, drei volle Monate liegen vor uns, überfüllte Strände und Protzerei. Alle ‹Familien›-Mädchen hoffen auf eine platonische Liebesbeziehung, und alle jungen Männer striegeln sich die Bärte und stolzieren über den Sand. Das Glücksspiel geht los und das Herumcruisen der jungen Männer, die Nächte in den Clubs und das Prahlen mit ausgedachten Affären. Die bunten T-Shirts und Hosen für die Mädchen. Das ewig alte Lied, sinnentleert … jedenfalls kein Leben.»

Ich stimmte ihm zu. «Leben» gab es nur in Europa.

Ob Ednas Entscheidung schon lange vorher feststand, weiß ich nicht, aber plötzlich rückte sie mit dem Plan heraus, uns für drei Monate mit nach England zu nehmen. Es war mir nie gelungen, einen tieferen Einblick in ihre Gedanken zu erlangen. Ich hatte keine Ahnung, warum sie sich mit Font und mir angefreundet hatte, uns mit Politik in Berührung gebracht und eine Liebesbeziehung mit mir angefangen hatte, und ich dachte damals auch nicht darüber nach. Vielleicht lag es daran, dass uns die britische Bildung verband und wir Englisch miteinander sprachen, vielleicht war sie einsam, vielleicht betrachtete sie es als ihre soziale Pflicht, all das zu tun. Sie sagte mir nie, dass sie mich liebte, und hätte sie es getan, hätte ich ihr nicht geglaubt. In meiner Vorstellung liebte Edna einen willensstarken und ernsten Mann mit hehren Zielen, den sie dafür verehrte, und ich war weit entfernt von alledem. Vielleicht mochte sie mich wegen dieser Sache im Haus meiner Tante bei unserer ersten Begegnung, aber sie war zu klug, um nicht zu durchschauen, dass das Ganze zum Teil auch bloß Theater gewesen war. Jedenfalls bot sie an, uns nach England mitzunehmen.

Da will jemand verreisen. Wenn er keinen Pass hat, bekommt er einen. Er füllt ein Formular aus, legt seine Geburtsurkunde vor und noch ein, zwei andere Dokumente, und ein paar Tage später bekommt er einen Reisepass. Es ist sein Geburtsrecht. Es waren die Pässe, die Font aus der Bahn kegelten, bevor er überhaupt in Tilbury ankam. Wir warteten drei Monate und einen Tag auf unsere Pässe. Drei Monate lang waren wir auf uns allein gestellt, und weder bergeweise Schriftstücke noch Vorwände, Vitamin B oder sonstige Argumentationen verhalfen uns zu den Reisepässen. Dann trafen wir einen alten Freund, dessen Vater in der Hierarchie der Armee weit oben stand. Innerhalb von einem Tag erhielten wir zwei Reisepässe, nachdem wir ihm lediglich zwei Passfotos gegeben hatten. Binnen dreißig Minuten verschaffte er jedem von uns außerdem ein Ausreisevisum.

«Man könnte meinen, du und ich wären Kriminelle oder so was», sagte Font zu mir, «stell dir mal vor, man braucht ein Visum, weil man dringend das Land verlassen muss. Das ist eine Sauerei. Und nachdem man sich drei Monate lang abgekämpft hat, kommt irgend so ein Mann daher und kriegt alles in einer halben Stunde. Wenn ich mir überlege, dass ich am Sues mitunter mein Leben riskiere, für ein Land, in dem man noch immer Beziehungen spielen lassen muss.»

«Gib ihnen Zeit, Font. Sie sind noch nicht lange an der Macht.»

«Lange genug», erwiderte Font. Später war er es, der ständig Entschuldigungen fand. «Weniger als ein Prozent der Bevölkerung will, kann oder muss das Land verlassen. Diese demokratische Sophisterei wegen des Rechts auf einen Reisepass mag ja für Länder okay sein, in denen achtzig Prozent der Bevölkerung nicht halb am Verhungern sind. Was macht es schon, dass man dieses eine Prozent einschränkt?» Aber das kam erst später; zum damaligen Zeitpunkt steckte seine intellektuelle «Bildung» noch in den Kinderschuhen.

Jahre später schrieb ich jemandem in Ägypten einen Brief, um ihm davon abzuraten, seinen Sohn auf eine britische Schule zu schicken. Wenn sein Sohn jemand wäre, der alles schlucken würde, was man ihm dort erzählte, wäre er eines Tages angewidert davon. Font und ich waren in der Schule ein paar der ganz wenigen gewesen, die alles «geschluckt» hatten. Wir sagten «das ist kein Cricket» und rauchten nicht, wenn wir das Jackett unserer Schule trugen, weil wir «versprochen» hatten, es nicht zu tun. Die Briten hatten uns eingeimpft, dass wir von ihnen «Fairplay» erwarten durften. Dieser dämliche Glaube an «Fairplay» in uns, obwohl sie sich alles andere als «fair verhielten», war ein seltsames Phänomen. Vielleicht glaubten wir, als wir uns später gegen die Engländer auflehnten, dass man sie nur darauf hinweisen müsste, dass ihr Handeln nichts mit Fairplay zu tun hätte, und sie dann damit aufhören würden. Trotz all der Bücher, in denen uns die Listigkeit und Grausamkeit der britischen Außenpolitik vorgeführt worden war, brauchte es den Suezkrieg, um uns zu überzeugen. Natürlich hatten die Afrikaner und Asiaten ihr Sues lange vor uns gehabt … immer und immer wieder. Ich sage das jetzt wegen dem, was passierte, als wir versuchten, ein Einreisevisum für England zu bekommen.

Nachdem wir unsere Reisepässe und unsere Ausreisevisa erhalten hatten, hasteten wir damit zum Britischen Konsulat. Ägypter reisten damals nach England, und Briten nach Ägypten, die Situation am Sues hatte sich entspannt, man redete von einer Einigung. Wir füllten zwei Formulare aus.

«Welche Schule haben Sie besucht?», fragte ein Beamter. Wir sagten es ihm.

«Und es geht Ihnen um eine Reise?»

«Richtig.»

Nach zehn Minuten kam er zurück und sagte, es täte ihm sehr leid, aber er könne uns kein Visum geben.

Wir suchten unseren ehemaligen Schuldirektor auf, den wir als Menschen immer sehr geschätzt hatten. Er rief im Konsulat an und erkundigte sich dort bei einem Freund, weshalb man uns die Visa verweigert hatte.

«Herrgott noch mal», brüllte er in den Hörer, «das ist doch kein Grund, diesen jungen Männern das Visum zu verweigern.» Dann schaute er uns an und sagte, es täte ihm sehr leid, aber er könne nichts für uns tun. Er bot uns eine Zigarette an und sagte, er würde verstehen, dass wir enttäuscht seien. Font sagte, er sei vor allem angewidert.

Der Direktor sprach ruhig mit uns. Sagte offen, dass der Grund rein politischer Natur sei. Nahm kein Blatt vor den Mund. Die Schule war für reiche Araber und Ägypter gedacht, die später, so hoffte man, in die Fußstapfen ihrer Eltern treten und das Land regieren würden. Die Schule hatte dafür zu sorgen, dass sie im Sinne Großbritanniens regierten. «Ihr zwei seid Kopten», sagte er, «und da die jetzigen Machthaber allesamt Muslime sind, machen sie sich nicht die Mühe, euch Visa zu geben.» Sein Gesichtsausdruck war gequält.

«Warum willst du nach England?», fragte er mich.

«Ich weiß nicht, Sir. Einfach so. Vielleicht um mal einen Pub in echt zu sehen, die Piccadilly entlangzulaufen und zu hören, was in der Speakers' Corner so erzählt wird.»

Er grinste und wechselte dann zurück in seine Direktorenrolle: «Geht zum Schwedischen Konsulat», sagte er bestimmt, «und beantragt ein Visum für Schweden. Dann beantragt ihr ein Transitvisum für England. Das können sie euch nicht verweigern. In der Zwischenzeit schreibe ich einen Brief an jemanden in England, an den ihr euch wendet, sobald ihr in London seid.» Er notierte eine Adresse und gab uns den Zettel. Dann schüttelte er uns beiden die Hand und wünschte uns eine gute Zeit.

Das Schwedische Konsulat stellte uns, während wir warteten, höflich die Visa aus, und das Britische Konsulat gab uns die Transitvisa und mahnte uns, dass wir uns damit höchstens zehn Tage in Großbritannien aufhalten dürften. «Ich bleibe zehn Jahre, wenn ich das will, du fieser Mistkerl», zischte Font hinter dem Rücken des Beamten.

Edna war schon in Europa, sie war mit ihren Eltern in der Schweiz. Sie hatte für unsere Überfahrt bezahlt, und wir würden uns in London treffen.

Font und ich saßen bis spät in die Nacht in meinem Zimmer und redeten. Ich habe seit dieser Zeit viele enge Beziehungen zu Männern als auch zu Frauen gehabt, aber nichts war auch nur annährend wie unsere damalige Beziehung. Die Kultiviertheit Europas hat etwas Gutes und Natürliches in uns getötet, es ein für alle Mal getötet … unwiederbringlich. Heute ist mir bewusst, dass wir beide, Font und auch ich, das Beste verloren haben, was wir je besessen haben: das Geschenk unserer Geburt gewissermaßen; etwas, das unbeschreiblich ist, aber gesetzt und geheimnisvoll und vor allem natürlich. Wir haben es unwiederbringlich verloren. Und alle, die wissen, was es ist, können es nicht besitzen … Schleichend habe ich mein natürliches Selbst verloren. Ich bin nur noch eine Figur in einem Roman oder in einem anderen Produkt der Phantasie; bin der Schauspieler in meinem eigenen Theater; bin der Zuschauer in meinem eigenen improvisierten Stück.

Bin Publikum und Mitspieler in einem – bin eine fiktive Person.

... Wir reisten ab, Font und ich, alles lag vor uns: London, das Europa unserer Träume, «Zivilisation», «Meinungsfreiheit», «Kultur», «Leben». An diesem Tag reisten wir ab, und obwohl wir wieder da sind, werden wir doch nie zurückkehren.

Wir fuhren mit dem Schiff von Port Said nach Tilbury. An Bord fragten wir zuerst nach einem milden Bitter. Es schmeckte wässrig, war aber mild und bitter, und das reichte uns. Dann tranken wir noch eine ganze Reihe anderer Biere, deren Namen wir schon tausend Mal gehört, die wir aber noch nie probiert hatten.

Ich glaube, von Tilbury fuhren wir dann zur Euston Station. Edna stand da, klug und wunderschön, und nahm uns in Empfang. Wir drei waren glücklich, und Font und ich waren Edna unendlich dankbar, an viel mehr kann ich mich nicht erinnern. Einfach nur auf den Straßen von London zu stehen war das Größte für uns.

Wir wohnten in einem Hotel in der Nähe der Hyde Park Corner. Am zweiten Tag nach unserer Ankunft schrieben wir an Dr. Dungate, dessen Adresse wir von unserem ehemaligen Direktor bekommen hatten, und erhielten prompt eine Antwort, in der er uns für den kommenden Sonntag in sein Haus in Hampstead einlud, um den Tag mit ihm und seiner Familie zu verbringen.

Edna war klug genug, während dieser ersten Tage nicht über Politik zu sprechen. Sie machte uns lediglich mit dem *New Statesman* und dem *Guardian* bekannt. Wir gingen in verschiedene Theater und zwei Mal zu den Houses of Parliament. Wie schon gesagt, ich habe nie geglaubt, Edna wäre verliebt in mich, und während dieser ersten Tage in London war ich mir ganz sicher, dass sie es nicht war. Ich war zu abhängig von ihr, folgte ihr zu widerspruchslos, als dass sie mehr für mich hätte empfinden können als Zuneigung und Sympathie. Eine Frau wird sich nie in einen Mann verlieben, der sich ihr gegenüber nicht wenigstens ein bisschen dominant verhält. Manchmal durfte ich ihr Geliebter sein, aber ich war klug genug, ihr nicht zu zeigen, wie sehr ich sie liebte. Vielleicht fand sie mich gerade deshalb anziehend, weil ich ihr meine Liebe nicht gestand; es verlieh unserer Beziehung eine geheimnisvolle Komponente. Frauen verwechseln Neugier manchmal mit Liebe.

Font und ich beschlossen, am Sonntag nicht mit leeren Händen zu Mr Dungate zu gehen.

«Seid nicht albern» sagte Edna, «ihr müsst überhaupt nichts mitnehmen. Ihr seid jetzt in England, nicht in Ägypten.»

Wir stimmten ihr zu, kauften dann unterwegs aber trotzdem Blumen. Noch waren wir natürlich. Wenn es nicht in unserer Natur lag, jemanden mit leeren Händen zu besuchen, taten wir es nicht. Wenn uns jemand gesagt hätte, «seid doch nicht so verdammt orientalisch», wären wir verwundert gewesen, dass jemand glaubte, wir könnten irgendetwas anderes sein.

Stillvergnügt standen wir an der Park Lane in einer Schlange und warteten auf den Bus.

«Zwei Sixpences», sagte Font. Wir sagen gern «zwei Sixpences» und «zwei Vierer» und «drei Zweier», für uns war das London.

«Da, bitte, Luv.»

«Danke», sagte Font.

Die meisten Fahrgäste stiegen am Marble Arch aus, und wir waren die einzigen oben im Bus. Die Kontrolleurin stand hinter uns; eine kleine Frau Mitte vierzig.

«Wer ist denn die Glückliche?», fragte sie und zeigte auf die Blumen.

«Genau genommen sind sie für einen Mann», sagte ich.

«Wer hätte das gedacht!», sagte sie neckend.

«Na ja, sie sind für eine Familie.»

«Blumen sind so schön, immer wieder. Nichts ist schöner, als welche zu Hause zu haben. Sie werden sich so darüber freuen, da bin ich sicher.»

«Vielen Dank», sagte ich.

Sie ging nach vorn und gab per Fußklopfzeichen den Haltewunsch zum Fahrer durch.

«Ihr seid nicht aus England, Luv, oder?»

«Nein», sagte ich, «wir sind Ägypter.»

«Ägypter! Na sieh einer an. Und, Luv, gefällt es euch hier?»

«Ja, sehr.»

«Verrückt, dass ihr Ägypter seid und mein Steve gerade vom … wie heißt das noch mal …»

«Sues», sagte Font.

«Genau, Sues. Er ist so froh, dass er da war, hat er gesagt. Dunkel wie ein Indianer ist er zurückgekommen, vom Schwimmen und der Sonne und so. Wunderschön dort, hat er gesagt.»

«Schön, dass es ihm gefallen hat», sagte Font.

«Hier», sagte sie, «kommt doch nächste Woche vorbei und trinkt einen Tee mit uns. Steve wird sich so freuen, euch kennenzulernen, ganz sicher.»

«Vielen Dank», sagten wir beide.

«Steve hat erzählt, dass er die Leute von da nie kennengelernt hat, wegen der Regeln in der Armee und dem allen. Ich bin mir sicher, dass er sich freuen wird, euch kennenzulernen.»

«Danke», sagten wir.

«Seid ihr schon lange hier, Luv?»

«Ungefähr seit einer Woche.»

«Ihr findet es hier wahrscheinlich kalt. Passt gut auf euch auf, ihr beiden, und zieht euch warm an. Ihr müsst euch hier schön warm halten, Luv. Das da ist unser Haus, die Nummer zwölf. Jetzt wisst ihr genau, wo es ist. Kommt am Samstag vorbei, dann können wir gleich um die Ecke ein Guinness trinken», sagte sie augenzwinkernd. Ihr Name war Mrs Ward. Sie kritzelte ihre Adresse auf die Rückseite eines Fahrscheins und rannte nach unten. An der Haltestelle West Hampstead stiegen wir aus und winkten ihr.

Schweigend durchquerten wir auf dem Weg nach Hampstead Swiss Cottage. Alles war da: die Doppeldecker, die schrägen Dächer, die Pubs und die U-Bahn-Stationen. Wir liefen umher, sahen uns um und merkten, wie eine kleine Gruppe gehetzter Leute von der Hampstead Station in unsere Richtung drängte. Hampstead war eher England als Knightsbridge.

Dr. Dungate wohnte in einer Doppelhaushälfte in einer schmalen, abschüssigen Gasse. Wir drückten den Klingelknopf und warteten. Aus irgendeinem Grund erwartete ich, dass uns eine Art Doppelgänger unseres ehemaligen Direktors die Tür öffnen würde.

«Glaubst du, dass uns ein Butler die Tür öffnet?», fragte Font.

«Na klar», sagte ich. «Jeeves höchstpersönlich wird uns hereinbitten, uns ankündigen, unsere arabischen Namen perfekt aussprechen und uns fragen, ob wir einen Ouzo wünschen oder was auch immer Ägypter so trinken.»

Stattdessen ertönte ein Summer, und die Tür öffnete sich von allein.

«Kommt rein, kommt rein», rief eine Stimme vom Treppenabsatz zu uns herunter. «Hängt eure Jacken hin und kommt rauf. Habt ihr gut hergefunden?»

«Ja, Sir», riefen wir ihm wie Schuljungen zu. Wir hängten unsere Mäntel an die Garderobe und gingen hinauf. Ganz oben erwartete uns ein hoch gewachsener, wegen seiner Größe leicht gebückter Mann. Er trug ein altes, eng sitzendes und hinten zu kurzes Tweedsakko mit Lederflicken an den Ellbogen.

«Wer von euch ist Ram, und wer ist Font?», fragte er.

«Ich bin Font, Sir», sagte Font, «aber es überrascht mich, Sir, dass sie diesen Namen kennen; es ist nur ein Spitzname.»

Dr. Dungate lachte. «Tja», sagte er. «Mir liegt eine kleine Kurzbiographie von euch beiden vor.»

Er schüttelte uns freundlich die Hand.

«Ihr seid hier mehr als herzlich willkommen», sagte er, «und wir wollen auf keinen Fall, dass ihr euch wie Fremde fühlt. Kommt mit, ich stelle euch die gesamte Familie vor. Ach», sagte er und schaute auf die Blumen. «Das ist sehr aufmerksam von euch. Ich nehme an, die sind für meine Frau; sie ist in der Küche, und wir werden ihr gleich einen Besuch abstatten. Aber hier sind schon mal mein Sohn und meine Töchter.»

Er hatte drei Töchter in den Zwanzigern und einen

dreißigjährigen Sohn, der seinem Vater wie aus dem Gesicht geschnitten war. «Das ist Jean, das ist Barbara, das ist Brenda, und das ist mein Sohn John.» Wir gaben allen die Hand, und sie sagten «hallo, Ram» und «hallo, Font».

«Und jetzt wollen wir noch meine Frau begrüßen. Wir haben ein typisches Sonntagsessen für euch vorbereitet, und sie tut alles, damit es eins ihrer besten wird.»

Wir folgten ihm in die Küche. Er legte jedem von uns eine Hand auf die Schulter und übergab uns dann gewissermaßen seiner Frau.

«Da sind sie.»

Auch sie war sehr groß und recht schmal und hatte einen lebhaften Ausdruck in den strahlenden blauen Augen.

«Was für herrliche Blumen», sagte sie und wischte sich die Hände ab, «das ist sehr nett von euch, wie aufmerksam.» Sie gab uns die Hand und hieß uns willkommen.

Wir gingen zurück ins Wohnzimmer und setzten uns etwas schüchtern hin, die Arme verschränkt, und beantworteten Fragen. Unser ehemaliger Direktor, stellte sich heraus, war Mrs. Dungates Bruder, und man sagte uns, dass er die Ägypter schon immer wahnsinnig gemocht habe, aber leider Probleme hätte, «seine Ansichten mit denen des Verwaltungsrates der Schule unter einen Hut zu bringen». Dr. Dungate las aus dem Brief über uns vor.

«Ach ja», sagte er und übersprang eine Seite, «da wäre noch dieses kleine Problem mit den Visa. Ich kann euch nichts versprechen, und ich will euch nicht enttäuschen, darum möchte ich euch keine großen Hoffnungen machen. Sollte man euch die Verlängerung eures Aufenthaltes allerdings verweigern, müsst ihr das Land auf jeden Fall bis zu dem angegebenen Datum verlassen.» Er ließ den Brief sinken und schaute uns über seine Gläser hinweg an, indem er den Kopf leicht nach vorne beugte. In seinem Blick lagen sowohl Belustigung als auch Ernst. Mrs Dungate stand in der Tür und lauschte.

«Wenn ich an eurer Stelle wäre, würde ich das Land nicht verlassen … vorausgesetzt, ihr wollt bleiben.» Es war John, der das sagte.

«Setz ihnen ja keine Flausen in den Kopf, John», sagte seine Mutter. «Wir werden sicher alles nur Erdenkliche tun, damit sie bleiben können, aber sie dürfen nicht gegen das Gesetz verstoßen.»

«Ich nehme an, dass die achtzigtausend britischen Soldaten am Sues, die sich gegen den Willen der Ägypter dort aufhalten, deiner Meinung nach keinen Gesetzesverstoß darstellen?», sagte er, stand auf und lief, die Hände tief in den Taschen vergraben, im Zimmer auf und ab.

«Bitte, John.»

«Ich bin mir sicher, dass jeder von ihnen sein Visum ordnungsgemäß auf dem Ägyptischen Konsulat abgestempelt und bezahlt hat, sonst wären sie nicht am Sues. Wir Engländer brechen schließlich nie das Gesetz», sagte er, «es ist nur so dehnbar in unseren tätigen Händen.»

«Wir wären wirklich froh, wenn ihr bleibt», sagte eines der Mädchen.

«Na, na, na», sagte Dr. Dungate, «wir werden die Möglichkeiten in Ruhe besprechen und dann entscheiden, wie wir am besten verfahren. Ich werde einen bekannten Labour-Abgeordneten bitten, euch zu …»

«Labour, buh, buh!», rief John. «Dad, du weigerst dich immer, dir die wahre Gesinnung der meisten dieser Labour-Abgeordneten anzusehen. Weißt du nicht mehr, was Sere …?»

«Nun, ich kann wohl kaum die Kommunistische Partei bitten, ihnen zu helfen, oder?», sagte sein Vater. John schob die Hände noch tiefer in die Taschen und setzte sich.

Regten sich die Engländer tatsächlich über ihre eigenen Ungerechtigkeiten auf? Font, dessen Augenbrauen wohl den Höchststand erreicht hatten, starrte mich eindringlich an.

«Ich glaube, du würdest die Kommunistische Partei selbst dann nicht fragen, wenn sie helfen könnte», sagte Brenda. Brenda war die Jüngste und irgendwie anders als ihre Schwestern. Sie trug ein schlichtes, hübsches Kleid und hatte die Haare einfach nur gekämmt, während Jean und Barbara Hosen trugen und die Haare zu einem Pferdeschwanz zusammengebunden hatten, was Barbara, der Ältesten, überhaupt nicht stand.

Dr. Dungate schaute uns entschuldigend an und lächelte.

«In diesem Haus gibt es vier verschiedene politische Überzeugungen», sagte er, «und von mir wird erwartet, dass ich jede davon rückhaltlos unterstütze. John war bis vor Kurzem bei der Kommunistischen Partei, ist jetzt aber desillusioniert. Brenda ist Kommunistin und hat heute Morgen um acht schon den *Daily Worker* verkauft. Meine Frau ist schlichtweg liberal, und meine beiden anderen Töchter wählen Labour. In diesem Haus gibt es vier verschiedene Tageszeitungen: den *Guardian*, den *Daily Herald*, den *Daily Worker* und vier Wochenzeitschriften; außerdem …»

«Du hast die *Times* vergessen, Dad», sagte John.

«Ja, und die *Times*.»

Jean fand Gefallen an Font. Sie hatte etwas Träges und Bequemes an sich, Politik interessierte sie nicht.

«Dad», sagte sie, «ich bin mir sicher, dass wir Font und Ram furchtbar langweilen.»

«Überhaupt nicht», sagten wir.

«Also ich wäre für ein Pint Bier vor dem Mittagessen», sagte sie. «Wer kommt mit?»

Keiner antwortete.

«Na los, Font, trinken wir ein Bier zusammen und du erzählst mir vom Nil und den Pyramiden.» Sie griff nach seiner Hand und zog ihn hoch. Ich wollte auch etwas trinken, solange es mir nur aus dieser Lethargie der Schüchternheit und Dankbarkeit heraushalf.

«Dann gehen wir alle noch ein Pint trinken», sagte John. «Komm, Mummy.»

«Nein, mein Lieber. Ich kann nicht, und ich möchte nicht, dass dein Vater etwas trinkt, er muss heute Nachmittag noch arbeiten und würde davon nur schläfrig werden.»

«Aber ich gehe mit Font in einen anderen Pub», sagte Jean, «ich habe genug von eurem politischen Gerede.»

«Du hast es gehört, Font, sie hat Gefallen an dir gefunden.»

Font lachte verlegen.

«Ich werde dich verführen, Font», sagte Jean. «Liebst du mich denn nicht auch ein klitzekleines bisschen?»

«Ich liebe euch alle», sagte er.

«Ist das nicht süß», sagte Mrs Dungate. «Und jetzt raus mit euch, und trinkt nicht so viel. Um zwei gibt es Essen.»

Wir gingen nach unten, legten uns die Schals um,

zogen die Jacken über und die Damen nutzten noch einmal den Spiegel. Wenn sich eine Gruppe von Leuten ausgehbereit macht, herrscht immer eine gewisse Einsamkeit, die ich nach der Anspannung, einer Reihe von fremden Menschen zum ersten Mal begegnet zu sein und keinen Ton herausgebracht zu haben, sehr genieße. Es ist, als würde man sich auf einer Party, die in vollem Gange ist, kurz auf die Toilette zurückziehen, wo einem die gedämpften Geräusche das Gefühl von Ungestörtheit geben. Ich zog mir langsam den Mantel über und fragte mich, ob ich es eigentlich angenehm fand, diese Menschen kennenzulernen und so gastfreundschaftlich aufgenommen zu werden. Dieser Moment, in dem ich meinen Mantel überzog, war der Anfang – das erste Mal in meinem Leben, dass ich spürte, wie ich mich in zwei aufspaltete, in einen, der sich an allem beteiligt, und einen, der beobachtet und ein Urteil fällt. Aber damals war es noch keine vollkommene Spaltung, die beiden Kräfte fingen gerade erst an auseinanderzustreben.

Jean und Font machten sich auf den Weg in einen anderen Pub und sagten, sie würden später zu uns stoßen.

«Da wohne ich», sagte Barbara auf dem Weg zum Pub und zeigte rauf zu einem Fenster.

«Wohnst du nicht bei deinen Eltern?»

«Nein; Brenda ist die Einzige, die noch zu Hause wohnt. John wohnt in der Baker Street und Jean in Swiss Cottage.» Das erstaunte mich. Dr. Dungates Haus schien groß genug für sie alle zu sein.

Wir tranken Bier aus Pints. Und Edna hatte uns schon erklärt, dass man in England eine Runde schmeißen musste, wenn einem ein Bier ausgegeben wurde. Ich hatte

Spaß daran, die Gläser zur Bar zu tragen und zu sagen: «Vier Pints Bitter, bitte.»

«Brenda», fragte ich, «bist du wirklich Mitglied in der Kommunistischen Partei?»

«Wirklich?» Sie lächelte. «Ja, bin ich – seit ich fünfzehn bin.»

«Was hältst du von Nasser?»

«Der hier geht auf Nassers Wohl», sagte sie und nahm einen Schluck von ihrem Bier.

«Dabei wirft er Kommunisten ins Gefängnis», sagte ich.

«Ja», sagte John, «wie kannst du auf Nasser trinken, der Kommunisten einsperrt?»

«Ich trinke auf jeden, der dem Imperialismus einen Schlag versetzt», sagte sie, ohne zu zögern.

«Das ist typisch! Genau darum bin ich aus der Partei ausgetreten. Kaum sagt Harry Pollit, unterstütz Nasser, schon machst du's.»

«Mein lieber John, ich weiß genau, warum du aus der Partei ausgetreten bist.» Sie besaß eine Gelassenheit, die mich an Edna erinnerte.

«Ich habe dir den richtigen Grund für meinen Austritt genannt.»

«Den richtigen ja, aber nicht den wahren.»

«Ach! Du entscheidest zwischen richtig und wahr? Genau darum bin ich ausgetreten. Die ‹richtige› Taktik und Propaganda hat nichts mit der Wahrheit zu tun.»

Ich fühlte mich wohl. Gar nicht nur wegen dem, worüber wir sprachen, sondern weil ich mit den «Intellektuellen», von denen ich gelesen hatte, in einem Pub saß, weil die Mädchen gut aussahen und weil John so ein angenehmer Typ war. Diese Umgebung mit den Büchern zusammenzubringen, die ich gelesen hatte, war nur natürlich, auch dass ich mir sagte: So, bitte, Ram, das hast du's … «Leben».

Barbara meinte zu John, dass sie wünschte, er würde wieder in die Partei eintreten und den Streitigkeiten zwischen Brenda und ihm ein Ende bereiten. Aber sie setzten das Gespräch über die anstehenden Wahlen fort und debattierten, ob Kommunisten Labour wählen sollten. Die Diskussion wurde immer hitziger, und sogar Barbara mischte sich ein.

Ich war erst siebzehn, als ich das erste und einzige Mal in meinem Leben wählte. Mit dem Daumen. Damit meine ich, dass ich den Daumen freiwillig auf ein Stempelkissen und dann noch auf die Stelle neben meinem Namen drückte, so wie man es mir erklärt hatte. Ein Junge namens Kamal hatte gesagt: «*Tu veux faire la noce ce soir*?» Ich hatte genickt. «Dann komm vorbei; bester Scotch *et puis on paye un petit poucet.*» Ich wusste nicht, was «*payer un petit poucet*» hieß, tat aber so, als ob.

Ich war damals an der Universität. Wenigstens die Monotonie des Schulalltags war vorbei. Universität hieß: Streiks, Kampf gegen Polizisten, Slogans schreien, Schwefel und Nitrate aus den Laboren klauen; endlich leben. Und ganz nebenbei besuchte ich die Beste der Besten – die Medizinische Fakultät. Natürlich ungeachtet dessen, dass mein Arabisch erbärmlich war und ich laut einem gewissen Prüfungsausschuss von Oxford und Cambridge zwar gute Qualifikationen in Mathe und Literatur mitbrachte, nicht aber in Biologie. Ungeachtet dessen, dass Hunderte sehr viel besser qualifizierte Leute Schlange standen, um einen Platz an der Fakultät zu ergattern. Ich war einer der Privilegierten; ich konnte Beziehungen spielen lassen. Nicht dass ich sie spielen lassen hätte, das mussten meine Mutter oder eine meiner Tante stattdessen getan haben, eine von ihnen hatte eine der sich in Reichweite befindlichen Strippen gezogen. Ich wurde zu «*Il fait la médecine, ma chère*».

Wir töteten einen gewissen Zaki Bey. Ich weiß nicht mehr, wer damals an der Macht war, ich glaube, es war Nokrashi Pasha, aber ich weiß, dass Zaki Bey Polizeichef war und mit fünfzig halb verhungerten Polizisten zur Medizinischen Fakultät kam. Sie hatten einen klapprigen Panzer dabei. Nach einer ganzen Reihe von Reparaturen und Rücksprachen richtete man die Kanone auf uns oben auf dem Dach der Fakultät, und es kam zu einer Explosion. Ein paar von uns streckten die Hände aus und versuchten zu fangen, was da von dem Panzer verteilt werden sollte, aber es gelangte nicht bis zu unseren ausgestreckten Händen. Stattdessen fiel es mit einem lauten Knall auf den Wagen meiner Tante, den ich mir an dem Tag ungefragt geliehen hatte. Das machte mich tatsächlich ziemlich wütend. Jetzt, da ein Loch im Dach klaffte, würde es meiner Tante nicht verborgen bleiben, dass ich den Wagen genommen hatte. Deshalb half ich dabei, eine mal eben auf dem Dach zusammengebaute Bombe nach unten zu werfen, und Zaki Bey starb.

Ich weiß nicht mehr, für welche Partei ich stimmte, aber man gab uns Whisky und gesalzene Erdnüsse und brachte uns danach in Cadillacs zu dieser Daumen-Wahl. (Bis auf Kamal war keiner von uns im wahlfähigen Alter.)

Warum Zaki Bey gestorben war, erfuhr ich erst, als ich

nach Hause kam. Er hatte angeordnet, die Kasr-el-Nil-Brücke zu öffnen, während gerade ein Demonstrationszug von Studenten darübermarschierte, was sechs von ihnen das Leben kostete. Am Tag darauf wurde ihm zu Ehren ein hübscher Trauermarsch mit der Hälfte des Polizeiapparats und tausenden Zivilisten organisiert. In den Abendausgaben aller Zeitungen wurden traurige Bilder der Prozession abgedruckt. Unter den Zivilisten auf den Fotos erkannte ich ein paar der brillanten künftigen Wissenschaftler, darunter auch Kamal. Sie waren diejenigen, die am Tag zuvor auf dem Fakultätsdach die Bombe gebaut hatten.

Es wurde die übliche zweimonatige Schließung der Fakultät angeordnet, und die meisten von uns fuhren an die Strände von Alexandria.

Als die Universität ihre Pforten wieder öffnete, musste ich mich erneut für eine Partei entscheiden. Und das hier stand mehr oder weniger zur Auswahl: die nationalistische Wafd, die Ikhwan (die Moslembrüderschaft), die Kommunisten und die Anti-Wafd.

Die Wafd zahlte gut, vorausgesetzt, man war ein guter Redner und verstand etwas vom Organisieren von Streiks. Man bekam ein Auto und, wie ich von anderen hörte, Freigetränke im Arizona oder im Auberge – in welchem von beiden habe ich vergessen. Der Ikhwan anzugehören war eine Angst einflößende Sache. Man konnte jederzeit mit einem kaltblütigen Mord beauftragt werden; bezahlt wurde man mit irdischen und anderen Versprechen, und man musste auch dann aktiv sein, wenn die Universität geschlossen hatte (als Kopte hätte ich mich dieser Bewegung aber ohnehin nicht anschließen können). Die Kommunisten waren die angesehene, aber geheime Gruppierung; die hart

Arbeitenden, die Intelligenten, die Ruhigen. Keine Belohnung, nur die Gefahr, in den Knast zu wandern und Elend über die Familie zu bringen. Die Anti-Wafd war am beliebtesten; ihr schlossen sich die Sozialisten, die Anarchisten, die Fans der Universitäts-Schließungen, die Semi-Idealisten, die Progressiven und die Hälfte der Mittelschicht an.

Ich schloss mich überhaupt keiner Partei an, gab mich aber damit zufrieden, für die «Räumung» zu kämpfen und war immer als Erster zu Hause, wenn vorgeschlagen wurde zu streiken, um dem britischen Imperialismus einen Schlag zu versetzen.

Irgendwann kam Kamal mit einem Dreiwochenbart ins Labor, was bedeutete, dass er sich der Ikhwan angeschlossen hatte.

«Ungläubiger», sagte er, «kannst du heute den Schlüssel für das Chemikalienlager besorgen?»

Ich antwortete, dass ich am nächsten Tag Prüfungen hätte und auch sonst nichts mit der Ikhwan zu tun haben wolle. Er sagte, auch wenn er jetzt Mitglied der Ikhwan sei, wäre das hier noch ein Job für die vorherige Partei, der er angehört habe. Dann schrieb er sieben Prüfungsfragen auf und sagte, dass diese am nächsten Tag auf dem Prüfungszettel stehen dürften. Ich sagte, vielen Dank auch, aber ich würde die Fragen nicht benötigen, und zuckte dann leicht zusammen: Die von ihm aufgeschriebenen Fragen waren völlig andere als die, für die ich am Tag zuvor fünfundzwanzig Pfund bezahlt hatte. Außerdem hätte ich mindestens drei Tage gebraucht, um die Antworten auf diese Fragen auszuarbeiten. Jemand musste einen Fehler gemacht haben. Man hatte die falschen Studenten belohnt.

Am nächsten Morgen machte ich mich reichlich geknickt auf den Weg zur Prüfungshalle; auf drei der sieben Fragen würde ich keine Antwort wissen. Zur Begrüßung hieß es, dass die Prüfungshalle niedergebrannt worden sei und man die Prüfungen um zehn Tage verschoben habe.

Als Nächstes sah man Kamal auf einem Foto des Trauermarschs nach dem Mord an Nokrashi Pasha und auch auf einem nach dem Mord an Sheik-el-Banna, dem geistlichen Führer der Moslembruderschaft. Am Vorabend der Revolution besaß Kamal zwei Autos, eine Villa in der Pyramid Road und eine Wohnung im Zentrum von Kairo. Nach der Revolution bin ich ihm einmal begegnet. Er saß in der Straßenbahnlinie Sechs nach Shubra, trug einen alten, braunen Anzug, dazu braune Stoffschuhe und zum Schutz ein Tuch um den Hals.

«Meinen Markt haben sie dichtgemacht», sagte er niedergeschlagen, nachdem er mich überschwänglich begrüßt hatte. «Du Ungläubiger», fügte er lächelnd hinzu.

Font und Jean kamen aus dem Pub zurück, in den sie sich abgesetzt hatten. Ich fragte Font, ob er sich noch an Kamal erinnere.

«Welcher Kamal?»

«Kamal Hassan.»

«Kamal Hassan? … Ach so, der Kamal Hassan aus unserem ersten Jahr an der Uni. Ja; ist er etwa hier?»

«Nein, nein. Ich habe nur an ihn gedacht.» Aber Font schien sich über irgendwas Sorgen zu machen und war nicht richtig bei der Sache.

«Hey, Font, was ist los?» Auf dem Rückweg zum Haus der Dungates liefen wir ein Stück hinter den anderen.

«Nichts.»

«Mensch, Font; wir haben's geschafft, London und alles. Was ist los?»

«Nichts»

«Du siehst mitgenommen aus.» Eine Weile gingen wir schweigend nebeneinander her.

«Ram, du weißt doch von dieser Verletzung, die mir dieser verdammte Engländer am Sues zugefügt hat?»

«Ja.»

«Jean hat davon geredet, was für gute Menschen die Engländer im Grunde sind, und das ich nicht glauben soll, was andere Leute – oder ‹Fremde›– sagen. Also habe ich ihr die Narbe gezeigt und gesagt, wo ich sie her habe.»

«Und?»

«Sie hat gesagt, dass es ihr sehr leidtut, dass ich verletzt worden bin, und hat mir dann von ihrer Cousine erzählt, einem Mädchen, das am Sues entführt und von mehreren Ägyptern vergewaltigt worden ist und dessen nackte Leiche man am Kanal gefunden hat.»

«Und?»

«Und? Reicht dir das nicht?»

«Was willst du damit sagen, Font?»

«Ist es nicht schrecklich, dass wir solche Dinge tun?»

«*Wir*? Spinnst du? Was hatte sie dort zu suchen, verdammt, wenn sie doch wusste, nicht erwünscht zu sein?»

«Die britischen Truppen am Sues aufzumischen und eine Frau zu töten ist doch nicht dasselbe.»

Ich begriff nicht, warum Font mit solchem Kram einen schönen Tag zerstören wollte.

«Nach dem, was passiert ist, ist es ein Wunder, dass sie uns gegenüber so gastfreundlich sind», sagte er.

«Nach dem, was passiert ist?»

«Nach dem Mord an ihrer Cousine.»

«Ein Wunder? Es ist ein Wunder, dass *wir* überhaupt mit ihnen sprechen.» Langsam stieg Wut in mir auf. «Hast du etwa vergessen, wie viele von denen, die mit uns am Sues waren, gestorben sind? Scheint ganz so, als wärst du auf dem besten Weg, wie mein Cousin Mounir zu werden.»

«Nein, nein. So ein Unsinn, aber …»

Die anderen blieben stehen und warteten auf uns, weshalb wir das Gespräch unterbrachen. Aber zwischen Font und mir hatte sich zum ersten Mal ein Graben aufgetan.

Nach dem Mittagessen verabschiedeten wir uns. John hatte mir eine volle Stunde lang dargelegt, wie sich am besten eine Verlängerung unserer Aufenthaltsgenehmigung erwirken ließe, und Font würde später am Abend noch etwas mit Jean trinken gehen.

«Also Font, was denkst du?» Font dachte, dass es am Sues keinen Ärger mehr geben würde, wenn bei der nächsten Wahl die Labour Party an die Macht käme.

«Das meine ich nicht, Font. Ich meine, was du über den Tag heute denkst, über das Treffen mit den Dungates und so.»

«Jean hat mir erzählt, dass Mr Bevan oft zu ihnen nach Hause kommt.»

Bis zum Hotel sagte ich kein Wort mehr.

«Und wie findest du Jean?»

«Sie ist nett, aber ich finde eher Gefallen an Brenda.»

Ich ging in Ednas Zimmer und legte mich aufs Bett, verschränkte die Hände hinterm Kopf und schloss die Augen. Plötzlich sah ich mich mit einem Pint in der Hand in einem Pub stehen und vor Hunderten von Johns und

Jeans und Brendas eine Rede halten. Es war eine brillante Rede voller Humor und Zitaten, die ihnen die Grausamkeiten vorführte, die die Engländer Millionen von Menschen zugefügt hatten, und all das damit verbundene Elend; und ich geriet so in Rage, dass ich mein Pint unangerührt wegschob und alle mich aufmerksam und beschämt ansahen. Nach einer leidenschaftlichen Verurteilung ihrer Taten sagte ich: Die Engländer sind schon ein Völkchen für sich. Kein Engländer sinkt je so tief, dass ihm Skrupel kämen; kein Engländer wächst derart über sich hinaus, sich von der Tyrannei dieser Skrupel zu befreien. Aber jeder Engländer hat von Geburt an eine gewisse Macht. Will er etwas, sagt er sich nie, dass er es will. Er wartet, bis er zu der Überzeugung gelangt – wie, weiß kein Mensch –, dass es seine moralische und religiöse Pflicht ist, die zu bezwingen, denen gehört, was er will … und dann schnappt er es sich. Er ist nie um eine zweckmäßige Moral verlegen. Braucht er einen neuen Markt für seine Fälschungen und Panschereien, entsendet er einen Missionar, der den Einheimischen das Evangelium des Friedens predigt. Die Einheimischen töten den Missionar, der Engländer greift in Verteidigung des Christentums zu den Waffen, kämpft in seinem Namen, erobert in seinem Namen und nimmt den neuen Markt dankbar als ein Geschenk Gottes an.

Die Rede war zwar nicht vom Kaliber Bernhard Shaws, aber meine eigene spontane Kreation. Und zum Schluss war es mucksmäuschenstill, und dann brach tobender Applaus aus, so manche Träne wurde verdrückt, und alle Frauen bettelten mich an, meine Geliebte sein zu dürfen. Aber ich ließ sie stehen und ging angewidert und einsam in die neblige Nacht hinaus, die Last allen Unrechts schwer auf der Brust. Aber kaum hatte ich mein ärmliches und schäbiges Zimmer betreten, war Edna auch schon da, stürzte sich mir voller Liebe in die Arme und sagte, sie habe meine Rede gehört.

Die Tür ging auf. Edna kam herein und setzte sich zu mir aufs Bett.

«Wie läuft es mit deinem Visum?»

«Es läuft ganz gut, danke, und wie läuft es bei dir?»

«Ich habe nie ein Problem mit meinem Visum.»

«Warum nicht?»

«Weil mein Vater sehr reich ist.»

«Nein, weil du Jüdin bist.»

«Kann sein.»

«Wird einem ägyptischen Juden je ein Visum für Frankreich oder England verweigert?»

«Wahrscheinlich nicht.»

«Weißt du auch warum?»

«Warum?»

Ich zog ein Buch unter meinem Bett hervor, geschrieben von jemandem aus dem britischen Militärapparat: «Außerdem hätten wir bei einem erneuten Versuch, das Land zu besetzen, die jüdische Kolonie in Ägypten ganz sicher auf unserer Seite.» Er führte das als zusätzliches Argument für die Besatzung Ägyptens an.

«Ich habe dich nicht hergebracht, damit du dir rassistische Vorurteile anliest», sagte sie.

Es dauerte eine Weile, bis ihr «habe dich nicht hergebracht» zu mir durchdrang.

«Schlag Seite sechzig auf», sagte ich. «Da steht: ‹Und auch der koptische Teil der Bevölkerung würde es zweifellos begrüßen.›»

«Es gibt Tausende solcher idiotischer Bücher», sagte sie.

Ihr «ich habe dich nicht hergebracht» fiel mir wieder ein. Unter normalen Umständen hätte ich nicht weiter darüber nachgedacht. Aber heute war es anders. Was das Analysieren betraf, kam ich gerade auf den Geschmack.

«Warum hast du uns hergebracht?»

«Weil ihr ein ganzes Jahr lang von nichts anderem gesprochen habt, als nach England zu wollen.»

«Europa», sagte ich.

«Dann halt Europa. Keine Angst, ihr werdet noch viel mehr von Europa sehen, bevor ihr zurückgeht.»

«Sicher.»

«Gut», sagte sie nach einem kurzen Zögern. «Vielleicht solltet ihr das Beste aus den kommenden Tagen machen. Es könnte sein, dass ihr bald gehen müsst.»

«O nein», sagte ich. «Ich kriege es schon hin, hierzubleiben, wenn ich das will. Ich kann auch Beziehungen spielen lassen, wenn mir danach ist.»

«Ach wirklich?», sagte sie und erhob sich. «Du weißt aber schon, dass wir hier nicht in Ägypten sind, ja?»

«Du wärst erstaunt», sagte ich. Ich merkte, dass ich gemein wurde. Das war neu für mich. Natürliche Wut war nichts Neues für mich, aber absichtlich gemein zu sein war eine neue innere Regung.

«Was ist los mit dir, Ram?»

Nach der Begegnung mit Menschen, die ich für Intellektuelle hielt, wollte ich jetzt ein bisschen von ihrem Jargon benutzen.

«Ich habe es satt, reglementiert zu werden», sagte ich.

Sie hängte gerade ihre Jacke auf, als ich das sagte. Ich

sah, dass sie einen Augenblick reglos dastand. Dann hängte sie die Jacke hin und stellte sich wieder neben das Bett.

«Es tut mir leid, Ram. Du hast recht. Ich reglementiere euch beide. Ich hätte nie gedacht, dass du solchen Sachen Beachtung schenkst.» Wieder gelang es ihr, dass ich mich schämte; das war das zweite Mal seit dem Abend, an dem wir uns das erste Mal begegnet waren und ich von der «Reiche-Mädchen-Spielerei» gesprochen hatte.

«Warum nicht?», fragte ich.

Sie zögerte und sagte dann, das könne sie nicht erklären.

«Bist du wütend?», fragte sie.

Ich antwortete nicht. Sie nahm ihren Kamm aus der Handtasche und gab ihn mir. Das Kämmen ihrer Haare war unser erotischer Fetisch geworden.

Es war komisch, dass mein Gemeinsein belohnt wurde. An diesem Nachmittag liebte sie mich. Und gibt es Schöneres auf der Welt, als am Nachmittag eins zu sein mit der Frau, die man liebt, und dann nach einem kurzen Schlaf zu baden, sich anzuziehen und Händchen haltend rauszugehen?

Wir nahmen die U-Bahn bis zur Station Aldgate, spazierten die Commercial Road entlang und hielten Ausschau nach den W. W. Jacobs-Leuten.

«Wie kann es sein», fragte ich Edna, «dass man einem Ägypter, der W. W. Jacobs liebt, nicht erlaubt, in England zu bleiben?»

Sie küsste mich und sagte, Font und ich hätten weit mehr Bücher gelesen, als uns guttäte.

Font kam in dieser Nacht nicht zurück. Er kam morgens um acht.

«Hallo, hallo, hallo, was hast du getrieben, *lad*? Wer hätte gedacht, dass du das bringst», sagte ich in einer Mischung aus Cockney und nordenglischem Dialekt – oder was ich dafür hielt. Ich war zufrieden an diesem Morgen. Edna war in der Nacht leidenschaftlich gewesen, und ich hatte das Gefühl, dass sie kurz davor war, mich auch zu lieben.»

«Verrückte Geschichte.»

«Was denn, mit Jean?»

«Ich schäme mich ein bisschen, Ram.»

«Du hast sie nicht *vergewaltigt*, oder?»

«Ich wünschte, du würdest dieses Wort nicht benutzen. Ich meine, dass ich im Haus ihres Vaters solche Gastfreundschaft erfahren habe und dann mit ihr schlafe.»

«Ho ho ho … ha ha ha. Du bist echt der letzte Hinterwäldler. Edna», rief ich rüber zum Badezimmer, «komm her und hör dir das an.»

Barfuß und im Nachthemd kam sie zu uns und sprang in Fonts leeres Bett.

«Was denn?»

Ich erzählte es ihr.

«Süß, Font», sagte sie. «Ich sollte eigentlich dich lieben. Du hast die Familie überhaupt nicht beleidigt … *Sie* wollte dich doch, oder?»

Font wurde rot.

Süßer Font.

Plötzlich stand das Zimmermädchen in der Tür und sagte: «Oh, Verzeihung.»

«Ach was, Luv», sagte ich. «Komm ruhig rein, sonst geht es nicht auf.»

«So was», sagte sie im Hinausgehen, und dann sagte sie

«Scheiß Kanaken», was Font und Edna ärgerte, worüber ich aber nur lachen konnte.

«Du hast dich verändert, Ram», sagte Font.

John Dungate hatte uns eine ganze Liste möglicher Schritte an die Hand gegeben, die wir wegen unserer Visa unternehmen sollten. Er hatte einen Freund angerufen, der irgendwas mit dem Innenministerium zu tun hatte.

Als wir Ägypten verlassen hatten, hatten wir fest vorgehabt, nach drei Monaten zurückzukehren. Warum ich getan hatte, was ich getan hatte, kurz bevor wir abgereist waren, weiß ich nicht. Ich hatte mein Abschlusszeugnis von der Schule und meine Scheine von der Universität rausgesucht und sie im Koffer unter meine Sachen geschoben.

«Font», sagte ich, «durch irgendeinen glücklichen Zufall habe ich mein Abschlusszeugnis und meine Scheine von der Uni hier, die heute sehr nützlich sein könnten. Du hast deine nicht auch zufällig dabei?»

Einen Augenblick schaute er mich schweigend an.

«Ja, Ram, durch einen ähnlich glücklichen Zufall habe ich meine auch dabei.»

«Font, wenn diese drei Monate um sind, gehen wir zurück.»

«Spar dir die Heuchelei», sagte er.

Edna wartete unten auf uns. Wir gingen zum Innenministerium – der Ausländerbehörde –, der ersten von vielen entwürdigenden und widerwärtigen Befragungen. Wann immer wir Gefahr liefen, die Engländer zu sehr ins Herz zu schließen, reichte ein Gang zur Ausländerbehörde, und schon wurden alle unsere Illusionen zerstört.

Wir warteten zwei Stunden, bis wir drankamen, und als wir endlich einen freundlichen Beamten vor uns hatten, konnten wir ihm nur erklären, was wir wollten, erhielten eine Nummer und mussten noch mal eine Stunde warten. Es war der Ausdruck auf den Gesichtern der gut fünfzig Mitwartenden, der uns berührte. Die meisten von ihnen waren Perser, Iraker, Griechen und Italiener. Wir hatten nicht das Gefühl, in einem Ministerium oder auch nur auf einer Polizeiwache zu sein; das hier war eine Institution, im Grunde ein kafkaesker Ort, an dem der Allmächtige ohne ersichtlichen Grund darauf wartet, in dein Gehirn und deine Wünsche einzudringen, dir deine Minderwertigkeit zu beweisen und dich in Stücke zu reißen. Es war der flehentliche Ausdruck auf den Gesichtern dort, der uns berührte. Wir unterhielten uns mit einem Griechen und einem Iraker. Der Grieche war das dritte Mal innerhalb von zwei Wochen da. Er würde nach Australien auswandern, aber seine Papiere hatten es noch nicht bis ins Australia House geschafft. Sie weigerten sich jedes Mal, sein Visum um mehr als nur ein paar Tage zu verlängern, und sagten ihm bei jedem Besuch, dass er nicht damit rechnen könne, noch mal eine Verlängerung zu bekommen. «Ich habe Geld», sagte er, «warum kann ich nicht einen Monat bleiben?» Der Iraker war an der London School of Economics. Seine Eltern hatten ihm ein halbes Jahre lang fünfzehn statt dreißig Pfund pro Monat geschickt. Die Ausländerbehörde war der Meinung, das sei seinen Bedürfnissen nicht angemessen, und weigerte sich, sein Visum zu verlängern oder ihm eine Arbeitserlaubnis für eine Nebenbeschäftigung auszustellen. «Ich bin seit drei Jahren hier», sagte er, «und alle meine Professoren haben mir schriftlich bestätigt, dass meine Leistungen ausgezeichnet sind. Aber ohne Erfolg.» Den beiden zuzuhören deprimierte mich.

Unsere Nummer wurde aufgerufen, und man führte uns auf einen langen Flur mit vielen Türen. Vor einer dieser Türen warteten wir.

«Herein», war von drinnen gedehnt zu hören.

Wir traten ein und sagten «guten Morgen» zu dem jungen Mann um die dreißig, der sich bequem hinter dem Schreibtisch ausstreckte.

«Ja?»

«Wir haben ein Transitvisum und …»

«Das reicht. Wenn Sie ein Transitvisum haben, ist es Ihnen gestattet, zehn Tage hierzubleiben. Wenn Sie ein oder zwei Tage überziehen, ist uns das egal.»

«Aber …»

«Keine weiteren Diskussionen. Bitte gehen Sie jetzt.»

Ich zog Font schnell aus dem Zimmer, bevor er etwas sagen würde. Draußen erzählte ich Edna, was passiert war, und wir gingen sofort in einen Pub. Font wollte noch am selben Tag das Land verlassen.

«Ich muss dir etwas gestehen», sagte ich zu Font. «Johns Anwalt hat uns abgeraten, ins Innenministerium zu gehen; er hat gesagt, der Laden wäre vollgestopft mit den unfreundlichsten Leuten überhaupt, aber ich habe entschieden, dass wir es trotzdem versuchen.»

«Nein, Font», sagte Edna, «ich habe Ram gebeten, zum Innenministerium zu gehen.»

Das stimmte. Am Abend zuvor hatte ich Edna erzählt, dass wir nicht vorhätten, uns im Innenministerium blicken zu lassen, unsere Reisepässe mit der Post hinschicken wollten, sodass sie dann mindestens drei Wochen dort herumlägen, was uns drei zusätzliche Wochen in England verschaffte, unabhängig davon, ob sie uns ein Visum geben würden oder nicht. Aber sie bedrängte mich hinzugehen. «Es ist ein Teil des von dir so verehrten Englands, du solltest einmal dort gewesen sein», hatte sie gesagt.

«Ich bin froh, dass wir da waren», sagte Font.

Am selben Nachmittag gingen Font und ich zu einer der Londoner Fachhochschulen, schrieben uns mithilfe unserer Zeugnisse und Bescheinigungen für ein Vollzeitstudium ein und zahlten jeder die Studiengebühr für ein Semester. Danach schrieben wir dem Staatssekretär einen freundlichen Brief, legten unsere Reisepässe und einen Nachweis der Fachhochschule bei und verschickten das Ganze mit der Post. Vier Tage später erhielten wir einen Schrieb, der uns gestattete, uns im Vereinten Königreich aufzuhalten, bis man die Angelegenheit geprüft habe.

Am Samstagnachmittag erinnerten wir uns an die Kontrolleurin und ihren Steve. Edna wollte mitkommen. Ohne bestimmten Grund beschlossen wir, sie als meine Schwester auszugeben.

Die Sonne schien, und wir gingen zu Fuß, Edna zwischen Font und mir, bei jedem von uns beiden eingehakt. Es ging die Park Lane hoch zum Marble Arch und dann die Edgware Road entlang weiter nach Kilburn. Ich war in letzter Zeit etwas «laut» geworden, auf eine Art arrogant, die ich an anderen verabscheute und doch an mir selbst wahrnahm. Wahrscheinlich ist es nicht unnormal, dass sich ein junger Mann, der sich von einer reichen und schönen Frau geliebt glaubt, ein bisschen arrogant verhält, aber meine Arroganz hatte nichts Natürliches. Ich glaubte ernsthaft, dass Edna meine Liebe nicht erwidern würde, wenn ich ihr mit der Demut und Dankbarkeit des Liebenden begegnete. Meinetwegen können andere gern so tun, als würde aus Liebe immer Liebe erwachsen, nur dass das nicht stimmt. Liebe keimt am besten in Gleichgültigkeit.

In Kilburn, erzählte Edna, würden eine Menge Iren wohnen. Bei dem Wort Iren dachte ich automatisch an «Black and Tan», und das wiederum ließ mich an Schuhcreme denken. Wir drei konnten stundenlang umherspazieren, ohne etwas zu sagen, und dann entspann sich plötzlich ein Gespräch, das natürlich und friedlich wieder versiegte, wenn alles gesagt war. Vielleicht lag es daran, dass es zwischen uns dreien kein Drama gab. In Anbetracht der Tatsache, dass ich Edna liebte, fragte ich mich, warum ich nicht manchmal lieber mit ihr allein sein wollte, aber ich glaube, weder sie noch ich wünschten uns je, Font nicht dabeizuhaben. Es fühlte sich natürlich und vollständig an, wenn wir drei zusammen waren. Später, als ich mich entsprechenden Schriften der ultrahochgestochenen Literatur widmete, erfuhr ich, dass ich in Bezug auf Font eine Vater-Übertragung hatte, einen Komplex beziehungsweise ihn als Vaterfigur ansah oder wie man es nennen mag, und dass Edna in Bezug auf uns einen Mutterkomplex hatte und sich folglich schuldig fühlte, weil sie uns nicht beide im selben Maß liebte. Dieser Dreck eben, in dem sich Europäer gern suhlen. (Auch wenn ich es damals nicht für Dreck hielt, sondern sogar sehr beeindruckt davon war.)

Wir klingelten an Mrs Wards Tür. Sie und ihr Sohn Steve wohnten im Keller. In ihrem Wohnzimmer war es sehr kuschelig. Im Kamin brannte ein schwaches Feuer, ein altes Radio war zu sehen, diverse alte Teppiche und verschiedene Sessel, angeranzt, aber gemütlich, perfekt eingefügt in den Lichtkegel der Glut, und auf den Bücherbrettern über dem Kamin und auf der gegenüberliegenden Seite fanden sich speckige, alte Bücher und Fotos, planlos, aber hübsch traulich aneinandergereiht.

«Ich bin ja so froh, dass ihr gekommen seid, ihr Lieben, und wie schön, dass ihr eure Schwester mitgebracht habt. Gerade erst habe ich Steve hier erzählt, dass ihr mich wahrscheinlich ganz vergessen habt. Aber da seid ihr, und wir sind so froh, dass ihr gekommen seid, jawohl.»

Wir hatten schon viele Steves gesehen – während des Krieges waren es Tausende und Abertausende Steves gewesen: rote Haare, markante, gerade Nase, hellblaue Augen und Sommersprossen. Für mich sah Steve in Zivil merkwürdig aus.

«Freut mich», sagte er. Er nahm uns die Mäntel ab, wies Edna den besten Sessel zu und tat sein Bestes, damit wir uns wohlfühlten.

«Schön gemütlich haben Sie es hier», sagte Edna.

«Danke, meine Liebe; ich gebe mir Mühe, es uns hier lauschig zu machen. Es geht doch nichts über ein warmes Feuerchen im Haus.»

Ich fragte mich, warum wir nicht daran gedacht hatten, Mrs Ward Blumen mitzubringen. Vielleicht gab es einen Grund dafür, der mir nicht bewusst war. Ich hatte schon angefangen, wie sie zu denken.

«Wie lange warst du am Sues?», wollte Font von Steve wissen.

«Erst war ich in Aden, weißt du. War ganz schön was

los da unten … aber *das* hatte ziemlich schnell ein Ende. Dann bin ich für ein paar Monate am Sues gewesen; dann wegen ein paar Kämpfen auf Zypern – allerdings keine große Sache – und dann noch mal für vier Monate am Sues.»

«Bist du jetzt fertig mit deinem Militärdienst?»

«Ich fand's gut, das Militär macht einen echten Mann aus einem, aber fünf Jahre sind genug, und ich muss auch an Ma denken. Außerdem bin ich in festen Händen … Wir heiraten hoffentlich bald.»

«Ich hoffe, ihr trinkt gern Tee, ihr Lieben», sagte Mrs Ward. «Es gibt doch nichts Besseres bei dieser Kälte. Aber Steve sagt, bei euch in der Gegend trinkt man lieber Kaffee, und hat welchen für euch gekauft.»

Wir sagten, vielen Dank, aber Tee sei uns lieber, und sie schickte Steve in die Küche, damit er nachsah, ob das Wasser schon kochte.

«Klar doch, Ma», sagte er.

«Nachher können wir dann noch ein Bier trinken gehen», sagte sie und zwinkerte. Während wir Tee tranken, hörten wir Steve zu, der von dem Leben am Sues erzählte. Er sagte solche Sachen wie: «Wenn man nicht aufpasst, dann hauen einen die Einheimischen dort übers Ohr, und im Dunkeln kann man da keinen Fuß vor die Tür setzen … Ihr wisst ja, wie die Kanaken sind.» Er gab uns Informationen, die er für nützlich hielt; im Grunde erzählte er uns, dass wir vorsichtig sein sollten, wenn wir mal da wären. Ihm kam nicht eine Sekunde lang in den Sinn, dass *wir* die Einheimischen waren, von denen er redete. Für uns stellten die dreckigen Araber und Kanaken eine ebenso große Gefahr dar wie für sein geliebtes Regiment. Während er erzählte, war er uns gegenüber höchst aufmerksam, schenkte uns Tee ein, bot uns Gebäck an und gab uns Feuer.

Während wir noch beim Tee zusammensaßen, kam seine Freundin Shirley. Sie war nicht schön, aber hübsch zurechtgemacht.

Unter ihrem engen, grünen Pullover zeichneten sich spitz ihre Brüste ab, und sie trug eine Feinstrumpfhose und hohe Absätze. Sie sagte ebenfalls: «Schön, euch kennenzulernen», und trank eine Tasse Tee mit uns.

Edna half, den Tisch abzuräumen, und spülte zusammen mit Shirley in der Küche das Geschirr. Mrs Ward saß zufrieden in ihrem Sessel, entspannt und glücklich. Font und ich waren noch nicht in dieser Welt des Geschirrabwaschens und -abräumens angekommen. Wir bedankten uns bei Mrs Ward für den Tee.

«Schon gut, ihr Lieben.»

Wir gingen alle zusammen in den Pub, Font und Mrs Ward an der Spitze, Steve und Edna in der Mitte, und Shirley und ich als Schlusslicht. Im Pub spielten zwei Männer Schach. Einer der beiden wechselte ein paar Worte mit Shirley und fragte mich dann, ob ich spielen würde.

«Ja», sagte ich. Ich hatte das dringende Bedürfnis, mich von den anderen abzusetzen. Denn obwohl sie «süß» und «lieb» und «freundlich» waren, langweilte ich mich zunehmend, und jetzt, da ich anfing, mich in zwei aufzuspalten, hatte die eine Hälfte der anderen die Wahrheit gesagt. Der Schachspieler war Shirleys Bruder Vincent. Er nickte den anderen nur zu, mehr nicht. Sein Spielpartner überließ mir das Feld, und ich setzte mich. Wir fingen ein neues Spiel an. Nach der ersten Hälfte des Spiels hatte jeder von uns schon drei Pints Bier getrunken, und es wurde Zeit zu reden. Vielleicht habe ich einen Spleen, was Alkohol angeht, irgendeinen Spleen muss ich wohl haben … Ich habe das Gefühl, dass die Menschen gehemmt sind, wenn sie nichts trinken. Ohne das Bier hätten Vincent und ich ganz sicher nicht das Bedürfnis gehabt, miteinander zu reden. Wenn wir nichts getrunken hätten, hätten wir vielleicht nur Schach gespielt und wären nach einer oberflächlichen Begegnung auseinandergegangen, und alles, was danach kam, wäre nie passiert.

Wir steckten uns eine Zigarette an und vernachlässigten das Spiel eine Weile. Erst mal das Vorgeplänkel, wie Läufer in der Erwärmungsphase vor einem Rennen, die erst den einen Schuh überprüfen, dann den anderen, den Pullover ausziehen – vor dem Rennen noch eine Haut abstreifen: Seit wann ich in England sei und wie lange ich bleiben wolle, und was er arbeite und ob er das gerne mache. Darüber tasteten wir uns weiter vor. Die Ägypter, die er getroffen habe, könne er nicht leiden – die wären nur auf Spaß aus. Ich müsse ja «ziemlich wohlhabend sein», wenn ich diese weite Reise nur für einen kurzen Besuch gemacht hätte. Verspottete er mich? Egal. Mein beobachtendes Ich war einverstanden mit dieser Eröffnungsszene. Vor allem aber spürte ich instinktiv, dass Vincent echter war als John Dungate. Den Dungates hätte ich irgendwelchen abgedroschenen Blödsinn erzählen können, und sie hätten sich interessiert gegeben und niemals gespottet. Und da wurde mir plötzlich bewusst, dass ich gerade über die Engländer urteilte, zunächst über sie als Engländer und dann über sie als Menschen. Vincent passte in keine der englischen Schubladen. Er war weder einer der «Linken» noch einer der Anti-Linken, keiner dieser

Typen von den öffentlichen Schulen und auch kein L. C. C., er war weder einer von der angloindischen noch einer von der «in Spanien lebenden» Sorte. Er war Vincent Murphy und sonst nichts. (Wie sich herausstellen sollte, blieb er von allen, die ich in England kennengelernt hatte, als Einziger mein Freund, als ich keinen Penny mehr hatte und in Schwierigkeiten steckte.)

Edna gab mir aus der Ferne zu verstehen, dass ich zu den anderen kommen sollte. Ich ignorierte sie. Ich entwickelte allmählich ein Gespür dafür, was ich wollte, und ging dem nach, auch wenn ich dadurch unhöflich war. Und ich dachte mir, je mehr ich das tat, desto anziehender würde mich Edna finden.

«Nein», sagte ich zu Vincent, «ich bin nicht wohlhabend. Um genau zu sein, habe ich persönlich keinen Penny. Aber ich habe sehr reiche Tanten und Onkel und Cousinen, und außerdem wird diese Reise von … tatsächlich von einem sehr reichen Juden bezahlt, auch wenn ich glaube, dass er nichts davon weiß.»

«Du bist fein raus», sagte er, «reiche Verwandte … teure Kleidung … du bist fein raus.»

«Ich bin also fein raus, und weiter?»

«Ach nichts weiter. Du bist dran.»

«Nein», sagte ich, «ich bin fein raus, red weiter.»

Er sah mich eine Weile mit einem, wie ich glaubte, herablassenden Grinsen an.

«Die meisten deiner Leute verhungern da unten», sagte er. «Schon mal was vom Fellachen gehört?»

«Das ist richtig», sagte ich. «Sie sind halb am Verhungern. Ist es nicht verdammt grausam, dass meine Verwandten im Geld schwimmen?»

«Kann man wohl sagen», sagte er spöttisch.

«Ja, kann man wohl sagen», wiederholte ich ebenfalls spöttisch. «Was ist mit dir? Ich nehme an, du hast keine reichen Verwandten?»

«Ich? Ha ha, *ich* habe keine reichen Verwandten.»

«Du hast also keine reichen Verwandten? Was wenn ich dir sage, dass du doch welche hast? Ein paar der reichsten Leute der Welt sind deine Verwandten. Die ganzen reichen Landhausbesitzer und prominenten Mayfair-Anwohner sind deine Verwandten. Die ganzen Leute mit unbegrenztem Spesenkonto, die sich in Rolls-Royce umherchauffieren lassen, sind deine Verwandten. Ist es nicht verdammt grausam, dass du so viele reiche Verwandte hast, während die Hälfte der euch gehörenden afrikanischen Bevölkerung fast verhungert? Ist es nicht verdammt grausam, dass deine Verwandten in Jamaika alles geplündert haben, was dort zu holen war, und die Bevölkerung jetzt fast verhungert?» Ich kam gerade erst in Fahrt und gefiel mir. «Du bist bestens informiert und weißt alles über den Fellachen in Ägypten, ja? Weißt du irgendwas über die Bevölkerung von Kenia? Rhodesien? Aden? Und was vielleicht das Schlimmste ist, über die von Südafrika? Oder willst du mir erzählen, Südafrika gehört deinen reichen Verwandten gar nicht? Tut es. Wenn deine reichen Verwandten beim Geschäftemachen mit den reichen Dreckskerlen dort nicht so viel Spaß hätten, hätten diese sich nicht getraut, wehrlose schwarze Frauen auszupeitschen. Wusstest du nicht, dass dich deine reichen Verwandten sofort nach Südafrika schicken, sobald die Einheimischen dort ein paar Weißen die Kehle durchschneiden? Aber deine Sorge gilt dem Fellachen, ja? Er befindet sich in der jetzigen Misere, nachdem er sechzig

Jahre lang von deinen reichen Verwandten regiert wurde, den Kitcheners und Co. Aber egal, was ihn erwartet, schlechter als während der Zeit, als sich deine reichen Verwandten um sein Wohl gesorgt haben, kann es nicht werden.»

Während der ersten Hälfte meiner Rede hatte Vincent leicht geschmunzelt, jetzt grinste er breit. Der Kontakt war hergestellt.

«Du hast dir einen Brandy verdient», sagte er. Er ging zur Bar und kam mit zwei Pints und dem Brandy zurück.

«Hab dich falsch eingeschätzt», sagte er. «Mein Fehler.»

«Egal, was du jetzt machst», sagte ich mit einem Blick auf das Schachbrett, «ich kann dich mit meiner schwarzen Königin matt setzen.»

«Was?», sagte er und tat beunruhigt. «Soll das etwa heißen, dass meine Läufer den König nicht verteidigen?»

«Sie haben zu viel damit zu tun, deinen Bauern gegenüber irgendwelche Entschuldigungen zu finden; außerdem sind sie in der gegenwärtigen Position moralisch derart am Ende, dass sie nutzlos sind.»

«Was ist mit meinen Türmen?»

«Ich greife von links an; dein linker Turm ist so weit nach rechts gerückt, dass er sich nicht an der Schlacht beteiligen kann. Dein rechter Turm hat es sich auf seinem Feld so selbstgefällig gemütlich gemacht, dass er gar nicht bemerkt, dass du bedroht wirst.»

«Und meine Springer?»

«Und deine Springer», wiederholte ich langsam und überlegte angestrengt, was ich sagen könnte, «sind ...», da sah ich, dass sie bereits rausgeflogen waren, «... nehmen an der Schlacht nicht teil. Schließlich geht es hier um Moral und nicht um reine Stärke.»

«An dem Punkt liegst du falsch», sagte er. «Pass auf.» Er schob einen Bauern vor, was die gesamte Spielsituation veränderte, weil nun ich bedroht wurde.

«Ach», sagte ich, «sieh an … die Steve Wards.» Er brach in Gelächter aus.

«Hast du dich mit diesem Schwachkopf unterhalten?»

«Seine Mutter hat uns sehr freundlich zum Tee eingeladen.»

«Mrs Ward ist eine gute alte Seele», sagte er.

«Wir haben sie neulich im Bus kennengelernt, und sie hat uns zum Tee eingeladen. Ihr Steve hatte anscheinend noch nie Kontakt zu den ‹Einheimischen›. Sag mal, nur so nebenbei, ist er am Sues je durch die Straßen spaziert?»

«Warum fragst du?»

Ich erzählte von den Ratschlägen, die er uns gegeben hatte, und erfuhr, dass Steve nie einen Fuß vor die Tore des Lagers gesetzt hatte. Vincent wusste das von seiner Schwester Shirley.

«Er hat nur das Kasernengerede nachgeplappert», sagte er.

«Was bringt einen Mann wie Steve dazu, eine Uniform zu tragen und mit der Waffe auf Kanaken und andere zu zielen?», fragte ich.

«Hab ich dir doch schon gesagt, er ist ein Schwachkopf. Aber du wirst mir sicher sagen wollen, dass die ägyptischen Soldaten natürlich keine Schwachköpfe sind.»

«Ja, verdammt», sagte ich, «die ägyptischen Soldaten haben keine Wohnung mit Kamin und Büchern, keine Freundin mit hochhackigen Schuhen, kein Geld für Bier und keine ‹Zivilisation›, die sie mit der Entscheidung für die Armee opfern müssten.»

«Aber Steve erzählt man, dass er genau dafür kämpft. Er glaubt, sein Zuhause wird bedroht.»

«Ach komm schon, Vincent. Du weißt ganz genau, dass er nicht weiß, wofür er kämpft; er ist einfach nur stolz, eine Armeeuniform zu tragen und für die Queen zu kämpfen und den ‹Wilden› zu zeigen, wie stark er ist.»

«Steve Wards ist wohl der Einzige, der weiß, warum Steve Wards kämpft.»

«Fragen wir ihn», schlug ich vor.

Ich schaute zum Tisch der anderen rüber. Font und Edna sah man die Pflichterfüllung an. Hin und wieder bedachten sie Mrs. Ward mit einem Lächeln. Der stets höfliche und aufmerksame Steve ließ seine Zigaretten rumgehen. Edna und Shirley wechselten ein paar Worte. Und Mrs Ward, die ihr Guinness vor sich hatte und sowohl Sohn als auch Schwiegertochter im Gefolge, die sich um sie kümmerten, schien die Einzige zu sein, die sich wohlfühlte.

«Steve und ich sind zusammen zur Schule gegangen», sagte Vincent. «Er weiß, dass ich ihn für einen Schwachkopf halte, und er hält mich für einen feigen Verräter. Ich habe alle Hebel in Bewegung gesetzt, um aus der Armee rauszukommen. Hab so getan, als wär ich halb taub.»

«Warum?»

«Tut mir leid, dich enttäuschen zu müssen. Ich hatte ein Fernstudium im Bereich Fernsehtechnik absolviert und einen guten Job in Aussicht. Hätten die mir in der Armee fünfzehn Pfund die Woche gezahlt, hätten sie mich in jede beliebige Uniform stecken können, und ich hätte mit der Waffe in jede beliebige Richtung gezielt.»

Wären wir jetzt zu Steve gegangen, um ihn zu fragen, warum er gekämpft hatte, wäre dort im Pub eine völlig neue Welt aus Figuren und Stimmen und Temperamenten und Wörtern entstanden. Ich hatte das Bedürfnis, das mitzuerleben und zu beobachten. Als ich aber sah, wie Mrs Ward zufrieden ihr Bier trank, beschloss ich, ihr nicht den Abend kaputt zu machen. Vincent sah es genauso, erzählte mir aber, dass sie sich normalerweise lange vor den anderen auf den Heimweg machte. Ich sagte, wir sollten uns mit zu ihnen rübersetzen. Vincent zögerte. Er hatte Shirley versprechen müssen, Steve in Ruhe zu lassen. Aber nach einer Weile brachen wir das Schachspiel ab, und er begleitete mich.

Ich entschuldigte mich dafür, mich abgesetzt zu haben, und erklärte, ein so leidenschaftlicher Schachspieler zu sein, dass ich beim Anblick eines Schachbretts einfach nicht an mich halten könne. Reiner Sarkasmus. Ich begriff nicht, was mit mir geschah. Ja, ich wollte die Beherrschung verlieren, das wusste ich, wollte irgendwas enthüllen, aber was genau, wusste ich nicht. Vielleicht gab ich unbewusst zu, dass diese ganze Sache etwas Unaufrichtiges hatte, was mich anwiderte: Denn wie hatten Edna und Font und ich Mrs Ward besuchen, ihre Gastfreundschaft annehmen und uns dann langweilen können, wenn dieses Verhalten nicht auch etwas über uns selbst aussagte? Aber noch schlimmer war vielleicht das Wissen, dass wir später, wenn wir aufbrachen und nach Hause gingen, sagen würden, wie «nett» es bei Mrs Wards gewesen sei. Und natürlich war Mrs Wards auch nett, aber wir drei langweilten uns. Warum also gaben wir vor, das Zusammensein angenehm zu finden? Oder sogar interessant? Wir spielten nicht nur einander etwas vor, sondern versuchten auch, uns selbst etwas vorzumachen. Das weiß ich heute, aber damals hatte ich keine Ahnung, warum ich so wütend entschlossen war, mich und alle anderen zu unkonventionellem Verhalten anzustacheln.

Mrs Ward verabschiedete sich nach einer Weile. Wir bedankten uns erneut für ihre Einladung zum Tee, und Font bestand darauf, sie nach Hause zu bringen. Edna war mir gegenüber kalt, aber ich hatte den Punkt an Trunkenheit erreicht, da sich Selbstbewusstsein zu Selbstgefälligkeit aufbläht. Ich wandte mich an Shirley und flüsterte ihr zu, ohne es auch nur im Geringsten so zu meinen, dass sie das hübscheste Mädchen sei, das ich seit Langem gesehen hätte, und ignorierte sie dann wieder. Das, dachte ich, war die beste Anmache überhaupt; das Interesse einer Frau zu wecken und sie dann zu ignorieren, und dann zu beobachten, wie sie sich abstrampelte, wenn auch nur aus reiner Neugier. Keine Ahnung, wie ausgerechnet ich, der in komplizierten Beziehungsangelegenheiten zwischen Männern und Frauen ja unerfahren war, zu solchen Theorien über das richtige Balzverhalten kam. Männer verfügen anscheinend über einen gewissen Instinkt, bei dem einen stärker, bei dem anderen schwächer ausgeprägt, der bewirkt, dass sie sich so verhalten, wie es am aussichtsreichsten ist.

Font kam zurück, und ich unterhielt mich mit ihm. Edna und Vincent schienen voneinander eingenommen und völlig in ihr Gespräch vertieft zu sein. Und Steve, der immer wieder nach unten verschwand, musste eine schwache Blase haben. «Hallo Fonty, Wonty», sagte ich. «Na, jetzt sitzen wir hier im Land von Billy Bunter und trinken ein Pint nach dem anderen, und Vincent ist der erwachsen gewordene William Brown, und der Wirt ist der Kneipier gewordene Winnie the Pooh, und genau an diesem Tisch hier hat Sir Roger de Coverley seine eleganten Beschränktheiten niedergeschrieben. Freust du dich nicht?»

«Was ist los mit dir, Ram?», sagte er. «Du veränderst dich so schnell, dass ich dich kaum noch wiedererkenne.»

«Ich amüsiere mich nur, Font. Entschuldige mich, ich möchte noch ein bisschen damit weitermachen.» Ich drehte mich Shirley zu, deren Handschuhe auf den Boden gefallen waren, hob sie auf und erzählte ihr, dass es in Ägypten eine kostbare Blume gab und mich der Geruch ihrer Haare an diese Blume erinnere.

«Du bist frech», sagte sie.

«Frech?» Ich tat, als wäre ich verärgert. «Du bist eine sehr schöne Frau», sagte ich, «und das weißt du. Mir ist klar, dass du mit einem anderen verlobt bist, aber vergiss nicht, dass ich kein kultivierter Europäer bin und meine Gefühle darum nicht verbergen kann. Du bist schön, und da ist es nur natürlich, dass ich dich umschwärme und nicht behandeln kann wie jede andere beliebige Frau.»

«Es tut mir leid», sagte sie. «Ich wollte deine Gefühle nicht verletzen.» Ich wandte mich Font zu und tat gekränkt.

«Mann, Font, ich amüsier mich.» Ich sammelte die leeren Gläser ein und kam mit einer Runde Getränke zurück. Wir tranken alle Bier, aber Shirley hatte ich einen Sherry mitgebracht.

«Woher wusstest du, dass ich gern Sherry trinke?», fragte sie. Ich antwortete ihr nicht und wandte mich wieder an Font.

«Was ist los mit dir, Font?», fragte ich. «Du verhältst dich eigenartig. Warum amüsierst du dich nicht? Warum bist du nicht randvoll mit deiner eigenen stillen Ekstase?

Warum bist du nicht verliebt? Warum sprudelst du nicht über vor Freude?»

«Übertreib es nicht, Ram.»

«Mann, Font. Erinnerst du dich noch an den Tag vor den Sommersemesterferien, als du gesagt hast, wie grauenhaft es wäre, nach Alexandria zu fahren und immer und immer wieder dasselbe zu machen, was wir seit Jahren machen? Und jetzt sind wir hier in London, aber du bist trotzdem schweigsam und schlecht gelaunt.»

«Ich bin nicht schlecht gelaunt», sagte er. «Ich amüsiere mich auf meine Art; auch wenn ich bis eben nicht gewusst habe, wie sehr sich deine und meine Art unterscheiden.»

Ich trank mein Bier. Und ich, amüsierte ich mich? Die Frage, die ich mir gerade stellte, würde mich umbringen, dachte ich. Warum ging das, was ich tat, nicht ohne all diese Urteile zu fällen? Warum konnte ich nicht einfach der sein, der ich noch vor ein paar Wochen in Ägypten gewesen war?

«Bist du wütend?», fragte Shirley.

Ich sah sie an und schnappte mir ihre Hand und hielt sie unterm Tisch fest. Natürlich amüsierte ich mich. Steve ging zum ungefähr zwanzigsten Mal nach unten. Er sah nicht sehr glücklich aus, auch wenn er natürlich nicht wusste, was zwischen Shirley und mir lief.

«Was meinst du», sagte Vincent, «wollen wir ihn fragen?»

«Wenn du willst», sagte ich.

«Worum geht's denn?», fragte mich Shirley. Ich drückte ihre Hand und erzählte ihr, dass wir vorhätten, Steve zu fragen, wie viele Kanaken er umgebracht habe.

«Vincent», rief sie, «lass Steve in Ruhe.» Er lachte.

«Edna», sagte sie, «bitte halte Vincent davon ab, gemein zu Steve zu sein.»

«Das wird er schon nicht», sagte Edna. «Außerdem bin ich sicher, dass Steve gut für sich selbst sorgen kann.»

«Eben nicht», sagte Shirley. «Er wird sich furchtbar aufregen und ganze Tage damit verbringen mir zu erzählen, dass mein Bruder sich ganz und gar nicht wie ein Engländer verhält.» Wir alle lachten.

Steve kam zurück und schob für sich einen Stuhl neben Shirley, die mir schnell ihre Hand entzog. Ich beobachtete, wie plump er den Arm um Shirley legte und mit welcher Nüchternheit sie es zuließ. Ich war mir sicher, dass sie ihn nicht liebte.

«Wie war das Bier am Sues?», fragte ich Steve. Wir waren schließlich bei ihm zu Hause gewesen, und es wäre ungerecht, sich gegen ihn zu verbünden. Aber so, wie die Sache lag, war er mehr oder weniger selbst verantwortlich für das, was passierte.

«Wir haben das Bier getrunken, das die Kanaken dort getrunken haben; ganz in Ordnung, wenn man sich erst mal dran gewöhnt hat.»

«Wie fandst du die Kanaken denn so, Stevey Boy?», fragte Vince.

«Halt den Mund, Vince», sagte Shirley und wandte sich dann an Steve. «Merkst du nicht, dass es unhöflich ist, wenn du dieses Wort benutzt?»

«Wer ist unhöflich?», fragte er ernsthaft verdutzt.

«Edna, Font und Ram gefällt es ganz sicher nicht, wenn du sie als Kanaken bezeichnest», sagte Shirley.

«Verflucht», schrie er, «ich hab doch nie irgend so was zu ihnen gesagt.»

«Nein, natürlich nicht», sagte Edna schnell, «Shirley wollte dich nur auf die Schippe nehmen. Na los, trinken wir aus, dann hol ich die nächste Runde.»

«Wir müssen dich gar nicht auf die Schippe nehmen, du landest schon von allein im Fettnapf», sagte Vincent.

«Was zum Teufel redest du da?», brüllte Steve. «Was hat ein Scheißkanake mit diesen Leuten hier zu tun?»

«Jetzt stehst du mit beiden Beinen drin», brüllte Vincent.

«Steve», sagte Shirley. «Ich weiß, dass du nicht der Hellste bist, aber dass es so düster aussieht, wusste ich nicht. Wenn du ‹Kanaken› sagst, meinst du die Ägypter allgemein. Edna, Font und Ram sind Ägypter.»

Da dämmerte es ihm langsam. Er tat mir leid.

«Verflucht», sagte er. «Ich wollte echt niemanden beleidigen … Ich …» Wir drei übertrafen uns darin, ihn zu beruhigen.

«Ich will damit sagen», stotterte er, «dass wir alle Menschen sind.»

«Genau», sagten wir.

«Es gibt keinen Unterschied», sagte er.

«Außer zwischen dir und mir», sagte Vincent, aber wir beschlossen, Vincent zu ignorieren.

«Aber», sagte Steve, «ich kann euch sagen, wer schuld ist, dass es da unten so brodelt und gärt.»

«Lass hören», meinte Vincent.

«Die verdammten Juden», sagte er.

Vincents Lachen hallte durch den ganzen Pub. «Diesmal stehst du nicht nur im Fettnapf, sondern steckst mit dem Kopf in der Schlinge», stieß er zwischen immer neuen Lachanfällen hervor.

Font flüsterte uns zu, dass wir erklären sollten, dass Edna nicht meine Schwester sei, da Vincent bereits Bescheid wisse.

«Edna ist Jüdin», sagte ich leise zu Shirley.

«Edna ist Jüdin», sagte Shirley leise zu Steve.

«Was machen die Juden denn, dass es so gärt?», fragte Edna.

«Hör zu, ich wusste nicht, dass du Jüdin bist», sagte er. «Vergiss nicht, dass wir im letzten Krieg für euch gekämpft haben.»

Jetzt musste *ich* loslachen.

«Nein, nein», sagte Font auf seine typisch eindringliche Art, «die Juden wurden schon verfolgt, lange bevor ihr in den Krieg eingetreten seid.» Er redete weiter über München und das alles.

«Ach, halt den Mund, Font», sagte ich.

«Warum soll er den Mund halten?», fragte Edna leise.

«Glaubst du, Steve lässt sich von der Wahrheit überzeugen?», fragte ich sie. «Hast du denn keine Ahnung von der Geschichte des Ersten Weltkriegs und davon, dass Lenin die geheimen Gründe für den Krieg veröffentlicht hat und sich trotzdem Millionen von Steves für ‹Ehre› und Orden weiter gegenseitig abgeschlachtet haben und ihnen drecksegal war, dass sie es fürs Öl gemacht haben? Hast du Sassoon und Robert Graves nicht gelesen?»

«Reden wir über was anderes», sagte Shirley.

«Sei leise, Shirley», erwiderte Vincent. Dann fixierte er Edna und sagte: «Ich habe dieses Mädchen mit Büchern gefüttert wie eine Mutter ihr Kind mit Milch. Löffel und Baggerschaufeln voll mit Büchern. Und dann bändelt sie mit diesem Schwachkopf an, weil er ‹zuverlässig ist und hart arbeitet›», ahmte er sie nach. «Ich könnte speien.»

«Ich bin um einiges besser als du, verdammt noch mal», brüllte Steve, stand auf und baute sich bedrohlich vor ihm auf. Ich stand auch auf und meinte zu Steve, er solle sich hinsetzen, noch was mit uns trinken und nicht streiten.

«Fahr zur Hölle, du … Kanake», sagte er. Ich setzte mich, und Shirley sprang auf.

«Wenn du dich nicht sofort entschuldigst, will ich nichts mehr von dir wissen», schrie sie.

«Das sehe ich genauso», schrie er, «wenn du auf der Seite von diesen Kanaken und Juden und deinem feigen Bruder stehst.»

Ich ging nach unten zur Toilette, und nachdem ich mich erleichtert hatte, trödelte ich noch eine Weile vor dem Spiegel herum und starrte so vor mich hin.

Als ich zurückkam, war Steve gegangen. Und kaum hatte ich mich hingesetzt, glitt Shirleys Hand in meine.

«Na los, gehen wir und holen wir Steve zurück», sagte ich.

«Nein», sagte Shirley und streichelte meine Hand.

Wir hatten die Hände unterm Tisch, und ich hoffte, dass keiner mitbekam, was da vor sich ging. Ich fragte mich, wie Edna reagieren würde, wenn sie es mitbekäme; und dann fragte ich mich, wie ich reagieren würde, wenn ich mitbekäme, dass Edna und Vincent Händchen hielten. Gar nicht, dachte ich. Ich war verloren in diesen Eventualitäten, als ich merkte, dass wir alle so gut wie betrunken waren. Schweigend und mit verschwommenem Blick saßen wir da.

«Wir sollten tanzen gehen», sagte ich. «Wir sollten noch was trinken und noch mehr streiten und es richtig krachen lassen wie die Hemingway-Leute in Spanien. Los, Edna, komm schon, wir sollten *leben.*»

«Na dann los», sagte sie und riss uns alle hoch. Die Benommenheit fiel von uns ab. Vincent hatte einen alten Austin, den er jetzt holte.

«Ruf Brenda Dungate an», sagte ich zu Font. «Vielleicht kommt sie mit.»

Diese Aussicht heiterte ihn auf, und wir suchten zusammen nach ihrer Nummer. Ich hörte, wie er zuerst mit Mr Dungate sprach und ihn fragte, ob er Brenda zum Tanzen ausführen dürfe. Brenda kam ans Telefon, und Font sagte, wir würden sie in zwanzig Minuten abholen.

«Font», sagte ich, «komm, wir springen noch mal rein und heben noch schnell ein Bier am Tresen.»

Als wir mit unseren halben Pints an der Bar standen, wurde mir zum ersten Mal klar, wie schrecklich gern ich Font hatte. Mir wurde plötzlich bewusst, dass wir seit Kindheitstagen immer zusammen gewesen waren und einander näher waren als irgendwem sonst. Eigentlich gab es keinen Grund, ausgerechnet in diesem Moment darüber nachzudenken, außer den vielleicht, dass wir spürbar auseinanderdrifteten. Aber warum driftete ich in eine andere Richtung? Ich wusste, dass irgendwas mit mir passierte, aber was genau, konnte ich nicht sagen.

«Was passiert mit mir, Font?»

«Du wirst immer gekünstelter, Ram.»

«Aber genau an dem Punkt bin ich mir nicht sicher. Als ich mich vorhin abgesetzt habe, um mit Vincent Schach zu spielen, fand ich Edna und dich gekünstelt, weil ihr vorgegeben habt, euch zu amüsieren, und fand mich nicht gekünstelt, weil ich lieber Schach spielen wollte und es auch getan habe. Dann habe ich ein bisschen was getrunken und Vincent gegenüber eine Hasstirade auf die Engländer angestimmt, was aber mehr Show war, weil ich meinen Spaß dabei hatte. Dann habe ich angefangen, Shirley zu bezirzen, absolut ohne Grund, außer vielleicht, um mein Ego zu pflegen. Verdammt, jetzt benutze ich schon ein Wort wie ‹Ego›. Und dann hatte ich Spaß daran, wie wir Steve zum Narren gehalten haben, obwohl er mir eigentlich leidtat und ich auch überhaupt nicht sauer auf ihn war.»

«Du wirst immer selbstbezogener, Ram.»

«In Ägypten haben wir nie über ‹Selbstbezogenheit› und ‹gekünsteltes Verhalten› geredet. Diese Wörter spielen auf einmal eine bislang nie gekannte Rolle in unserem Leben.» Und dann spaltete ich mich wieder auf in zwei, und der eine Teil beobachtete, wie ich mit Font sprach, und hörte, wie ich «bislang» sagte. Warum das Wort «bislang» die Spaltung auslöste, weiß ich nicht. Meine Angst, dass Font und ich auseinanderdriften könnten, war vergessen. Ich hörte ihm kaum noch zu, während er sprach.

Wir holten Brenda ab und fuhren tanzen. Ich glaube, ins Gemeindehaus von Hampstead. Überall rings um die Tanzfläche standen Stühle, und irgendwie waren plötzlich alle verschwunden; Vincent mit Edna, Font mit Brenda, und Shirley mit mir. Am Anfang hatte ich Spaß beim Tanzen, aber nach einer Weile war es nur noch ein neuer Körper, den ich eng an mich presste, dessen Ohr ich küsste und dessen Herzschlag ich spürte. Wir tranken noch ein bisschen mehr und verhielten uns wie ein Liebespärchen.

Es würde letztlich doch keinen hemingwayschen Höhepunkt geben. Mir war eher nach schlafen gehen. Ich fand Edna und sagte ihr, ich würde Shirley nach Hause bringen und dann schlafen gehen.

Zuerst tranken wir in einer Espressobar einen Kaffee. Shirley saß im Licht einer roten Lampe. Sie sah sehr jung und gesund aus in dem rot gefärbten Licht. Wir sprachen gedämpft und freundlich miteinander und erzählten von uns. Die Lust aus dem Tanzsaal war verflogen, zurückgeblieben war ein Rest an Wärme und Ungezwungenheit in der Gegenwart des anderen. Sie fragte nach Edna, und ich sagte, sie sei eine sehr enge Freundin von Font und mir. Sie erzählte mir von ihrem Leben und von Steve und Vincent. Ihr Vater sei ein Trinker gewesen. Ihre Mutter habe sich die beiden Kinder geschnappt und ihn sitzen lassen, nur um sich dann in einen Iren namens Paddy zu verlieben. Paddy sei chronisch arbeitsscheu, und sie hätten harte Zeiten durchgemacht. Vincent sei schon immer sehr intelligent gewesen, und Paddy, der auf seine Art auch ein bisschen ein Denkertyp sei, habe ihn darin bestärkt zu studieren, und gehofft, ihm durch die Uni helfen zu können. Dann aber sei der Krieg gekommen und Paddy mehrmals ins Gefängnis gewandert, weil er sich geweigert hatte, in die britische Armee einzutreten. Vincents Hoffnungen hätten sich verflüchtigt, aber trotzdem habe er es geschafft, an der Abendschule Fernsehtechnik zu studieren und später einen guten Job bekommen. Vincent habe sich größte Mühe gegeben, Shirley auf sein eigenes Bildungsniveau zu heben, aber irgendwie sei sie zufrieden damit gewesen, Stenotypistin zu werden. Steve würden sie seit Kindheitstagen kennen. Er sei ein ehrlicher, unkomplizierter Mensch, und weil es bei ihr zu Hause durch die Streitereien zwischen Vincent und Paddy ungemütlich zuginge, habe sie sich dazu hinreißen lassen, sich mit Steve zu verloben.

Es ging mir gut, während ich dasaß und ihr zuhörte. Ich fragte mich, was genau ich an Vincent und Shirley so mochte. Mit ihnen vergaß ich, dass ich Ägypter war und sie Engländer und ich ein Fremder in ihrer Mitte. Bei den Dungates hatte ich nie das Gefühl, einer von ihnen zu sein, sosehr sie sich auch bemühten. Als ich an diesem Abend mit Shirley zusammensaß, fand ich zu meinem alten Ich zurück und war einfach nur Ram aus Kairo, der gern las und gern trank. Ich fühlte mich wohl – Shirley und Vincent waren ein bisschen Font für mich. Sie fragte mich, ob ich Edna lieben würde.

«Ja», sagte ich.

Händchen haltend gingen wir nach St. John's Wood, wo sie wohnte. Wir unterhielten uns ungezwungen, und ich sagte, dass es mir leidtäte, wie das mit Steve gelaufen sei, und gab zu, indirekt dafür verantwortlich gewesen zu sein. Wir stießen auf ein paar Straßenlampen, die auf dem Gehweg lagen und darauf warteten, dass man sie wieder aufstellte, und Shirley balancierte auf einem Masten entlang und griff ab und zu nach meiner Hand, um sich abzustützen.

«Ich habe meinen Bruder unendlich lieb», sagte sie, «und ich weiß, dass er recht hat mit dem, was er über Steve sagt. Er wird einen guten Ehemann abgeben, aber das Leben mit ihm wird langweilig sein. Vince sagt, er wird mich dann immer daran erinnern, dass ich mich langweile.» Sie sprang von dem Lampenmast und sagte: «Ich weiß, dass du im Pub nur mit mir geflirtet hast, aber ich fand es trotzdem aufregend, und mit Steve ist es nie aufregend.»

Wir bogen in ihre Straße ein. Vor ihrem Haus tauchte plötzlich ein Schatten aus der Dunkelheit auf, und noch ehe ich sonst irgendwas erkennen konnte, bekam ich einen Schlag auf die Nase und war von den Tränen, die gewöhnlich fließen, wenn man eins auf die Nase bekommt, ganz blind.

«Ich bring dich um, du dreckiger Kanake», schrie er. Es war Steve. Mir lief Blut aus der Nase, und ich legte den Kopf in den Nacken, um den Blutfluss zu stoppen. Selbst in dem Moment wusste ich, dass er sehr betrunken war, und ich war kein bisschen wütend.

«Steve, wenn du nicht sofort verschwindest, rufe ich Paddy.»

«Diesen Iren mache ich auch fertig», schrie er.

Wenn ich doch nur Wut empfinden könnte, sagte ich mir, könnte ich diesen Steve k. o. schlagen. Aber ich kann nicht zuschlagen, wenn ich nicht wütend bin.

«Weißt du, warum du widerwärtig bist?», fragte ich ihn. «Weil du kämpfen und Leute umbringen kannst, ohne wütend zu sein. Ich bin unfähig, zurückzuschlagen, einfach weil ich nicht wütend auf dich bin.»

Eine Tür ging auf, und ein großer Mann kam heraus. Er trug Hosen und Unterhemd und keine Schuhe.

«Paddy», Shirley rannte auf ihn zu, «sag Steve, dass er nach Hause gehen soll, er ist betrunken.»

«Du verfluchter Ire», brüllte Steve.

Shirley zog mich ins Haus und schloss die Tür. Wir standen in der Küche; das Feuer im Gasofen brannte bei offener

Klappe auf niedriger Flamme, und auf dem Boden lag eine Matratze, auf der Paddy wahrscheinlich geschlafen hatte. Wir hörten Geschrei von draußen, dann kam Paddy rein.

«Be Jeez», sagte er, «bleibt drinnen, hier seid ihr sicher. Ich sag euch, dieser Steve ist grad in einem schrecklichen Zustand.» Ich hörte zum ersten Mal jemanden mit irischem Akzent reden. Paddy war ein gut aussehender Mann mit vollem, weißem Haar.

«Ram ist Ägypter», sagte Shirley.

«Be Jeez», sagte er, «deine Nase blutet. Ich sag dir, lass dich bloß von keinem der Engländer anfassen; die hamm sich schon genug an deinem Land bedient. Als Kind hab ich Sachen gesehen, Mann, die glaubst du nicht, wenn ich sie dir erzähle. Das eine Mal in Cork …»

«Das kannst du ihm ein andermal erzählen», sagte Shirley. «Komm ins Wohnzimmer», sagte sie zu mir.

Ich sagte Gute Nacht und folgte Shirley ins Wohnzimmer. Meine Nase hatte aufgehört zu bluten. Durch das verlorene Blut fühlte ich mich wieder frei im Kopf und leicht und gut.

«Das war Paddy», sagte Shirley, «was hältst du von ihm?»

«Be Jeez», sagte ich, «ich mag ihn.»

«Wir streiten uns furchtbar, aber Vincent und ich lieben diesen faulen Taugenichts. Ich besorge ein paar Decken», sagte sie. Wir flüsterten, obwohl es keinen Grund dafür gab. Komisch, dass man automatisch flüstert, wenn es dunkel ist. Wir hatten kein Licht gemacht.

«Ich fahre zurück ins Hotel», sagte ich.

«Die Busse fahren jetzt nicht mehr. Aber wenn du willst, kannst du warten, bis Vince kommt, er bringt dich hin.» Noch während sie das sagte, hörten wir draußen seinen Wagen und dann, wie er mit Paddy redete. Er klopfte an und kam rein.

«Hallo, Ram», sagte er amüsiert, «wie ich höre, hast du Bekanntschaft mit einer englischen Faust gemacht. Wie geht's dir?»

«Mir geht's gut», sagte ich und lachte auch.

«Du solltest Steve nicht zu sehr hassen, weißt du. Er ist wirklich ein sehr anständiger Junge.»

«Ach was, ich hasse ihn überhaupt nicht», sagte ich. «Wenn überhaupt, dann schäme ich mich für mein eigenes Verhalten.»

«Lassen wir Steve jetzt mal beiseite», sagte Shirley. «Vince, kannst du Ram nach Hause fahren?»

«Klar», sagte er, «aber warum schläfst du nicht hier? Ich habe noch ein paar Bier, und wir können uns ein bisschen unterhalten.»

«In Ordnung», sagte ich.

Er machte Licht, machte es aber gleich wieder aus. Es waren nackte Glühbirnen, und das Zimmer war gemütlicher, wenn nur das Licht von der Straßenlampe hereinströmte. Er holte Gläser und Bier.

«Fragen wir doch Paddy, ob er auch was mittrinken will», sagte ich.

«Ach je», sagte Shirley. «Na gut.»

Ich saß auf dem Sofa und Paddy in einem Sessel mir gegenüber. Vincent und Shirley hatten es sich auf dem Boden bequem gemacht, Shirley lehnte mit dem Rücken an meinen Beinen. Wir redeten bis vier Uhr morgens. Wir redeten, tranken Bier und rauchten. Ich erzählte ihnen, dass der Fellache noch genauso lebte wie vor zehntausend

Jahren … bis hin zu den Häusern, die er baute, und der herkömmlichen Flutbewässerung am Nil, mit der er sein Land fruchtbar machte. Irgendwann waren wir alle müde. Paddy und Vincent gingen ins Bett, während Shirley ein paar Decken holte. Ich küsste sie liebevoll, und kaum war sie gegangen, zog ich meine Sachen aus und legte mich hin.

Der Abend war schön gewesen, aber irgendetwas fehlte … das Gefühl eines Höhepunkts. Für alles gibt es nur ein perfektes Ende, und das ist der Tod, aber es gibt auch noch andere gute Enden. Trotz aller Ereignisse an diesem Tag und dem schönen Ausklang ruhig im Dunkeln miteinander zu reden, war in mir, während ich da so lag, noch eine Spur von Frustration. Und dann hörte ich, wie sich die Tür öffnete, und spürte ihren warmen Körper neben mir. Das war das gute Ende. Obwohl wir einander nicht liebten, obwohl da kein Begehren zwischen uns war, war es das, was den Tag vollendete. Und ich verstand, dass manche Männer diese Erfüllung sogar bei anderen Männern suchten.

Ich irrte mich, als ich glaubte, Shirleys Körper zu streicheln wäre der Höhepunkt des Tages gewesen. Als ich ins Hotel zurückkam, ergab sich ein anderes Ende.

Ganz früh am Morgen schlich ich mich aus Shirleys Haus, ohne irgendwen zu wecken. Kaum war ich im Hotel angekommen, ging ich in Ednas Zimmer.

«Ich habe dich betrogen», sagte ich.

«Ich weiß», sagte sie.

«Bist du nicht eifersüchtig?»

«Willst du, dass ich eifersüchtig bin?»

«Ich möchte, dass du tobst vor Eifersucht und mit Selbstmord drohst und weinst und schluchzt und … Gibt es denn nicht noch ein Wort, das so ähnlich ist wie weinen und schluchzen? … Und dich mit Asche bestreust. Edna, was hat es noch mal mit diesen Leuten aus der Bibel auf sich, die sich mit Asche bestreut haben, wenn sie unglücklich waren?»

«Ich weiß es nicht», sagte sie.

«Edna, was ist das? Was passiert mit mir? Ich bin Ägypter und habe mein ganzes Leben in Ägypten gelebt, und plötzlich bin ich hier, und nach drei Wochen bin ich in dieses seltsame Leben geschlittert, in dem ich ein Mädchen kennenlerne und es für natürlich halte, am selben Tag abends mit ihr ins Bett zu gehen, unter einem Dach mit ihrem Bruder und ihrer Mutter und Paddy, und es natürlich finde, wie natürlich es für sie ist, dass sie mit mir schläft, wenn sie das will. In Ägypten passiert so was nicht. Wie kann ich herkommen und völlig anders leben als davor und trotzdem das Gefühl haben, ich hätte schon immer so gelebt? Was passiert mit mir, wenn ich zurück nach Ägypten gehe? Hast du je meine Freunde Yehia und Jameel und Fawzi kennengelernt? Ich werde mich nicht dafür entschuldigen, dass ich die Nacht mit Shirley verbracht habe. Du liebst mich nicht, und ich fühle mich kein bisschen schuldig. Ich habe kaum geschlafen und bin ziemlich müde; vielleicht will ich darum die Wahrheit sagen. Bitte, Edna, schreibe mir keine Eigenschaften zu, die ich nicht habe. Ich spiele gern, trinke gern und mache gern Liebe, das ist alles, und was ich auch vorgebe, du solltest die Wahrheit kennen.

«Ich habe dir ja immer gesagt, dass man Ägypter nicht in Kairo oder Alexandria antrifft», sagte sie. «Du hast

Ägypter eigentlich nie kennengelernt. Und die Ägypter aus deiner Schicht hasse ich so sehr wie meine Eltern.»

«Wenn ich kein Ägypter bin, was bin ich dann?»

«Du bist, was du bist. Ein Mensch, der in Ägypten geboren wurde, auf eine englische Schule gegangen ist, viele Bücher gelesen hat und Phantasie besitzt. Aber zu sagen, dass du dies oder das oder Ägypter bist, ist Unsinn.»

«Was bist du, Edna?»

«Abgesehen davon, dass ich als Jüdin geboren bin, kommt man bei mir mit verallgemeinernden Zuschreibungen auch nicht weiter. Aber der Unterschied zwischen dir und mir ist der, dass ich Ägypter *kenne* und liebe.»

«Edna», sagte ich, «du hast gesagt, ich wäre belesen und hätte Phantasie. Ich bin auch klug. Klug genug, um zu wissen, dass du mich nicht liebst …»

«Das sagst du jetzt schon zum zweiten Mal.»

«… und mich frage», sagte ich, «warum du Font und mich als Freunde ausgewählt hast und uns beiden gegenüber so großzügig bist. Ich will offen sein. Font ist ein liebenswürdiger Mensch, und ich verstehe, dass du für ihn vielleicht aufrichtige Zuneigung empfindest. Aber was mich angeht, so hat sich mein Charakter verändert, seit ich in London bin, oder vielleicht ist auch auf einmal mein wahrer Charakter zum Vorschein gekommen. Ich bin weder ‹liebenswürdig› oder ‹süß› noch ‹nett›, im Gegenteil, ich bin eingebildet und arrogant, besserwisserisch und unausstehlich. Also frage ich mich, warum du mir das nicht ins Gesicht sagst. Vielleicht fühlst du dich verantwortlich, weil du mich hergebracht hast. Aber ich entbinde dich hiermit von jeder Verantwortung. Edna, bitte, lass uns alle Reste von Kultiviertheit und alles zweideutige Gerede ablegen, jetzt sofort, und einander die Wahrheit sagen. Erzähl mir von dir, Edna.»

Sie schloss die Augen und lag einen Augenblick still da. Ich zog mir die Schuhe aus und kauerte mich auf dem Sessel zusammen.

«Meine Familie ist seit mehr als fünf Generationen in Ägypten», begann sie. «Ich bin die Erste in der Familie, die Arabisch spricht. Ich hatte eine griechische Kinderfrau namens Rosa, die mit einem ägyptischen Polizisten verheiratet war. Meine Eltern unternahmen oft lange Reisen und ließen mich dann bei Rosa. Sie nahm mich heimlich mit in ihr kleines Dorf, wo sie mit ihrem Mann und seiner Familie lebte. Anfangs war ich angewidert von dem Dreck und dem mangelnden Komfort, den Rindern und Hühnern als gleichberechtigten Hausbewohnern. Aber ich kam immer häufiger mit ins Dorf und liebte schließlich jeden einzelnen Menschen dort. Nie nahmen sie ein Geschenk an, ohne mich im Gegenzug mit dem Zehnfachen zu beschenken, egal, wie arm sie waren. Ich liebte es, wie sie bei Tagesanbruch erwachten und bis zum Sonnenuntergang arbeiteten und sich dann entweder in ihren Lehmhütten oder auf den Feldern schlafen legten. Ich liebte das Würdevolle der Fellachen, von dem Menschen, die nie mit ihnen gelebt haben, nichts wissen. Ich liebte es, wie sie sich ganz selbstverständlich gegenseitig halfen und gemeinsam die Verantwortung für die vielen Waisen dort übernahmen. Zu Hause sagten meine Eltern und ihre Freunde über Leute, die sie als unhöflich und ordinär empfanden, immer wieder «der ist doch nur ein Fellache». Ich war sehr einsam als Kind. Ich fand meine Freunde absolut uninteressant, ganz egal, ob es Juden, Europäer oder Ägypter waren.

Rosas Ehemann hatte einen jüngeren Bruder in meinem Alter. Er hieß Adle. Er hatte riesige braune Augen und lange Wimpern. Er gab sich nie mit mir ab. Er nahm keines meiner Geschenke an und redete nie mit mir. Sein Bruder kaufte ihm einmal ein Paar Hosen und ein Hemd, aber wenn ich da war, zog er sie nie an. Er bestand darauf, barfuß zu laufen, wenn ich da war. Ich beobachtete jeden Morgen von meinem Fenster aus, wie er sich an der Dorfpumpe wusch. Ich war verliebt in ihn. Seit ich vierzehn war, liebte ich ihn mit jeder Faser meines Körpers.

Als ich achtzehn war, wohnten wir in Alexandria. Rosas Ehemann war auch nach Alexandria versetzt worden. Er schaffte es, Adle mitzunehmen und ihn bei der Polizei unterzubringen. Rosa erzählte mir, dass Adle in seinem ganzen Leben nie Schmiergelder angenommen hat, obwohl die anderen Polizisten das machten – weil sie darauf angewiesen waren. Ich gab mich Adle in diesem Sommer hin. Ich wollte ihn heiraten und ihm alles geben, was er nicht hatte. Aber er wies mich zurück. Rosa machte mir Hoffnung; sie erzählte mir, dass er im Schlaf meinen Namen flüsterte.»

Sie sprach langsam, Satz für Satz, machte nach jedem eine lange Pause.

«Plötzlich nahmen mich meine Eltern mit nach Europa. Zwei Monate später sollte ich zurückkommen, aber sie schrieben mich an einer Universität ein und kehrten ohne mich zurück. Ich schrieb Adle Hunderte Briefe auf Arabisch, bekam aber nie eine Antwort. Da wurde mir klar, dass ich nur versuchen konnte, ihn zu vergessen.» Sie machte eine Pause.

«Nach zwei Jahren kam ich zurück. Ein paar Monate

nach dem Krieg zwischen Israel und Ägypten '48.» Sie machte wieder eine Pause und holte tief Luft.

«Mithilfe ihrer ägyptischen Freunde hatten meine Eltern die notwendigen Leute bestochen und Adle angeklagt, mich ‹animiert› zu haben. Er weigerte sich, auch nur ein Wort zu seiner Verteidigung vorzubringen. Er wurde für vier Monate ins Gefängnis gesteckt. Das alles fand statt, während ich in Europa war. Ich hatte keine Ahnung, dass mein Vater irgendwas von Adle wusste. Bei meiner Rückkehr nach Ägypten war Rosa natürlich nicht mehr bei uns. Als ich sie schließlich fand, erzählte sie mir alles. Sie erzählte mir auch, dass Adle im Krieg gegen Israel gestorben war.»

«Schluss jetzt», hätte ich am liebsten gesagt. «Schluss. Ich will so etwas nicht hören. Wenn du willst, beschäftige ich mich auf akademischer Ebene mit Politik und Unrecht, aber bleib mir weg mit diesen realen Vorfällen. Meinetwegen lese ich darüber, aber bleib weg mit deiner Geschichte.»

«Was hast du gemacht, Edna?»

«Ich bin in die Kommunistische Partei eingetreten und habe wie eine Sklavin für sie geschuftet. Ich wollte mein Privatleben begraben und nur noch ein Organ der Partei sein. Die Partei hat in Ägypten immer im Untergrund agieren müssen. Dort habe ich die Besten der Menschheit kennengelernt; Ägypter, Juden, Griechen. Wir wurden zwangsläufig entdeckt. Mein Vater machte erneut Gebrauch von seinem Geld, und ich wurde überstürzt nach England gebracht. Dann brach in Ägypten die Revolution aus, und ich kam überstürzt zurück, um mitzukämpfen, mich zu beteiligen und sie zu unterstützen. Aber wer konnte mich schon gebrauchen? Ich bin Jüdin.»

Ich saß lange reglos da und schwieg.

«Schläfst du, Edna?»

«Nein, Ram.»

Ich war unglücklich. Ich dachte an meinen billigen Witz – «weinen» und «schluchzen» – und wollte reumütig zu ihren Füßen verbluten. In diesem Moment wurde mir klar, dass diese ganze Sache mit der Spaltung und Selbstbeobachtung weit weg und tot und inexistent war, wenn eine Situation sehr echt und wahr ist.

«Font und dich habe ich das erste Mal vor zwölf Jahren gesehen», sagte sie, «ihr müsst so um die elf gewesen sein. Es war beim Geburtstag von deinem Cousin Mounir. Ich war bei den Erwachsenen und habe gesehen, wie Font und du statt mit den anderen Kindern lieber mit dem Sohn des Gärtners gespielt und ihm bergeweise Kuchen und Cracker geschenkt habt, die ihr in euren Taschen gebunkert hattet. Ich hatte mich schon gewundert, warum ihr euch mit allem, was auf dem Tisch stand, die Taschen vollgestopft habt. Immer wenn ich mit Rosa zu ihr ins Dorf gefahren bin, fiel mir diese Szene ein. Dann habe ich dich bei deiner Tante wiedergesehen, als du ihre Party gesprengt hast. Verstehst du jetzt, dass es nur natürlich ist, dass ich Font und dich nicht verlieren wollte? Ich war sehr glücklich in dem Jahr mit euch in Kairo. Ihr wart beide so aufrichtig und ehrlich.»

Wieder folgte eine Pause.

«In dem Jahr, bevor wir hergekommen sind, war ich auch sehr glücklich», sagte ich. «Für mich ist es natürlich, dich mit Haut und Haaren zu lieben. Für mich bist du ein übermenschliches Wesen, das mir aus irgendeinem Grund auch ein wenig Erlesenheit verleiht. Ich habe so große

Achtung vor dir und bin so überwältigt davon, dass ich dich lieben darf …»

«Ram», sagte sie.

«Ja?»

Sie sagte nichts.

«Was denn, Edna?»

«Ich bin nicht so gut, wie du denkst.»

Ich lächelte.

Das war das erste Mal, dass Edna die Klischeesprache der Liebenden verwendete, und ich ging nicht darauf ein.

«Sag mir, was du denkst», sagte sie nach einer Weile.

«Du weißt ja, wie viel ich immer gelesen habe, nicht? Aber obwohl ich gelesen und gelesen habe, war es nur lesen. Ich meine, was ich da gelesen habe, hatte für mich nie mit dem Leben zu tun. Also ich meine, mir ist nie in den Sinn gekommen, dass ich eine ‹Figur› sein könnte … Ich kann mich nicht richtig erklären. Ich meine, was ich da gelesen habe, waren nur Geschichten, und …»

«Ich verstehe, was du meinst, Ram.»

«Na und dann, als ich herkam, oder vielleicht kurz, bevor ich herkam, habe ich auf einmal unbewusst gemerkt, dass ich auch ‹leben› kann. Vielleicht stimmt das nicht, was ich sage. Ich meine, vielleicht gibt es keinen Grund oder keine Entschuldigung dafür, wie ich mich verhalte; vielleicht ist das einfach mein Charakter und mehr nicht. Aber das habe ich schon gesagt.»

«Nein, das ist nicht dein Charakter», sagte sie.

«Wie auch immer, Edna; ich habe beschlossen, dass ich …» Ich hatte überhaupt nichts beschlossen; es kam einfach so, während ich redete, «heute das Hotel verlasse.»

«Wohin willst du?»

«Das weiß ich noch nicht, aber ich werde versuchen, irgendwo ein billiges Zimmer zu bekommen, vielleicht in East End, und ich werde das Studium an der Fachhochschule durchziehen, was auch immer es ist. Ich glaube, es ist Mathematik oder Chemie oder so was. Das ist jetzt das Beste für mich, wenn ich versuche – bitte verzeih den Ausdruck – ‹mich selbst zu finden›.»

«Ram, bist du sicher, dass ein Zimmer in East End nicht auch nur Teil der Bücher ist, die du gelesen hast?»

«Vielleicht», sagte ich.

Sie lächelte, aber ihr Lächeln hatte nichts Sarkastisches.

«Komm her», sagte sie.

Ich stand auf und setzte mich zu ihr auf den Bettrand. Sie zog mich an sich und drückte mich fest an die Brust.

«Und ob ich dich liebe, Ram», sagte sie.

«Ich liebe dich auch», sagte ich, «sehr.»

Sie löste sich aus der Umarmung und fragte, ob ich genug Geld hätte.

«Ja», sagte ich.

Ich war froh, dass Font nicht in unserem Zimmer war. Ich packte meine Sachen und stellte sie beim Portier unter. Edna zahlte das Hotel. Von den fünfzig Pfund, mit denen ich in London angekommen war, waren noch elf übrig.

«Sind Sie ‹farbig›?», fragte sie. Ich betrachtete meine Hände, um zu sehen, ob ich farbig war. Obwohl ich in Ägypten so viel darüber gelesen hatte, war es mir im wahren Leben noch nie begegnet. Ich hatte mich nie gefragt, ob ich farbig war oder nicht (später ging ich in eine Bibliothek und erfuhr, dass ich weiß war).

«Keine Ahnung», sagte ich.

Sie war eine fette Frau mit einem Mopp in der Hand.

«Von mir kommt das nicht, mein Lieber. Sie haben gesagt, wenn Sie farbig sind, soll ich sagen, dass das Zimmer schon vergeben ist. Für mich siehst du weiß genug aus, aber man kann ja nie wissen.»

«Ich bin Ägypter», sagte ich.

Sie sagte, ich solle kurz warten, und schloss die Tür.

«Ägypter, Ma'am, ist das in Ordnung?», hörte ich sie rufen.

Kurz darauf öffnete sie die Tür und sagte, ich solle reinkommen. Das war in South Kensington. Die Adresse hatte ich von einem Schwarzen Brett draußen vorm Eingang zur U-Bahn-Station.

Eine schmallippige, langnasige Frau sagte durch die Nase «Guten-Tag» und dass ich mich setzen solle.

«Sie sind Student, nehme ich an», sagte sie. «Mein Mann Captain Treford und ich waren in Ägypten, wissen Sie. Wir sind dort im Gezira Sport-Club überraschend vielen intelligenten Menschen begegnet.»

Ich war gut gekleidet, in meiner Brusttasche steckte ein schneeweißes Taschentuch, und ich hielt ein Paar hellbrauner Lederhandschuhe in der Hand.

«Vielleicht kennen Sie ja zufällig die Kamals», sagte sie. «Mrs Kamal – Sophie – war eine meiner sehr lieben Freundinnen.»

«Ich kenne sie», sagte ich. «Sophie ist meine Cousine.»

«Ach, wie reizend!» Captain Trefords Frau klatschte in die Hände. «Sophie ist eine so *wunderbare* Person.»

«Sie ist ein Schwein», sagte ich.

«Wie bitte?»

«Ich sagte, meine Cousine Sophie ist nichts anderes als ein Schwein.»

«Tatsächlich?», sagte sie affektiert. «Vielleicht sprechen wir nicht von derselben Person.»

«Kennen Sie Dr. Khairy und seine Frau?», fragte ich.

«Ja, warum, wir haben oft zusammen Bridge gespielt und sie in ihrer reizenden Villa …»

«Tja, die beiden sind auch Schweine», sagte ich.

«Sie müssen verstehen, Mr … Mr …»

«Font», sagte ich.

«Sie müssen verstehen, Mr Font, dass der Captain und ich nur aus sozialem Pflichtgefühl heraus beschlossen haben, das Zimmer …»

«Fabelhaft», unterbrach ich sie auf absurde und unbefangene Weise, «dann sollten Sie auch die Miete erlassen.»

«Ooha ooha ooha», stieß sie lachend durch die Nasenlöcher aus; «das werden wir wohl kaum … ooha ooha. Und darum, Mr Flint», knüpfte sie an, wo ich sie unterbrochen hatte, «werden Sie ihre kleinen Witze für sich behalten müssen.»

«Aber natürlich, Mrs Trickleford», sagte ich und gab drei Oohas von mir. «Halten Sie zehn Guineen … pro Woche natürlich … für angemessen?»

Sie sprang auf und sagte, gewiss, gewiss, und überhaupt gehe es ja nicht ums Geld. Genau genommen sei sie ja sehr froh, Sophie einen Gefallen zu tun, auch wenn es sein könne, dass Sophie zwischen uns … ihr schiene, das würde vielleicht zu einem kleinen …»

«Schwein», sagte ich. «Ich werde mir jetzt nicht die Mühe machen, mir das Zimmer anzusehen, aber ich werde meinen Chauffeur mit den Koffern vorbeischicken. Sie haben nicht zufällig eine Garage? … Es ist ein Bentley», fügte ich hinzu.

Ich ging, fühlte mich aber nicht so siegreich, wie ich mich vielleicht hätte fühlen können. Nachdem ich einen ganzen Tag im East End umhergelaufen war, beschloss ich, dass ich dort überhaupt nicht gern würde wohnen wollen. Am dritten Tag mietete ich ein Zimmer bei einer Handwerkerfamilie in Battersea: ein kleines Zimmer mit einem Krankenhausbett, einem Waschbecken, einem Tisch und einem Stuhl und sonst nichts. Aber ich hatte einen separaten Eingang, und es war billig und hatte irgendwie «Charme», und seltsamerweise fing ich an zu «leben». Natürlich weiß keiner, der in dem Sinne «lebt», wie ich es meine, dass er lebt; er merkt es erst, wenn er aufhört zu «leben».

Ich hatte Font und Edna nicht angerufen und mich nicht bei ihnen blicken lassen, bis ich das Zimmer in Battersea fand. Dann besuchte ich sie. Ich hatte noch fünf Pfund.

Font war am Packen. Er sei angewidert von mir, sagte er. Ich hätte ihm wenigstens sagen können, dass ich vorhatte, das Hotel zu verlassen, und dass ich mit Steves Freundin geflirtet und die eine Nacht einfach weggeblieben sei, fände er mies. Den Gedanken, dass wir zu Steve nach Hause gegangen seien und seine Gastfreundschaft in Anspruch genommen hätten und ich mich dann an seine Freundin rangeschmissen hätte, fände er zum Kotzen. Ich sei nicht besser als diese ganzen *fils-à-papa*-Ägypter, die nichts anderes zu tun hätten, als jedem x-beliebigen Rock hinterherzulaufen, und denen auch völlig egal sei, wem dieser Rock gehöre, weil sie überhaupt keine Skrupel hätten. Font hatte noch nie gezeigt, wie er über reiche Ägypter dachte. Ich entgegnete, Steve habe wahrscheinlich Tausende Frauen und Kinder ermordet … arme, elende, unschuldige Kinder in Aden und überall sonst in Afrika und auf Zypern, und wenn er glaube, dass ich in Bezug auf Steve irgendwelche Skrupel hätte, läge er falsch. Er glaubte mir nicht, behielt es aber im Hinterkopf, um irgendwann später darüber nachzudenken.

«Ist Edna in ihrem Zimmer?»

«Edna hat England gestern verlassen.»

Wie sehr man liebt, merkt man erst, wenn man den, den man liebt, verloren glaubt; und oft liebt man erst dann richtig, wenn es sich so anfühlt, als würde die eigene Liebe nicht erwidert.

«Keine Angst», sagte Font, «sie kommt zurück.»

«Warum hat sie uns verlassen, Font?»

«Ich weiß es nicht.»

«War sie wütend?»

«Nein, aber sie hat gesagt, wir sollen nicht vergessen, dass wir Ägypter sind und zurückkehren müssen.»

«Mann, ich liebe sie», sagte ich.

Er warf mir einen typischen Font-Blick zu und sagte, ich besäße eine sehr unorthodoxe Art, meine Liebe zu zeigen.

«Rede keinen Scheiß, Font. Was ich mit Shirley gemacht habe, hat nichts mit meiner Liebe Edna zu tun.»

«Vergib mir», sagte er, «ich bin leider nicht ganz so kultiviert wie du.»

«Ach halt doch die Klappe, Font.»

Nach einer Weile zeigte er mir zwei Briefe. Einer war vom Innenministerium.

Sehr geehrter Herr,

im Auftrag des Staatssekretärs unterrichte ich Sie hiermit, dass Ihr Antrag auf eine Verlängerung Ihrer Aufenthaltsgenehmigung für Großbritannien erst bei Nachweis einer angemessenen finanziellen Zuwendung berücksichtigt werden kann, die Sie binnen einer Woche vorzulegen haben.

Mit den besten Empfehlungen …

(Von diesem Herren, der sich hier empfiehlt, habe ich schon eine Reihe von Briefen, wovon der letzte eine Antwort auf einen persönlichen Brief ist, in dem ich ihm geschrieben habe, dass ich nichts Empfehlenswertes an ihm finde.)

Der andere Brief war von Didi Nackla aus Paris. Sie schrieb, im nächsten Sommer kommen zu wollen, und fragte, ob wir eine einigermaßen bezahlbare Wohnung für sie suchen könnten. «Eine einigermaßen bezahlbare Wohnung». Didi Nackla hätte sich für den Sommer ein Schloss kaufen können, wenn sie gewollt hätte.

«Wie viel Geld hast du, Font?»

«Fünfzehn Pfund.»

«Zusammen haben wir achtzehn Pfund. Das wird der Staatssekretär wohl nicht mal annähernd angemessen finden.»

«Edna hat uns zwei Fahrkarten für Ägypten dagelassen.»

«Ich werde meine nicht benutzen», sagte ich.

«Ich meine auch nicht», sagte er.

Während Font weiterpackte, streckte ich mich auf dem Bett aus. Seine Augenbrauen wanderten höher und höher, dann tiefer. Dann wieder höher.

«Wohin gehst du, Font?»

«Ich muss mir ein Zimmer suchen.» Aber seine Augenbrauen gingen noch immer hoch und runter.

«Was ist los, Font?»

«Hör zu, Ram, Edna hat mir dreihundert Pfund dagelassen, falls wir sie brauchen sollten. Sie hat aber auch so schon genug Geld für uns ausgegeben. Ich werde das Geld nicht anrühren, aber du kannst machen, was du willst.»

«Ich will jeden einzelnen dieser Geldscheine berühren», sagte ich. «Geld? Was bedeutet Edna schon Geld? Sie hat Unmengen davon. Warum sollten wir es nicht anrühren?»

«Mach, was du willst», sagte er, drehte mir den Rücken zu und tat so, als wäre er mit Packen beschäftigt.

«Was ist los mit dir, Font?»

«Mit *mir*?»

«Ja, was ist los mit dir, wenn du glaubst, ich würde es ernst meinen, dass ich das Geld will. Natürlich werde ich es genauso wenig anrühren wie du.»

«Tja, Ram, du hast dich verändert, seit wir hier sind. Ich weiß nicht mehr, wer du bist.»

«Wie du meinst», sagte ich seufzend. «Jedenfalls habe ich einen guten Plan. Wir können das Geld indirekt benutzen.»

«Was meinst du mit indirekt?»

«Pass auf. Wir zahlen das Geld auf meinen Namen bei der Bank ein …»

«Mach, was du willst», sagte er.

«Halt's Maul», schrie ich. «Wir zahlen das Geld auf meinen Namen bei der Bank ein, und wenn du jetzt irgendwas sagst, bringe ich dich um; dann bitte ich die Bank, mir schriftlich zu bestätigen, dass ich dreihundert Pfund auf der Bank habe. Ich hebe das Geld ab, zahle es bei einer anderen Bank diesmal auf deinen Namen ein und lasse mir wieder einen Nachweis geben, dass du so viel Geld deponiert hast. Dann verfügen wir beide über den Nachweis einer ‹angemessenen finanziellen Zuwendung› für den Herrn Staatssekretär.

Die Idee gefiel Font, auch wenn er sich Mühe gab, es zu verbergen. Also sagte ich, er solle sich entschuldigen und zugeben, dass ich der intelligenteste, ehrlichste, aufrichtigste, liebevollste und zuverlässigste Mensch sei, den er je kennengelernt habe. Nachdem er zehn Minuten lang darauf herumgesprungen war und ihn zugedrückt hatte, hatte er es endlich geschafft, den Koffer zu schließen. Als er sich weigerte, laut nachzusprechen, was ich gesagt hatte, öffnete ich den Koffer wieder. Wir rauften uns brüderlich und waren wieder Freunde.

«Los, spielen wir», schlug ich vor.

«Wer, du und ich?»

«Stell dich nicht so dumm an. Lass uns mit ein paar Reichen Poker oder so spielen.» Aber natürlich kannten wir keine reichen Leute, mit denen wir hätten um Geld spielen können; also schlug ich vor, zur Pferderennbahn zu gehen. Aber zunächst mussten wir für Font ein Zimmer suchen. Ich war aufgekratzt an diesem Tag. Vielleicht wegen Ednas Abreise. Nach dem anfänglichen Schock, dass sie weg war, durchströmte mich ein Gefühl von Freiheit, außerdem kam sie ja wieder.

Wir trugen Fonts Koffer nach unten und gingen dann in den nächstgelegenen Pub, um zu überlegen, wie wir am besten ein Zimmer für ihn ausfindig machen könnten.

Aber obwohl sie uns Geld schickte, verging ein Jahr, in dem Edna uns weder schrieb noch zurückkam. Und als sie zurückkam, wurden wir wieder zu Liebenden, obwohl sie mich nicht heiraten wollte und mir auch keinen Grund nannte … und ich hatte mich tatsächlich verändert. Dann tauchte Didi Nackla in London auf und blieb acht Monate bei uns. Es ist seltsam, aber trotz allem, was damals zwischen Didi Nackla und mir passiert ist, denke ich nie an Didi Nackla, wenn ich an London denke.

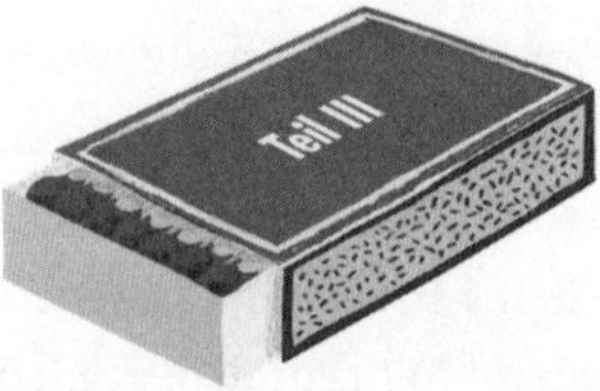

Sich für seine Passionen opfern, kann schon mal passieren;
aber wenn sie gar nicht zu mir passen?

Girodet

Am Morgen öffnete ich die Augen zum Ruf der Gläubigen zum Gebet: ein herrlicher Ruf, der sich mit dem Rascheln der Palmen draußen und den Geräuschen mischte, mit denen Kharafallah unten Tische aufs Pflaster stellte. Selbst die Schatten auf dem herabgelassenen Rollladen fügten sich in die Harmonie des Rufs. Ein herrlicher Ruf von einem hohen Turm, der uns alles erzählt über «Kein Gott außer Gott» und seinen Propheten. Spielt es eine Rolle, wer sein Prophet ist? «Kein Gott außer einem Gott» fände ich ja besser, oder einfach nur «Kein Gott, kein Gott», aber mit derselben herrlichen Stimme. Und wer steigt diese Stufen hoch und sagt uns Bescheid, wenn eine Revolution – eine echte – ausbricht? Niemand. Ein trauriger Gedanke. Ja, seufzte ich, ein herrlicher Ruf, der in den Ländern, deren Kultur ich wie ein Welpe aufgeleckt habe, immer nur als «Geheul» beschrieben worden ist.

Ich betrachtete die schlafende Edna, die am Morgen noch auffälligere Narbe und die auf dem Kissen verknäulten Haare. Somerset Maugham hat Liebe mal als die Fähigkeit zweier Menschen beschrieben, dieselbe Zahnbürste zu benutzen. Zahnbürstenliebe? Ich schob den Kopf näher an Ednas heran, und ein Atemkräuseln, ein Duft streiften mich, ein feiner Draht des Erinnerns. Der Geruchssinn hält Vergangenes viel intensiver fest als Hör- und Sehsinn. Wir hatten sehr selten eine ganze Nacht zusammen verbracht. Edna war immer von einer Unnahbarkeit, die ich nur selten hatte überwinden können, und ich habe sie nie als selbstverständlich betrachtet. Wir haben uns nie aus bloßer Gewohnheit umarmt, und was ich an Leidenschaft für sie empfand, war immer unbeeinträchtigt geblieben.

Unsere Körper und unsere Seelen schienen von Giftstoffen erfüllt zu sein, die sich wie Schlangen wanden und uns entkommen wollten. Sex, Liebe, Gefühl, Sehnsucht und Frustration sind Schlangen, die sich krümmen und strecken und ab und zu die Köpfe heben. Wir ertränken sie in Alkohol und Leidenschaft, bezwingen sie dann und wann am Spieltisch oder sogar auf dem Fußballfeld, bis sie erneut anschwellen und wir es wieder mit dem Druck ihrer Folter zu tun bekommen. Manchmal scheinen sie alle zu fliehen, dann gönnen sie uns eine Atempause, die wir Glück, Behagen oder sogar Abgeklärtheit nennen. Ich fühlte mich leicht und friedlich, als wären alle meine Schlangen verkümmert, geschrumpft oder für eine Weile ganz geflohen. Selbst mein Fleisch schien fester und ordentlicher an meinen Knochen zu haften. Wie bei indischen Asketen, die nach dem Geheimnis eines schlangenlosen Lebens suchen.

Wenn man in solchen Augenblicken die Gedanken schweifen lässt, übersteigen sie die Belanglosigkeiten und Trivialitäten des Alltags, schwingen sich in die Höhe und besehen sich die Welt aus wohlwollender Ferne. Und die Wahrnehmung, die Aufnahme der vollständigen Szene da unten, wird mit einer Hellsichtigkeit und Klarheit verarbeitet, über die man manchmal in bestimmten Phasen der Betrunkenheit zu verfügen glaubt.

Dieser schwebende Blick, der die ganze Welt hätte umfassen können, konzentrierte sich auf Edna. Mit schrecklicher Eindringlichkeit spürte ich, wie sehr ich sie liebte, und erkannte im selben Augenblick, dass wir uns trennen mussten. Ich sah, wie sie zwischen Nationalitäten, Rassen, politischen Ereignissen, Revolutionen, Diktaturen und vor allem von ihrem eigenen verschwommenen Idealismus aufgerieben wurde. Ich nahm sie zärtlich in die Arme und sah auch meine eigene Oberflächlichkeit und Unwürdigkeit im Vergleich zu ihrer Tiefe und Aufrichtigkeit.

Sie öffnete die Augen. Wir hielten uns und sahen uns an.

Kein Reden oder Erklären bringt zwei Liebende oder zwei Freunde einander so nah wie gemeinsames Schweigen.

«Bitte, Ram», flüsterte sie. «Geh jetzt.»

Leise zog ich mich an und ging. Unten stand Yehias Wagen, den ich mir am Vorabend geliehen hatte und mit dem wir zu den Pyramiden gefahren waren.

Ich brachte Yehia das Auto zurück und ging zu Fuß nach Hause.

«Hast du heute Nacht nicht hier geschlafen?», fragte meine Mutter.

«Nein.»

«Wo dann?»

«Ich war bei Yehia», sagte ich.

Nach einer Weile fragte sie, was Yehia jetzt mache.

«Er ist an der Universität», sagte ich.

«Ach ja? Hat er sein Studium noch immer nicht beendet?»

«Nein.»

«Sehr seltsam. Wie lange ist er denn schon an der Universität?»

«Zehn Jahre.»

«Sie sind natürlich auch sehr reich», sagte sie. «Seine Mutter und ich sind zusammen zur Schule gegangen, weißt du. Welch ein *fou-rires* im *pensionnat!* Ich weiß noch, dass die *mère-superieure* darauf bestanden hat, uns in verschiedene Schlafsäle zu stecken, weil wir zusammen solche Teufel waren. Sie hatte natürlich großes Glück; Yehias Vater ist *très comme-il-faut.* Jedes Jahr Deauville, mein Lieber, und eine bildschöne Mätresse nach der anderen.» Anerkennend wiegte sie den Kopf.

«Ich war gestern bei Tante Noumi», sagte ich.

«*Tu as bien fait,* Ram. Ich bin sehr froh, dass du sie besucht hast. Ich gebe ja die Hoffnung nicht auf, dass du dich mit deinem Cousin Mounir anfreundest. Er wird immer einflussreicher. *Il est très elegant, ce garçon;* und stell dir nur vor, welche Zukunft dir ins Haus steht, wenn sich deine Tante für dich einsetzt. Siehst du dich nicht schon als Botschafter in einem europäischen Land? Du hast alles, was man dafür braucht; du bist groß, siehst gut aus, sprichst Fremdsprachen und hast nicht zuletzt deine englische Bildung. *Un vrai gentleman.* Menschen wie du sind heute eine Seltenheit.» Dann sagte sie, sie hoffe, ich sei nicht mit leeren Händen zu meiner Tante gegangen, und ich lachte.

«Dein Vater war in solchen Angelegenheiten sehr aufmerksam», sagte sie, «obwohl er gar nicht aus unseren Kreisen stammte. *Dire à quoi nous sommes arrivés,* Ram. Du warst zu klein, als dass du dich an das Haus meines Vaters und seinen Luxus erinnern könntest. Die Diener waren schmucke Sudanesen mit gestärkten Roben und roten Schärpen über den Taillen … nicht einmal deine Tante Noumi lebt noch auf die Art, in der wir groß geworden sind.»

Beide zündeten wir uns Zigaretten an.

«Und worüber hast du mit deiner Tante gesprochen?»

«Ich habe sie um tausend Pfund gebeten», sagte ich.

«Tausend Pfund? Wofür brauchst du so viel Geld? Spielst du etwa wieder?»

«Nein.»

«Wofür dann?»

«Ach, ich weiß nicht. Ich will weggehen und eine Zeit lang in Europa leben.»

«Sei vernünftig, mein Sohn. *Au fond* kann ich dir keine Vorwürfe machen. Wohin ist unser kosmopolitisches Leben nur entschwunden? Wenn du natürlich erst im *corps diplomatique* bist …»

Ich stellte mich eine Weile auf den Balkon und kam dann zurück.

«Ich habe erst gestern mit Mimi darüber gesprochen», fuhr meine Mutter fort, «der Junge ist weit gereist, und es fällt ihm schwer, hier so zu arbeiten wie jeder andere.»

«Meinst du, ich kann Botschafter in London werden?», fragte ich.

«Warum nicht? Wer ist dort jetzt unser Botschafter?»

«Es gibt keinen.»

«Nein?»

«Nein.»

«Warum nicht? Natürlich kannst du nicht von heute auf morgen Botschafter werden; du bist dafür zu jung.»

«Schade», sagte ich, ging in mein Zimmer und legte mich aufs Bett.

Unser Diener Corrollos sagte, das Frühstück sei fertig. Corrollos ist Kopte wie wir und hat die charakteristischen Eigenschaften aller Kopten: die Verschlagenheit, das ewige Ränkespiel und die Kriecherei, sogar das schmale Gesicht, an dessen Schläfen die bläulichen Adern hervortreten, entspricht uns. Er geht immer leicht gebückt und verschlingt den Boden mit seinen Blicken. Er ist seit fünfundzwanzig Jahren bei uns.

«Wie geht es deiner Frau, Corrollos?»

Er bückte sich noch weiter hinab und sagte, sie sei sehr krank, und Gott segne mich für meine Anteilnahme.

«Und deinen Kindern?»

Gott erhalte mich, er versuche, genug Geld zu sparen, um einen Arzt für sie kommen zu lassen.

«Ich werde einen meiner Arztfreunde bitten, sie sich anzusehen», sagte ich.

Ausgeschlossen, sagte er. Leute wie er könnten sich nur die billigsten Ärzte leisten.

«Du musst nicht dafür bezahlen.»

Er schüttelte den Kopf und wischte mit der Hand über den Teppich.

«Bist du auch krank?»

Der Erlöser wisse, dass er nicht an sich selbst denken würde; er werde sowieso bald sterben.

Wir Kopten haben es mit dem Kranksein. Ich sprang aus dem Bett und ging zu meiner Mutter.

«Du siehst nicht gut aus», sagte ich.

«Ich weiß», sagte sie. «Ich wollte es dir nicht sagen, aber ich bin sehr krank. Ich habe mich von meiner Operation nie erholt.»

Nach dem Frühstück rauchte ich eine Zigarette und wusste dann nicht, was ich mit mir anfangen sollte. Ich ging dreimal in meinem Zimmer auf und ab, dann auf den Balkon, in mein Zimmer zurück und schließlich ins Wohnzimmer zu meiner Mutter. Wie aus dem Nichts sagte sie plötzlich, sie habe mir ihr Leben geopfert.

«Ich weiß», sagte ich.

«Du kannst dir nicht vorstellen …»

«Doch, Mummy, kann ich. Ich *weiß,* dass du mir dein Leben geopfert hast.»

«Schon seit …»

«Ich weiß», sagte ich. «Schon seit deiner Hochzeit.»

Meine Mutter hat ihren Mann nicht geliebt, und sie redet sich ein, ihn nur geheiratet zu haben, um mir einen respektablen Vater zu verschaffen. Dass sie erst zwei Jahre später mit mir schwanger geworden ist, hält sie dabei für unwichtig. Die ganze Sache war meine Schuld. «Danke, Mummy», sagte ich.

Ich badete und machte mich sorgfältig zurecht. Im alten Kairo gibt es einen Schneider, der unserer Familie schon seit vielen Jahren die Anzüge schneidert. Ich gehe zu ihm, wähle einen Stoff aus, lasse daraus einen Anzug schneidern, und auf geheimnisvolle Weise wird die Rechnung bezahlt.

«Wo willst du hin?», fragte meine Mutter.

Ich stand an der Tür und klimperte mit dem Hausschlüssel in der Hosentasche. Ich wusste nicht, wohin ich wollte.

«In den Club», entschied ich.

Der Club hat was. Schon wenn man die Auffahrt vom Tor zum Clubhaus entlanggeht und auf beiden Seiten die perfekt gepflegten Rasenflächen sieht, die eigens entworfenen Straßenlaternen über sich, die weißen Steine, die die Straße einfassen, den Parkplatz und dann den Krocketrasen – *Krocket!* Ein Ort, an dem angejahrte Menschen Krocket spielen. Allein die Vorstellung, *Mitglied* eines Clubs zu sein, in dem angejahrte Menschen Krocket spielen. Diese Ungezwungenheit; dieses mühelose Gleiten von einem Ort zum anderen; die frischen Geldscheine in Brieftaschen aus Krokodilleder; die eleganten, hier und dort herumschwebenden Frauen. Bewegliche Skulpturen. Und dann ins Clubhaus hinein, durchs Clubhaus hindurch und zum Swimmingpool hinaus, in dem sich Mitglieder wie ein Windhauch durchs Wasser bewegen.

Seltsamerweise wurde dieser Club in den Anfangstagen der Revolution als ein Symbol der Ausbeutung verdammt und von einem Ausschuss oder so übernommen. Nun, alle Mitglieder sind Mitglieder geblieben, es gibt nur ein paar zusätzliche militärische Mitglieder. Ich wiederhole das Wort «Mitglieder» anlässlich der militärischen Neuzugänge, denn auch sie haben sich dieses Schwebende, Windhauchhafte und Ätherische angeeignet.

Ich schob die Hand in die Hosentasche und schlenderte auf das Clubhaus zu. Ein prachtvolles Mercedes-Cabrio glitt an mir vorbei, und jemand winkte. Ich winkte zurück. Wir alle kennen einander. Wir kennen einander, wissen alles übereinander, auch, wie viel Land und Geld wir besitzen. Und wir heiraten untereinander. Die muslimischen Mitglieder heiraten muslimische Mitglieder, und die Kopten heiraten Kopten.

«Guten Morgen, Ram.»

«Guten Morgen, Sir.» Wir gaben uns nicht die Hand. Hätten wir uns auf Stöcke oder Regenschirme gestützt, hätten wir beide in leicht geneigten Vertikalen dagestanden, und hätte uns jemand von Weitem beobachtet, dann hätte er zwei Tulpen erblickt, die sich zu einer kurzen Begegnung zueinanderneigen. Wir hatten aber keine Stöcke; also standen wir da, die Hände in den Hosentaschen, und lächelten uns an.

Mein Problem ist, dass ich das mag. Ich *mag* es, die Hand so in die Hosentasche zu stecken, dass ein Stück Manschette zu sehen ist; eine Andeutung der Weste unter meinem Jackett und ein Streifen vom Taschentuch in meiner Westentasche. Ich mag das. Ich *weiß,* dass ich das mag.

«Wie geht es dir?»

«Sehr gut, danke, Sir. Wie geht es Lady Tannely?»

«Sie ist wirklich sehr froh, wieder hier zu sein. Sie liebt dieses Land und betrachtet es als ihr Zuhause.» Lady Tannely hatte mir wie so vielen jungen Mitgliedern die Unschuld geraubt. Wenn man rund sechzehn war, nahm sie einen mit zu sich nach Hause, angeblich um sich Arabisch beibringen zu lassen; und während man vor Aufregung und Liebe fast verrückt wurde, war sie vor Vorfreude lebhaft und hysterisch. Dann landete man neben ihr im Bett, und plötzlich verwandelte sie sich in eine kalte Marmorplatte, die einen hinterher fragte: «Na, war das nicht nett?» Eine schreckliche Enttäuschung.

Ich spreche akzentfreies Englisch, aber als ich mit ihm redete, bekam meine Aussprache auf einmal unwillkürlich eine Oxforder Note, die ich nur schwer unterdrücken konnte, selbst wenn ich es versuchte. Seltsam.

«Wir haben einen zauberhaften Abend auf dem Anwesen deiner Tante verbracht», sagte er. Ihnen fällt natürlich das Wort «Anwesen» auf. So ist das nun mal; *Anwesen.*

«Zauberhaft», sagte er.

Meine Tante findet es angemessen, dass Lady Tannely die «Mätresse» ihres Sohnes Mounir ist. (Ich setze das Wort «Mätresse» in Anführungszeichen, weil man sich Lady Tannely nicht als Mätresse hält. Man f---- sie einfach.) Daher die zauberhaften Abende in der Villa meiner Tante an der Pyramid Road. Natürlich hat Mounir Lady Tannely nie auch nur berührt. Dinnerpartys! Meine Güte, der Junge ist aber auch dämlich. Lady Tannely fischt sich einen heraus, wenn sie einen mag, und damit hat es sich. Aber ich mag sie.

«Wählen Sie Labour?», fragte ich plötzlich.

«Wie bitte?»

«Wählen Sie Labour?», wiederholte ich.

«Mein lieber Junge, ich habe mich noch nie für Politik interessiert.»

«Sues», sagte ich.

«Ach, *das.* Das war ein Versehen.»

«Fünfundzwanzigtausend tote Ägypter», übertrieb ich.

«So viele? Ach, *à la guerre comme à la guerre …*» Und er lachte. Ich lachte auch, und wir trennten uns.

Ich könnte mir vorstellen, dass das Wort «Ägypten» vor Ihrem geistigen Auge die Szene eines Fellachen erstehen lässt, der sich in der Abenddämmerung nach Hause schleppt, einen Spaten über der Schulter, während sein Sohn eine Kuh hinter sich herzieht. Tja, Ägypten ist ein Ort, an dem angejahrte Menschen Krocket spielen. Ich weiß nicht, warum Krocket plötzlich solchen Eindruck auf mich machte. Ich bin tausendmal an diesem Rasen vorbeigekommen, ohne einen Gedanken daran zu verschwenden. Ich drehte mich um, setzte mich auf eine Bank und sah den Krocketspielern zu. Unter ihnen war jene Mimi, die meine Mutter vorhin erwähnt hatte. Unsere jungen Mimis und Tatas und Sousous werden alle erwachsen, heiraten und bekommen Kinder, und auch ihre Kinder bekommen Kinder, aber immer noch sind sie die kleinen Mimis und Tatas und Sousous. Diese Mimi ist groß, hat Plattfüße und geht wie ein Kamel. Jeden Augenblick erwartet man, dass sie nach vorn kippt und den Boden küsst. Sie hat auch einen ausgeprägten Adamsapfel. Zusammen mit den Tatas, den Sousous und meiner Mutter hat sie das französische *pensionnat* besucht. Zusammen mit den Chauffeuren habe ich als Junge meine Cousinen immer aus genau diesem *pensionnat* abgeholt. Das Institut war sehr streng, und man musste die Geheimnummer des Mädchens in ein kleines Loch flüstern, bevor die Tür – widerstrebend, wie ich fand – einen Spaltbreit geöffnet wurde, eine blasse Gestalt in einem schwarzen Kleid auftauchte und anfing, sich zu schminken, noch bevor sie den Wagen erreicht hatte.

«Coucou!», rief Mimi mir zu und winkte.

«Coucou!», rief ich zurück. Wahrhaftig, ich habe coucou, seit ich sprechen gelernt habe, aber hier stehe ich nun, mein Coucou ist inzwischen befangen, und ich merke, wie ich dasitze und «Coucou» rufe. Grund dafür ist, dass ich am Vortag im *New Statesman* einen Artikel über Bewässerungsfragen in Indien gelesen habe. Wie kann man im *New Statesman* einen Artikel über Bewässerungsfragen in Indien lesen und sich dann hinsetzen und «Coucou» rufen?

«Coucou», wiederholte ich.

«Das ist der Neffe von …», hörte ich sie für einen Mann mit einem Krocketschläger übersetzen. Ich musterte ihn, wie er den Schläger wegen seines Bauchs fast horizontal hielt, bis er endlich merkte, dass er ihn seitlich hängen lassen musste, wenn er den Ball jemals treffen wollte. Ach, die vollkommene Abgeklärtheit dieses Spiels. Später rief Mimi meine Mutter an und sagte: «Ich habe heute Krocket gespielt … So ein Spaß.»

Mimi drehte den Hals in meine Richtung und ließ den Körper ungelenk folgen.

«*Cochon*», sagte sie und holte spielerisch mit dem Schläger nach mir aus, «du machst deiner Mutter unendliche Sorgen, weil du diesen politischen Unfug veranstaltest.»

«Die Hose steht dir gut, Mimi», sagte ich.

«Da nennst du mich also nicht mehr *Tante* Mimi? *Cochon,* wenn ich ein paar Jahre jünger wäre, würde ich eine Affäre mit dir anfangen. Die hab ich in Kirka gekauft. Du solltest die schönen Dinge sehen, die neuerdings aus Italien importiert werden, Ram; die Sachen, die wir bisher getragen haben, sehen daneben aus wie Lumpen. Komm und spiel mit. – Weißt du, wer das ist?», flüsterte sie. Sie klärte mich auf, während er auf uns zukam.

«Ha ha ha ha ha ha», sagte er leise, legte mir die Hand auf die Schulter und schüttelte mich sacht. Dann zupfte er mich am Ohrläppchen. «Ich bin ein sehr guter Freund deiner Tante», sagte er, «ha ha ha ha ha.»

«C'est un homme charmant», erklärte Mimi mir.

Ich stieg die Treppe hoch und ging ins Clubhaus. Die solide Weitläufigkeit umschloss mich mit ihrer Bequemlichkeit. Durch die Eingangshalle konnte ich direkt zum Swimmingpool weitergehen, auf die große Veranda hinaustreten und dann die Treppe hinunter zu den Rasenflächen und den ausländischen Gouvernanten, oder ich konnte nach rechts zum Bridge-Salon und zu den Aufenthaltsräumen gehen. Unentschlossen stand ich da. Von meinem Platz aus konnte ich sehen, dass gleich eine Polopartie anfangen würde. Für Polospieler ist es eine Frage der Ehre, den Rücken kerzengerade zu halten. Ich sah, wie ein Spieler das Knie eines Pferdes untersuchte. Er kniete in Andachtshaltung auf dem Boden und streckte in königlicher Eleganz die Arme aus. Von wegen der Sohn zieht die Kuh hinter seinem Vater her. Ausnahmslos Herzöge von Edinburgh, allesamt.

Ich hatte Lust auf ein kaltes Bier und wollte am Pool gesalzene Erdnüsse essen; dann eine Zigarette, noch ein Bier und noch mehr Erdnüsse. Das alles stand mir frei, auch wenn ich kein Geld hatte. Aber ich kannte das Muster nur zu gut, auch die anschließende Depression und den Selbsthass.

Ich schaute den Schwimmern zu. Der Club hat keine Uniform, aber es ist ein ungeschriebenes Gesetz, dass man ein bestimmtes kleines Abzeichen trägt, wenn man schwimmen geht. Es spielt keine Rolle, wie teuer die Bademode ist; wenn das Zeichen von Jantzen – eine Frau beim Kopfsprung – nicht daran befestigt ist, ist man kein echtes Mitglied. Ich weiß noch, wie sich eine meiner Cousinen einen Badeanzug maßschneidern ließ und mit welcher Nonchalance sie ein altes Jantzen-Zeichen draufnähte. Sehen Sie, das ist mein Problem. Ich stehe da und fühle mich verdammt überlegen, und dann fällt mir ein, dass auch an meiner Badehose das Zeichen der Elite prangt. Ich erinnere mich, dass ich Krocket gespielt habe, und wenn ich Polo gespielt habe, dann mit kerzengeradem Rücken. Nein, sagte ich mir, heute definitiv keinen Alkohol.

«Ram Bey. Im Bridge-Salon wird noch ein vierter Spieler gesucht.» Die Bediensteten im Club haben uns aufwachsen sehen und nennen uns bei unseren Vornamen, fügen aber Ehrentitel wie «Bey» und «Pascha» hinzu.

«Wer denn, Hassan?»

«Ihr Cousin Mounir», sagte er, «und zwei amerikanische Ladys.»

«Welche, Hassan?»

«Sie sind neu, Ram Bey.» Dann sagte er, sie wären sehr hübsch. Ich musste vorsichtig sein, denn wenn ich verlor, würde ich nicht zahlen können.

«Wer steht heute Morgen hinter der Bar?»

«Ali.» Das war schlecht. Der weigert sich, einem Geld aus der Kasse zu leihen.

«Halbe-halbe», sagte Hassan auf Englisch und steckte mir einen Fünfpfundschein zu. «Aber bitte, Ram Bey, bilden sie kein Team mit Mounir Effendi.» Da haben Sie's – Effendi ist der geringste der Ehrentitel.

Das letzte Mal hatte ich Mounir in einem Nachtclub gesehen, und da hatten wir uns nach Kräften ignoriert. Hassan verschwand, und ich ging langsam Richtung Bridge-Salon.

«Hi, Ram, wie läuft's denn so?», rief mein Cousin Mounir. «Schön, dich zu sehen. Wir brauchen einen vierten Spieler; Lust?»

«Lust auf was Horizontales», sagte ich. Was dämlich war, aber irgendetwas an Mounir bringt mich immer dazu, Dinge zu sagen und zu machen, die mir völlig fremd sind. Wie immer störte mich sein amerikanischer Akzent, obwohl ich selbst nur kurz zuvor Lady Tannelys Mann gegenüber einen Akzent gemimt hatte. Ich tat so, als würde ich seine beiden Begleiterinnen gar nicht richtig beachten. Auf diese ordentliche und clevere amerikanische Weise waren beide ganz hübsch; der Typ, bei dem man eine skandinavische Herkunft vermutet; ein bisschen herb. Frauen, denkt man unwillkürlich, die auf sich aufpassen können und dafür ein Stück ihrer Weiblichkeit geopfert haben. Begrenzt intelligent, auch wenn sie von dieser Begrenzung nie was merken. Aber sehr attraktiv.

Die eine, eine Spur älter als die andere, sagte: «Ich heiße Caroline, und das ist Sue. Und um das gleich zu klären: Spielen Sie Culbertson und Blackwood 4NT, oder bieten Sie nach Acol?» Ich konnte sie nicht leiden.

«Ich heiße Ram», sagte ich und gab beiden die Hand, was ziemlich seltsam wirken musste.

«Schön, wieder mit dir zu spielen, Ram. Was …»

«Whisky», sagte ich.

«Das ist mein Cousin», sagte er.

«Wir losen die Partner aus», sagte ich und ignorierte Mounir, «und Wechseln läuft nicht.»

«Warum nicht?», fragte Caroline.

«Weil man rausfindet, wie der Partner spielt.»

«Sue und ich spielen zusammen», sagte sie.

«Wir losen», beharrte ich. Caroline und ich führten jetzt schon Krieg. Schwer vorstellbar, dass es mal eine Zeit gegeben hat, in der sich Männer Frauen gegenüber galant benommen haben, ihnen die Hand geküsst haben und ihr Wunsch ihnen Befehl gewesen ist. Ich kann mir diese Zeit noch ein bisschen vorstellen, weil Galanterien in Ägypten noch nicht ganz ausgestorben sind und von Frauen begrüßt werden. Aber ich weiß: Wenn man der durchschnittlichen Europäerin oder Amerikanerin gegenüber auffällig galant wird, hasst sie einen. Ich weiß nicht, warum mir das einfällt, nur scheint die anfängliche Feindseligkeit, mit der mir Frauen gegenübertreten, die ich attraktiv finde, immer auf mehr als nur eine flüchtige Bekanntschaft hinauszulaufen.

«Wie hoch ist der Einsatz?», fragte ich.

«Ein Pfund für hundert Punkte», sagte Caroline. Ein Pfund für hundert Punkte. Ich habe schon für ein Pfund für hundert Punkte gespielt, aber dann war das Glücksspiel, echtes Glücksspiel mit hochgekrempelten Ärmeln, Kaffee und einem Dutzend Zuschauern. Ein richtiges Ereignis. Die fünf Pfund in meiner Tasche waren plötzlich nur noch einen Schilling wert.

«Klar doch», sagte Mounir, «ist ja so üblich.» Der Lügner; aber er zückt ja auch nur zu gern sein Scheckbuch und stellt einen Scheck aus. Er sah mich an. Er wusste, dass er für mich blechen musste, wenn ich verlor.

«Einverstanden», sagte ich.

Wir einigten uns doch darauf, die Partner auszulosen, und ich hatte Mounir am Hals, der plötzlich rief: «Himmel, Arsch und Wolkenbruch, diese Spielkarten sind ja benutzt!» Typisch Mounir. Er verlangte neue Spielkarten, ich ergriff die Gelegenheit, neu auszulosen, und bekam Sue als Partnerin. Sie spielte mit schlafwandlerischem Geschick, das sich wahrscheinlich langer Übung verdankte, aber ich fragte mich, ob sie eigentlich Phantasie hatte. Wir gewannen die ersten drei Runden.

«Moony!», kreischte Caroline zum dritten Mal, «Ich habe *zweimal* gepasst!» Ich doppelte, und sie gingen wieder baden.

Mounir beging ein Revoke.

«Moony! Du bist unmöglich!»

«Kann mich nicht konzentrieren.»

Wir becherten alle ganz schön. Wenn man mit Mounir zusammen ist und einen Whisky bestellt, bringt der Ober einem sofort einen neuen, wenn das Glas leer ist. Der Lärm vom Swimmingpool – Swimmingpools sind immer schon aus der Ferne zu erkennen, besonders Kinder scheinen auf ganz eigene Art zu kreischen – war im Bridge-Salon kaum zu hören. Der strahlende Sonnenschein draußen und im Vergleich dazu das Halbdunkel im Salon, die Kühle, eine Stille, die man hören konnte, und der Whisky – all das gemischt mit der Schönheit von Sue und Caroline – wären prima und fast schon nahezu perfekt gewesen, wenn Caroline Mounir nicht die Hölle heißgemacht hätte:

«Moony, du hast doch gesehen, dass ich Pik *zweimal* abgeworfen habe …»

«Klaro …»

«Und dann besitzt du die Frechheit», fuhr sie fort, «die bodenlose Frechheit, Herz anzuspielen.»

«Klar doch …», setzte er an, und ich konnte mir das Lachen nicht verkneifen.

«Ich bin ja so froh, dass *Sie* Ihren Spaß haben», sagte sie säuerlich.

«Habe ich», sagte ich.

«Wie schön.»

«Finde ich auch.»

Schweigen. Selbst Mounir, berauscht, weil er normalerweise nicht so viel trinkt, sah Gefahr im Anzug. Aber Caroline lächelte unvermutet, ich erwiderte ihr Lächeln, und wir wurden Freunde. Ich kann Ihnen sagen, bei Amerikanerinnen und Europäerinnen weiß man nie, woran man ist.

«Die nächste Runde spiele ich mit Mounir», sagte ich.

«Hoffentlich können Sie sich das leisten.»

«Tatsache ist: Nein.» Plötzlich genoss ich es, in diesem Salon arm zu sein; ich wäre sogar gern *wirklich* arm gewesen – nicht imstande, mir genug zu essen zu kaufen. Aber dann wäre ich nicht im Club, und überall außerhalb des Clubs ist Armut äußerst unattraktiv.

«Das glaub ich Ihnen nicht», sagte Caroline. Ich bestand darauf.

«Dann frag ich Moony», sagte sie. «Moony, ist dein Cousin arm?»

«Er weiß definitiv, dass er mich nur fragen muss, wenn er etwas braucht.»

Wir hatten während des Wortwechsels nicht weitergespielt, und als wir die Karten gerade wieder aufnehmen wollten, trat ein großer, pummeliger Mann in den Vierzigern an den Tisch und legte Caroline die Hände auf die Schultern. Er trug eine Brille und hatte eine Mittelglatze.

«*Hiya*», sagte sie, «du arbeitest heute Nachmittag?»

«Muss ja», sagte er. «Wir haben Probleme mit einem Mann namens ... hab ich gleich, Abrakadabra oder so ähnlich.» Er nahm eine Visitenkarte aus der Brieftasche. «Ich fürchte, wir brauchen deine Hilfe, Moony.» Er gab Mounir die Karte.

«Abdelkerim», las Mounir. Er sprach den Namen aus, als hätte auch er damit Schwierigkeiten. «Ich kümmere mich um ihn.»

«Jack», sagte Caroline, «das ist Ram, Moonys Cousin.» Jack quetschte mir die Hand, sagte, er sei erfreut, mich kennenzulernen, und weil ich ihn mochte (er machte einen angenehmen Eindruck), sagte ich: «Ganz meinerseits, Sir.» Wenn man einen Amerikaner mit «Sir» anspricht, ist er einem schon halb verfallen.

«Arbeiten Sie in derselben Abteilung wie Moony?»

«Nein, Sir.»

«Jack ist mein Mann», sagte Caroline.

«Arbeiten Sie hier?», fragte ich, enttäuscht, weil ich nicht gewusst hatte, dass die Frauen verheiratet waren. Sie trugen keine Ringe. «Ich hatte Sie für Touristinnen gehalten.»

«Jack ist mit einer ‹Erkundungsmission› beauftragt», sagte Caroline.

«Hat Ihr Mann denselben Auftrag?», fragte ich Sue. Sie schüttelte den Kopf und sagte nach einer kurzen Pause: «Ich bin nicht verheiratet.»

«Sue ist meine Schwester», sagte Jack. «Die beiden Mädchen wollten herkommen, seit sie *Sinuhe der Ägypter* gelesen haben.»

Mounir gab dem Ober ein Zeichen, und Jack bestellte eine Coca-Cola. Die Punkteblätter lagen vergessen auf dem Tisch zwischen den Spielkarten, und jeden Augenblick würde der Diener kommen, abräumen und sie wegwerfen.

«Was für Tatsachen sollen Sie denn feststellen, Sir?», fragte ich geistesabwesend, ordnete die Karten und nahm die Punkteblätter an mich.

«Nennen Sie ihn einfach Jack», sagte Caroline.

«Jack», sagte ich.

«Na ja», sagte er, «wir sind eine Gruppe von Leuten, die von Land zu Land reisen, *mit* den Menschen vor Ort leben, *wie* die Menschen vor Ort leben, den Alltag mit ihnen teilen und herausfinden, was sie wirklich von den Staaten halten, herausfinden, wie wir die Freundschaft zwischen *uns* und *ihnen* fördern und ausbauen können.» Er zog einen Stuhl heran und setzte sich, das Gesicht dicht vor meinem, die Hand auf meiner Lehne; jeder Satz war sauber und präzise betont. Ich erinnere mich an zwei junge Amerikaner, Angehörige der Mormonensekte, die in London eines Tages bei mir klingelten. Auf dieselbe saubere und ernsthafte Weise sagten sie auf, dass Gott in drei deutlich verschiedene Wesenheiten aufgeteilt werde … vielleicht war es auch andersherum, das habe ich vergessen.

«Das ist ja schön», sagte ich. «Werden diese Reisen vom Staat finanziert?»

«Indirekt schon», sagte er. «Aber wir haben selbst einen Ausschuss gebildet und das Projekt selbständig finanziert.»

«Ich hoffe, es gefällt Ihnen hier», sagte ich.

«Ich habe den Eindruck, wir stoßen auf größere Gastfreundschaft, als wir erwartet haben, und die Leute drüben in den Staaten werden sich sehr freuen, dass wir hier in Ägypten eine große … eine große Zahl von Freunden haben.»

«Das freut mich zu hören», sagte ich.

«Wir begegnen hier großer Liebenswürdigkeit», sagte er.

Ich wollte das Tischgespräch nicht von dieser Konversation beherrschen lassen; da war die Frage des Geldes, das mir nach den Punkteblättern noch zustand.

«Spielen Sie Bridge, Jack?», fragte ich.

«Ja», sagte er. Und dann: «Auch das verbindet uns. Wir haben gemeinsame Hobbys, wir spielen dieselben Kartenspiele, wir sprechen dieselbe Sprache.»

«Spielen Sie in den Staaten Krocket?», fragte ich.

«Das kann ich jetzt nicht gerade behaupten», sagte er. «Aber es gibt keinen Grund, das nicht eines Tages zu tun.»

«Dann hätten wir noch mehr gemeinsam», sagte ich.

«Genau.»

Ich faltete die Punkteblätter zusammen, wieder auseinander und wieder zusammen. Eine lange Gesprächspause folgte, vielleicht würden wir also alle den Bridge-Salon verlassen.

«Worum geht es bei dem Mann, den Sie eben erwähnt haben?», fragte ich.

«Also dieser Abrakadabra», er grinste breit über seinen Witz und wurde dann urplötzlich ernst, «verstehen Sie mich bitte nicht falsch. Wenn ich seinen Namen nicht aussprechen kann, ist das verflixt noch mal meine Schuld, und ich meine das keineswegs abfällig.»

«Natürlich nicht», sagte ich.

«Also dieser Mann leitet die Öffentlichkeitsarbeit des ägyptischen Präsidenten, und ich hätte gern ein Foto, auf dem ich dem Präsidenten die Hand schüttle.»

Ich sah das Bild vor mir, wahrscheinlich das Titelbild eines von Tausenden von Büchern in amerikanischen Bibliotheken auf der ganzen Welt mit der Bildunterschrift: Der Autor beim Handschlag mit dem Präsidenten.

«Überlass das ruhig mir», sagte Mounir.

«Überlassen Sie das ruhig Moony», wiederholte ich. Dann fragte ich ihn, wo sie wohnten, und er sagte, bei Moony.

«Das muss Ihrer Erkundungsmission doch sehr zugutekommen, wenn Sie bei einer ägyptischen Familie wohnen», sagte ich.

«Allerdings», sagte er, «meine Beobachtungen werden notiert, während ich mit genau den Menschen zusammenlebe, zu deren Beobachtung ich hergekommen bin.»

«Ausgezeichnet», sagte ich. Dann fragte ich ihn, wie er den hiesigen Lebensstandard im Vergleich zu dem der Vereinigten Staaten einschätze.

«Nun», sagte er, «über dieses Land, über Ägypten sind viele Unwahrheiten im Umlauf. Meine Landsleute werden überrascht sein, wenn ich ihnen die Fakten erzähle, die ich gesammelt habe, während ich bei Ihrem Cousin und Ihrer Tante gelebt habe. Ich möchte das an einem ganz persönlichen Beispiel veranschaulichen.» Die Augen weit aufgerissen, den Mund dicht an meinem Ohr und zur Betonung mit den Fingern gestikulierend, enthüllte er, welche Tatsachen er gesammelt hatte, während er bei meinem Cousin und meiner Tante gelebt hatte. «In unserer Heimatstadt L. A. haben wir eine Hausangestellte und einen Koch, mehr nicht», fuhr er fort. «Meine Frau Caroline muss einen Gutteil der Haushaltsarbeit selbst erledigen. Hier dagegen hat die Dame des Hauses kaum mit der Haushaltsarbeit zu tun; dafür hat sie einen Gärtner, einen Chauffeur, zwei Köche … glaube ich» – er sah Mounir fragend an, und der bestätigte das mit einem weisen Nicken –, «und eine Putzfrau.»

«Sie machen gute Arbeit, Jack», sagte ich mit amerikanischem Akzent. Dann stand ich auf, sagte, ich würde eine Runde schwimmen gehen, und da wir uns vielleicht nicht mehr sehen würden, sollte ich mir lieber das bisschen Geld geben lassen, das ich beim Bridge gewonnen hatte. «Mal sehen», sagte ich. «Sie haben sechzig Pfund verloren, Caroline.» Ich legte ihr das Punkteblatt hin.

«Jack, kannst du Ram sechzig Pfund geben?»

«Klar. Mal sehen. Wie viel ist das in Dollar?» Mounir zückte seinen goldenen Füllfederhalter, rechnete aus, wie viel sechzig Pfund in Dollar waren, zog sein Scheckbuch im Lederetui aus der Tasche und stellte Sue einen Scheck aus. Jack gab mir zwei Hundertdollarscheine, was mehr als sechzig Pfund entsprach, aber mit Mounirs Goldfüllerberechnung übereinstimmte.

«Kommt jemand mit schwimmen?», fragte ich noch, an Sue gerichtet.

«Ja», sagte Caroline und stand auf. «Bis nachher.» Wir gingen.

«Haben Sie einen Badeanzug dabei?»

Sie hatte keinen. Ich habe ein Schränkchen im Club, in dem auch eine Badehose liegt. Wir betrachteten eine Weile die Schwimmenden. Am Pool saßen Menschen und aßen und tranken.

«Wie ärgerlich, ich würde wirklich gern schwimmen gehen.»

«Kein Problem», sagte ich, «ich besorge Ihnen einen Badeanzug.» Ich bat sie, sich die Menschen am Pool anzusehen und mir eine Frau mit ihren Maßen zu zeigen. Sie deutete auf eine Frau, die unter einem Sonnenschirm ein Buch las.

«Bin gleich wieder da», sagte ich und ging zu der Frau.

«Loula», sagte ich, «sei so nett und leih mir deinen Badeanzug.»

«Wir haben gestern von dir gesprochen, Ram», sagte sie.

«Das interessiert mich nicht», sagte ich. «Außerdem kann ich mir denken, was ihr gesagt habt.»

«Was denn?»

«Dass keine von euch mich heiraten würde.»

«Soll ich dir was verraten, Ram? Jemand …»

«Ich weiß, ich weiß; Vicky Doss hat gesagt, ihr würde es nichts ausmachen, einen armen Schlucker zu heiraten, weil sie eine Intellektuelle ist; und eine Intellektuelle ist sie, weil sie zwei Jahre in ihrem geliebten Quartier Latin und ihrem Saint-Germain-des-Prés gelebt hat.»

«*Ouf, tu es antipathique;* und wer ist die Frau da eigentlich?»

«Eine Amerikanerin.» Loula starrte sie an.

«*Tu trouves qu'elle est plus jolie que moi?*»

«Ist doch egal, wer von euch beiden mehr *jolie* ist», sagte ich. «Wenigstens ist sie keine Scheißjungfrau mehr wie du.» Das bringt sie immer um. Diese Sache mit der Jungfräulichkeit bringt die Frauen im Club einfach um. Sie können kultiviert sein bis zum Gehtnichtmehr, aber sie sind noch Jungfrauen. Selbst Vicky Doss ist noch Jungfrau. Und Jungfrauen bleiben sie bis zur Hochzeit. Das bringt sie um.

«*Salaud*», sagte sie und lachte. «Hier ist mein Schrankschlüssel. Wahrscheinlich ist sie zu fett für meinen Badeanzug.» Als ich schon gehen wollte, fügte sie noch hinzu: «Hoffentlich hinterlässt sie mir nichts Venerisches im Badeanzug.»

«Besser, geliebt zu haben und geschlechtskrank gewesen zu sein, als nie geliebt zu haben», sagte ich.

«Mag sein», antwortete sie, «aber ich möchte nicht geschlechtskrank werden, ohne geliebt zu haben.» Wir lachten beide, und ich ging zu Caroline zurück.

Nach dem Schwimmen aßen wir am Pool zu Mittag. Zu unseren Steaks tranken wir kaltes ägyptisches Bier und wurden von Hassan bedient, der mir die fünf Pfund gegeben hatte, damit ich Bridge spielen konnte. Caroline fragte mich, warum er so grinse, und ich erzählte ihr von den fünf Pfund.

«Dann bist du also wirklich arm.»

«Ja», sagte ich.

«Jack hat zwei große Restaurants in Los Angeles», sagte sie. «Ich habe in einem davon gekellnert.» Auch sie zog es im Moment offenbar vor, arm zu sein.

Da sind wir nun also, dachte ich. Wir haben Whisky getrunken, sind sarkastisch gewesen, ich esse mit einer schönen Frau am Swimmingpool, habe zweihundert Dollar in der Tasche und Vicky Doss wäre nicht abgeneigt.

«Woran denkst du, Ram?»

Und dann angenommen, nur mal angenommen, ich hätte Edna nie kennengelernt und wäre nie weggegangen;

wäre es so schlimm, Vicky Doss zu heiraten? Oder Loula, die Sinn für Humor hatte? Und eine schöne Wohnung und ein Auto zu haben, mein Leben im Club zu verbringen und Krocket zu spielen? Und wäre es selbst dann, selbst jetzt so schlimm? Entspricht das nicht sowieso meinem wahren Charakter? Einem echten Sohn meiner Verhältnisse? Und zum ersten Mal seit meiner Rückkehr nach Ägypten dachte ich an Didi Nackla.

«Na so was, du seufzt ja.»

«Hassan», rief ich. «Zwei große Cognacs bitte.»

«Wir trinken ja ganz schön viel. Du bist das gewohnt, nehme ich an.»

«Nein», sagte ich.

«Meine Güte», sagte sie. «Du siehst traurig aus.»

Ich sah sie an. Wir hatten im Wasser ein bisschen geflirtet, ich hatte nach ihrer Hand gegriffen, und sie hatte meine gedrückt. Ich hatte ihre geküsst.

«Du bist süß.»

«Danke», sagte ich.

Hassan wechselte einen meiner Hundertdollarscheine, und ich hatte ihm gerade zwanzig Dollar Trinkgeld gegeben, als Mounir schwankend auf uns zukam.

«Seketnalo dechel b'hmaro!», grölte er auf Arabisch, was bedeutete: ‹Wir haben uns so viel gefallen lassen, und jetzt schleift er schon seinen Esel mit rein›.

«Ihr Mann wartet drinnen auf sie, und ihr esst hier! *Seketnalo dechel b'hmaro*», grölte er wieder.

Unser Tisch stand direkt am Pool, und Mounir fühlte sich bemüßigt, seinen Satz von der Tischseite am Wasser aus zu wiederholen. Er brauchte nur einen ganz sanften Schubs, nur einen physischen Anstoß, um das Gleichgewicht zu verlieren. Und den bekam er von mir. Ich hörte das Platschen, sah, dass seine Krawatte ihm folgte, blickte mich um und lief davon. Das war mir zu viel. Feigling. Niemals, dachte ich, nie im Leben werde ich Botschafter. Nirgends; nicht mal in einer Oase.

Gleich vor dem Club fand ich ein Taxi. Ich wandte mich an den Fahrer und erkundigte mich, wie die Dinge bei ihm standen. Er sagte, er könne sich nicht beschweren. «Nein», sagte ich, «ich meine seit der Revolution und all dem.»

«Ich sag Ihnen was», sagte er. «Vor der Revolution fand man nur in den reichen Vierteln einen Fahrgast, heute nehmen sich sogar die Militärs ein Taxi; das heißt, wir haben die Reichen *und* die Armee», und wie ich sicher wisse, verteile sich die Armee über ganz Kairo. Nein, sagte er, er könne sich nicht beschweren.

«Das hört man doch gern», sagte ich.

«Ja, die Sache läuft nicht schlecht. Natürlich nimmt man, was Gott einem gibt.»

Natürlich. Und wenn es keinen Gott gibt, kriegt keiner was. Das ist schließlich nur gerecht. Ich war ein bisschen betrunken.

«Sie sind ein guter Katholik», sagte ich.

«Ich? Der ist gut. Ich bin nach dem Propheten Mohammed benannt worden.»

«Das meine ich ja. Ein guter muslimischer Katholik.»

«Sie sind wohl drauf», sagte er.

«Ich? Nein.»

«Sehr schwierig, da heute ranzukommen», sagte ich.

«Ich weiß.»

«Sehr teuer», sagte er.

«Ja.»

«Aber wenn Sie Lust darauf haben, wissen Sie; ich meine, wenn Ihnen danach ist; dann ist es durchaus möglich …»

«Nein», sagte ich.

«Reiner Stoff. Was wir vor der Revolution bekommen haben.»

«Nein», sagte ich. Ich war nicht interessiert. Ich habe oft Haschisch geraucht, aber nie allein, und ich habe mich nie besonders angestrengt, um es mir zu beschaffen. Aber man kam leicht ran, wenn man Lust drauf hatte.

Ich steckte die Hand in die Tasche, um ihn zu bezahlen, und spürte das Bündel Scheine, das ich ganz vergessen hatte. Das munterte mich auf.

Ich ging in den Snooker-Club hoch und fragte Font, ob er Lust auf eine Partie Snooker habe.

«Nein», sagte er, «ich muss einkaufen. Pass auf den Laden auf, bis ich zurück bin.»

Ich ging nach unten ins Schuhgeschäft und fragte Varenian, ob er Lust hätte, mit mir eine Partie Snooker zu spielen.

«Worum spielst du, um die Ehre?»

«Ein Pfund pro Punkt», sagte ich.

«Andiamo», rief er. Wir wollten gerade nach oben gehen, als Doromian aus dem Hinterzimmer angelaufen kam. Eins dieser lauten und leidenschaftlichen Gespräche auf Armenisch schloss sich an, wie ich sie so gerne höre. Doromian legt mit einer Tirade los und steigert sich immer weiter hinein, bis seine Stimme ihren höchsten Punkt erreicht hat, und dann kommt Varenian ihm zu Hilfe und bringt die Konversation wieder auf ein sonores Niveau,

bittet um Großzügigkeit und appelliert am Ende mit den Händen, wobei er den Arm ausstreckt und vier Finger die Daumenspitze berühren. Nach einigen Minuten einer Kakophonie aus verschieden modulierten und komisch klingenden Wörtern verstummen beide, jeder sagt noch eine Silbe, und sie haben sich geeinigt. Sie werfen eine Münze. Am Ende spielt Doromian mit mir, nicht Varenian. Aber das ist noch nicht alles. Doromian beharrt darauf, er habe auch ein Pfund darauf gesetzt, den Münzwurf zu gewinnen, Varenian widerspricht spaßeshalber, sie hätten vielmehr entschieden, der Sieger würde dem Verlierer ein Pfund als Trostpreis geben. Es geht aber nur um ein Pfund, und Varenian gibt zu, dass er nur einen Witz gemacht hat. Sie frotzeln miteinander, Varenian macht ein paar obszöne Gesten und Geräusche, und schließlich gehen Doromian und ich nach oben.

«Der Professor bildet sein Kabinett?», fragte Doromian.

«Der ist einkaufen gegangen», sagte ich und legte die Kugeln auf die Platte.

«Bestimmt Guillotinen.»

«Ja.»

Er zog das Jackett aus, steckte die Krawattenenden zwischen Hemd und Körper und übte ein paar Stöße auf einem anderen Billardtisch.

«An welcher Universität hast du Snooker spielen gelernt?», fragte er.

«In der Türkei», sagte ich.

Eine Gruppe von Türken kommt manchmal in den Snooker-Club, und Doromian und Varenian tauschen beim Spielen makabre Witze mit ihnen aus.

«Allah», sagt ein Türke, «du würdest eine herrliche Wurst abgeben, ehrlich. Ich habe aus Ankara gerade eine Schachtel Lokum bekommen, die genauso riecht wie du. Das Fett stammt von Mutter Doromian, die hat mein Großvater zu Hause eingeschmolzen.»

«Meine Mutter ist zu Hause», sagt Doromian. «Sie hatte lange Zeit Verstopfung, bis wir ihr in der Wohnung eine kleine Moschee gebaut haben – in der Türkei hat sie die immer dafür verwendet.»

«Dein Geld, Euer Hoheit», sagte Doromian jetzt.

Ich zog das Bündel Scheine aus der Hosentasche und legte es aufs Fenstersims. Er holte ebenfalls ein Bündel Scheine hervor und legte es daneben. Dann kreidete er sein Queue, musterte die Spitze, bekreuzigte sich, murmelte etwas auf Armenisch und zog ein «X» auf dem Filz, das mir Unglück bringen sollte.

«Du fängst an», sagte er.

«Nein», sagte ich, «du fängst an.»

Mit dem ersten Stoß kann man unmöglich punkten, weil die Kugeln noch als Dreieck in der Mitte liegen.

«Kopte», sagte er und spuckte in sein Taschentuch. Er setzte sich und tat so, als hätte er das Interesse am Spiel verloren, und ich folgte seinem Beispiel, stellte mein Queue ins Gestell zurück und sah aus dem Fenster. Plötzlich tat ich so, als sähe ich unten Varenian, fuchtelte mit den Armen und bedeutete ihm, auf eine Partie heraufzukommen.

«Baschuwing!» (oder so was Ähnliches) rief Doromian und kam ans Fenster gelaufen. «Wir losen.»

«Einverstanden», sagte ich.

Er gewann den Münzwurf, und ich fing an. In der Mitte der Partie kam Font zurück.

«Worum spielt ihr?», fragte er.

«Ein Pfund pro Punkt.» Er warf einen Blick auf die Punktetafel und sah, dass ich vierzig Punkte Vorsprung hatte.

«Machst du uns ein Bass, Font?»

«Bass, Bass», äffte Doromian mich nach, der sich über seinen Rückstand ärgerte. «Warum nennt ihr es nicht Bier wie der Rest der Welt?»

«Bass ist das Bier der Intellektuellen», sagte ich.

«Ich bitte um Vergebung», sagte er und verneigte sich. «Ich bitte vielmals um Vergebung. Ich habe Ihr neues Buch nicht gelesen», sagte er zu Font, «wird es ins Armenische übersetzt?»

«Du hast natürlich das Alphabet gelernt», sagte ich zu Doromian.

«Natürlich», sagte er, «und ich hoffe, der Professor bekommt es in seinem Buch nicht durcheinander.»

Ich lachte. Font setzte sich aufs Fenstersims und verfolgte die Partie.

«Ich verliere vierzig Pfund», erklärte Doromian Font, «und ich möchte eine Abhandlung darüber schreiben, dass man Snooker nicht gegen Kopten spielen sollte, die angeblich betrunken sind. Zazmadarian Doromian, *Doctor es snooker à vos services.*» Er machte einen Schritt auf Font zu und verbeugte sich wieder. Im Glauben, ich würde das nicht sehen, legte er mit einer Hand hinter sich die schwarze Kugel, die sieben Punkte, also sieben Pfund wert war, direkt vor eine Tasche. Bevor man auf die schwarze Kugel zielen darf, muss man aber eine rote versenken. Eine rote Kugel lag in einer für Doromian günstigen Position – und ich verschob sie, als er die schwarze verschob.

«Und jetzt», sagte Doromian und kreidete sein Queue wieder ein, «Grock, der Privatclown des Professors …» Dann merkte er, dass die rote Kugel ihre Lage verändert hatte. Er stand reglos da, setzte sich dann in einen Ledersessel und starrte mich an.

«Du hast eine rote Kugel verschoben», sagte er und deutete auf mich.

«Ja», sagte ich.

Er wandte sich an Font. «Ich habe nie eine Universität besucht», sagte er, «ich habe keinen Abschluss. Ich war auf einer bescheidenen Schule, und ich bin ein armer Mann. Aber ich würde niemals schummeln. Nein», sagte er und schüttelte den Kopf. «Niemals.»

Font starrte mich an. «Ram, hast du geschummelt?»

«Ja», sagte ich.

Neben Fonts Sitzplatz lagen die beiden Bündel Scheine. Font nahm sie und gab sie Doromian. Der stopfte sie in die Tasche und zog sein Jackett an. Ich blieb sitzen. Er ging zur Tür und sah mich an. Ich rührte mich nicht.

«Dreckiges Ägypten», lachte er. «Zu Farouks Zeiten hätte ich das gemacht, aber heute hab ich Angst.» Er gab mir meine Scheine zurück, bezahlte die vierzig Pfund, die er bislang verloren hatte, und legte die schwarze Kugel an die richtige Stelle zurück. Ich legte die rote zurück, und wir spielten weiter. Zwanzig Minuten später war die Partie beendet. Er gab mir weitere dreißig Pfund, die er verloren hatte, ging und verfluchte auf Armenisch mein Glück. Ich schloss hinter ihm ab.

«Font», sagte ich, «glaubst du wirklich, ich würde schummeln?»

«Ja», sagte er.

Wir hatten uns oft gestritten, seit ich zurück war, was immer zur Folge hatte, dass ich zwei bis drei Wochen lang nicht in den Snooker-Club ging.

«Weißt du was?», sagte ich. «Du bist wie ein Mann, der ein Radio ohne Röhren kauft, weil er die Stille liebt.»

«Wie meinst du das?»

«Denk mal drüber nach.»

«Wie …»

«Ich meine, was zum Teufel bildest du dir eigentlich ein? Arbeitest hier als der letzte Volltrottel und maßt dir ein Urteil über mich an? Warum zum Teufel reißt du dich nicht zusammen, besorgst dir einen anständigen Job und …»

«Das musst du gerade sagen», meinte er. «Machst *du* vielleicht irgendwas?»

«Um mich geht es hier nicht», sagte ich.

«Warum besorgst *du* dir keinen Job?»

«Rein zufällig habe ich einen Job», brüllte ich.

«Als was denn?»

«Das geht dich nichts an», sagte ich und ärgerte mich, weil ich wieder Streit vom Zaun gebrochen hatte. Er gab sich beschäftigt und räumte die Snooker-Kugeln weg.

Wenn er einen Job bekam, das heißt, nicht einfach von meiner Tante oder ihresgleichen irgendwo «untergebracht» wurde, würde er rund zwanzig Pfund im Monat verdienen, was dem entspricht, was Jameel ihm heute zahlt. Wir haben erstaunlich viele Ingenieure, Anwälte, Architekten, Chemiker und Physiker, die entweder arbeitslos sind oder zwanzig Pfund im Monat auf irgendwelchen Staatsstellen verdienen, wo sie hinter Schreibtischen hocken und den ganzen Tag lang nichts tun. Sie erhalten ausgezeichnete

Stellenangebote aus Südamerika, dem Sudan, Ghana, der Türkei und sogar Deutschland; aber sie bekommen keine Pässe und dürfen das Land nicht verlassen. Ich verstehe nicht, warum. Sie sind arbeitslos. Das ist allerdings nicht der Grund, warum Font nicht arbeitet.

«Font», sagte ich leise, «was genau willst du eigentlich?»

«Ach, halt die Klappe», sagte er. Wie ich schon gesagt habe, er weiß nicht, was er will. Ich ging hinter die Bar und mischte Bass. Es war Fonts freier Nachmittag, und er hatte alle Türen abgeschlossen.

«Da», sagte ich und schob ihm einen Bierkrug mit Bass zu. «Font», sagte ich, «weißt du, wer Edna diese furchtbare Sache angetan hat?»

Er schüttelte den Kopf.

«Herrgott», sagte ich, «den Kerl bring ich um.»

«Du», höhnte Font, «du bist doch sogar in England geblieben, als die Engländer Port Said bombardiert haben.»

«War ja auch eine Riesenhilfe, dass du zurückgekommen bist», sagte ich. «Yehia war in Paris und hat Urlaub gemacht», fuhr ich fort, «der ist auch nicht zurückgekommen. Warum nimmst du den nicht so auf den Arm wie mich?»

«Yehia», wiederholte er. «Bist du vielleicht Yehia?»

«Nein», seufzte ich. «Ich bin ein Intellektueller, genau wie du.»

An der Stelle hätte es zu einem Schlagabtausch kommen können, wie ich sie unendlich satthabe; Schlammschlachten, in deren Verlauf der alte Font und mein altes Ich nur in unseren außer Kraft gesetzten Gräbern verbuddelt werden. Außer Kraft gesetzt zwischen zwei verschiedenen Epochen der Zivilisation. «Ich habe nie behauptet, ich wäre ein Intellektueller.» – «Nein, aber du hältst dich für einen …»

Ich wechselte das Thema.

«Spielen wir eine Partie Snooker, Font.»

«Was machst du da bei deinem Job?», fragte er nach einer Weile.

Ich gehöre einer Geheimorganisation an, die von Dr. Hamza geleitet wird, Jameels Vater. Er sammelt Dokumente, Bilder und Schriften, die die Gräueltaten in unseren politischen Gefängnissen und Konzentrationslagern behandeln. Er ist einer dieser Typen, wie ich sie oben beschrieben habe: ein in Frankreich ausgebildeter Intellektueller, der an *le droit de l'homme* glaubt und ein Dossier dieser Verbrechen erstellt, das er den Vereinten Nationen vorlegen möchte. Das Seltsame an diesen Gefängnissen und Lagern ist, dass die reichen Großgrundbesitzer und Reaktionäre, die noch Farouks Ancien Régime nachtrauern, gut behandelt werden, Sonderprivilegien genießen und milde Haftstrafen verbüßen. Die anderen dagegen, Kommunisten, Pazifisten und Leute, die eine wirtschaftliche Zukunft nur dann sehen, wenn wir Frieden mit Israel schließen, werden misshandelt und gefoltert. Das Problem mit Dr. Hamza ist, dass er längst mehr als genug Material für seine Zwecke hat, ihre Veröffentlichung oder eine andere Umsetzung seiner Pläne aber immer wieder aufschiebt.

Einmal in der Woche suche ich gewisse Orte auf und treffe mich mit Polizeibeamten, mit denen ich offiziell befreundet bin. Sie reichen mir Umschläge mit Bildern und Berichten von Insassen, und im Gegenzug bezahle ich ihnen gewisse Summen. Ich werde das schreckliche Gefühl nicht los, dass die Aufnahmen weniger blutrünstig wären, wenn wir nicht dafür bezahlen würden.

Das ist alles.

«Was ist das für ein Job?», fragte Font wieder.

«Ach nichts», sagte ich.

Ich wollte nie mit etwas Tragischem in Berührung kommen, wollte nicht geplagt werden. Ich möchte etwas Tragisches nicht einmal sehen. Und doch, seit … na ja, seit London und alldem bewege ich mich offenbar immer mehr auf die tragischen Dinge zu, als hätte ich keinen freien Willen mehr. Es ist seltsam, dass die Menschen – Abermillionen von Menschen – fernsehen, singen und summen können, obwohl sie im Krieg Brüder, Väter oder Geliebte verloren haben; und noch seltsamer ist, dass sie es voller Gleichmut hinnehmen, wenn andere Brüder oder Geliebte in den nächsten Krieg ziehen. Sie sehen nicht die Tragödie des Ganzen. Ab und zu liest einer von diesen Millionen ein Buch oder macht sich seine Gedanken, etwas erschüttert ihn, und dann durchschaut er die ganze Tragödie. Wohin er auch schaut, er findet nur Tragödien. Er findet es tragisch, dass andere Menschen die Tragödie um sie her nicht sehen, und dann wird er wie Font oder Edna, schließt sich dieser oder jener Partei an und marschiert hinter Bannern her, bis auch sein eigenes Leben von fern einen tragischen Eindruck macht. Ich hasse Tragödien.

«Ach nichts», wiederholte ich. «Komm, Font, spielen wir eine Partie.» Manchmal können Font und ich noch eine ruhige und freundschaftliche Partie genießen. Nicht um

Geld oder Punkte; einfach in freundschaftlichem Sarkasmus über das Spiel des anderen.

«Gibt es in der Küche was zu essen, Font?»

«Ja. Mach du noch mehr Bass, und ich besorg uns was.»

Er ging in die Küche und kam mit einem Tablett voller kleiner Teller zurück; Haselnüsse, Erdnüsse, eingelegte Zwiebeln, weißer Käse, Selleriestängel in Biergläsern. Das Bass hatte uns in gute Laune versetzt.

«*Cheers,* Font.»

«*Cheers,* Ram.»

Font knipste das Licht über dem Snooker-Tisch an, wir krempelten die Ärmel hoch, wählten Queues aus, kreideten die Spitzen und rieben uns die Hände mit Talkum ein. Der restliche Saal war dunkel und kühl, und weil Font alle Rollläden runtergelassen hatte und nur ein Lichtrechteck auf die grüne Filzplatte mit den bunten Kugeln fiel, war das ein schöner Anblick.

Font stieß die Kugel in das Dreieck, und die roten Kugeln schossen auseinander.

«Dein Anspiel ist gut», sagte ich. «Einen Meter weiter links, und du hättest vielleicht eine versenkt.»

Ich versuchte, eine eigentlich ganz günstig liegende Kugel in eine Tasche zu befördern, traf aber nicht. Font sagte, er würde einen Tisch mit größeren Taschen für mich bestellen. Wir kamen gerade richtig in Schwung, als wir laute Stimmen und Schläge an der Tür hörten.

«Polizei – aufmachen!»

«*Kyria leisun*», sagte ich. Ich weiß nicht, was *Kyria leisun* bedeutet, und Font auch nicht, aber wir haben oft gehört, wie hohe koptische Priester es in ägyptischen Kirchen intoniert haben. Da stehen sie mit ihren prachtvollen

Bärten und singen etwas, das sich für vier hässliche, orthodoxe Jugendliche wie *Kyria leisun* anhört, und sie respondieren mit *Kyria leisun.* Font und ich waren vor langer Zeit zu dem Schluss gelangt, dass es sich um ein geheimes Tennisspiel zwischen Geistlichen und Jugendlichen handelte, und das *Kyria leisun* war der Ball. Einmal hatte Font vor Lachen einen Bauchkrampf bekommen. Der Priester macht mit einem *Kyria leisun* Aufschlag, und man sieht vier Jugendliche, die sich im Versuch anrempeln, es ihm zurückzuspielen. Oft treffen sie nicht, und dann kommt ein *Kyria leisun* in der Kirchenecke auf. Aber dieser eine Priester war ein fantastischer Spieler. Er nahm den Jugendlichen ihr *Kyria leisun* ab, quasi bevor sie damit Aufschlag gemacht hatten, modulierte es listig in seiner eigenen Ecke, und bevor man sichs versah, schmetterte er es durchs Fenster, und die Jugendlichen sahen sich nur verdattert an. Einmal sprach der Priester uns nach dem Gottesdienst an, und Font sagte auf Englisch: «Gutes Spiel, Sir.» Ich wäre vor Lachen fast gestorben.

Ich weiß nicht, warum ich plötzlich *Kyria leisun* sagte, als ich hinter der Tür das «Polizei» hörte. Vielleicht weil mein Glauben nie über das Lachen beim *Kyria leisun* hinausgereicht hatte und weil man Gott anruft, wenn man Angst hat.

Ich packte Font am Kopf und legte ihm die Hand auf den Mund.

«Pass auf», flüsterte ich, «du weißt nicht, wo ich bin.» Ich ließ ihn los. «Mach die Tür ganz langsam auf. Ich brauch Zeit, um aus dem Fenster zu springen.» Ich zitterte.

«Aufmachen! Mach schon auf, Font, du Penner. Wir müssen dir was zeigen.»

Ich erkannte die Stimmen von Jameel und Fawzi, setzte mich und wischte mir den Schweiß vom Gesicht. Dann ging ich hinter die Bar und schenkte mir einen großen Cognac ein. Font schloss auf.

«Wir haben ein Geschenk für dich, Font», grölten sie. Sie waren betrunken und hatten drei griechische Huren mitgebracht. Eine davon kannte ich, sie hieß Ellena; sie schafft in der Bar vom Hotel de Paris an. Sie schnappten sich Font und tanzten einen Ringelreihen mit ihm. Auch die Mädchen waren betrunken. Die eine legte sich auf einen Snooker-Tisch und zog den Rock hoch, und eine andere nahm ein Queue und mimte einen ungeduldigen Mann. Jameel sah mich und kam auf mich zugelaufen: «Ramos – Ramos.» Er holte sich hinter der Bar eine Flasche und ging zu den Mädchen zurück.

Ich setzte mich auf einen Barhocker und schenkte mir noch einen Cognac ein. Das war das erste Mal in meinem Leben, dass ich richtig Angst gehabt hatte. Todesangst. Es war wie ein ungeheurer Schlag ins Gesicht. Es war, als wäre ich mein Leben lang betrunken gewesen und jetzt plötzlich nüchtern geworden.

«Ram.»

«Ja?»

«Was ist los mit dir?»

«Nichts.»

«Deine Hand zittert.»

«Das Bass ist mir auf den Magen geschlagen. Mir ist speiübel.»

Font starrte mich an, die Augenbrauen weit in die Stirn hochgezogen.

«Warum wolltest du weglaufen, als du das Wort ‹Polizei› gehört hast?»

«Weglaufen? Das war doch bloß ein Scherz; ich hab so getan, als wären sie echte Polizisten und hinter mir her.»

Er ließ mich nicht aus den Augen. Plötzlich geraten einem die Gefühle durcheinander, und man wird auf einmal sauer, sentimental oder traurig. Ich wollte Font auf den Rücken klopfen.

«Warum gehst du nicht mit einem der Mädchen auf dein Zimmer, Font?»

«Ram», sagte er. «Machst du bei irgendeiner Organisation oder etwas Gefährlichem mit?»

«Nein.»

«Ram, bist du Mitglied der Kommunistischen Partei?»

Ich lachte.

«Ram …»

«Font, nimm Ellena und geh nach Hause.» Ich zog ein paar Scheine aus der Tasche. «Nimm Ellena. Viel Vergnügen! Nimm eine Flasche mit. Mach schon, Font. Ich weiß, dass du seit Monaten mit keiner Frau mehr geschlafen hast.»

Er möchte gehen, ist aber zu schüchtern. In England konnte Font seine Ideale und seinen Körper mit einem Menschen des anderen Geschlechts teilen, aber hier ist das unmöglich.

Ich schenkte ihm einen Cognac ein.

Die jetzigen Zeiten mussten ihn wahnsinnig machen, wenn er an Brenda Dungate in London dachte. Die beiden hatten von Ehe gesprochen. Der Suezkrieg hatte ihnen einen Strich durch die Rechnung gemacht.

Ich hatte mich beruhigt und war wieder ich selbst.

Jameel war mit einem Mädchen in der Küche beschäftigt, und Fawzi war in einem Sessel eingeschlafen. Ellena und das andere Mädchen bedienten sich vom Tablett und tranken Cognac aus der Flasche.

Diese Ellena. Ich hatte sie schon als Kind gekannt. Sie ist die Tochter einer der Schneiderinnen, zu der meine Mutter und meine Tanten immer gegangen sind. Als Junge hatte ich meine Mutter oft zu ihnen begleitet; Griechinnen, Armenierinnen, Malteserinnen, sogar Französinnen. Immer dasselbe. Ein schäbiges Zimmer mit einer Nähmaschine und überall Stecknadeln, Stoffstücke und Garn, außerdem ein großer Hufeisenmagnet. Maria oder Talma oder Juno oder Georgette oder wie die jeweilige Schneiderin gerade hieß, hatte immer um die vier Kinder, blasse kleine Dinger, die auf dem Fußboden spielten. Die Schneiderinnen hatten Nebenbeschäftigungen und stellten Halawa her, eine klebrige Paste aus Zucker und Zitronensaft, mit der man sich die Körperhaare entfernt. Sie kannten auch Geheimnisse, wie man Jungen und keine Mädchen zeugte oder Mädchen und keine Jungen oder keins von beidem. Und während sich meine Mutter in Kleider zwängte und sie wieder auszog oder wegen der Halawa schrie und kreischte, las ich mit dem Magneten Dinge auf.

«Wo ist dein Vater?», fragte ich Ellena einmal und versuchte eine Schere am Magneten kleben zu lassen.

«Welcher?»

«Wie meinst du das, welcher?», fragte ich. «Dein Vater.»

«Ich habe viele Väter», sagte sie.

«Ach ja?», fragte ich erstaunt und schaffte es endlich, die Schere anzuheben.

Ein andermal ging ich nach der Schule zu ihrer Mutter

Camille – ihren Namen weiß ich noch –, um ein Kleid für meine Mutter abzuholen.

«Wie viele Väter hast *du* denn?», fragte Ellena.

«Keinen», sagte ich, «dafür hab ich vier Mütter.»

«Wie albern!»

«Ich habe vier Mütter», sagte ich. «Was willst du werden, wenn du groß bist?»

«Schneiderin, und du?»

«Weiß ich noch nicht. Jockey vielleicht.» Ich beschloss, Jockey zu werden, schwang mich auf die Sofalehne und gab der Lehne die Sporen.

«Komm mit, ich zeig dir was», sagte sie.

Ich folgte ihr hinter einen Vorhang, wo sie ihr Höschen aus- und den Rock hochzog.

Ich sah sie an und berührte sie mit dem Magneten, und dann ging ich nach Hause.

Jetzt beobachtete ich, wie Ellena die Cognacflasche an die Lippen setzte. Sie hatte mich noch nicht gesehen. Wenn sie mich sieht, wird sie den Kopf senken und mir die Hand geben: «Monsieur Ram», wird sie sagen, verlegen und betreten.

Font betrachtete Ellena im Spiegel hinter der Bar. Die warmen ägyptischen Nachmittage sind für junge Männer die reine Folter. Ich kenne dieses schreckliche Verlangen. Nach der Schule, nachmittags um zwei, gerade vom Essen gekommen, meine Mutter in ihrem Zimmer, die Wohnung abgedunkelt, die Hitze dröhnt in den Ohren, und Font und ich liegen auf unseren Betten und werfen uns hin und her. Warme, weiße Laken und schon fiebrige Körper, sinnlich und nervös, und instinktiv suchen wir die kühle Stelle auf der Matratze. Die Bäuche sind satt, aber das tiefe Verlangen nach dem Körper einer Frau bleibt, die diese schwüle Hitze mit uns teilt. Wenn wir Glück haben, schlafen wir ein.

«Wie viel Geld hast du, Font?»

«Fünfzehn Piaster.» Wir zählen unser Geld, das wir uns meist mit Wucherzinsen von Corrollos leihen, der genau weiß, wofür wir es brauchen, und schleichen auf Zehenspitzen an Mutters Zimmer vorbei. Plötzlich: *«Qu'est-ce que tu fais?»*

«Rien.» Auch sie wirft sich hin und her, die bedauernswerte Witwe, noch in ihren Dreißigern. Vielleicht haben wir sie aufgeweckt, und jemanden an einem ägyptischen Nachmittag zu wecken, ist eine Todsünde. Es folgt immer eine Szene: «Du bist rücksichtslos.» – «Was hab ich denn gemacht?» – «Du denkst immer nur an dich.» – «Warum?» – «Ich kann nicht wieder einschlafen.» – «Ich wusste nicht, dass du schläfst.» – «Was willst du überhaupt?» – «Nichts.» Ich schiebe den Autoschlüssel in die Tasche, obwohl ich zum Fahren noch zu jung bin. Unten dann Font und ich. «Ich fahre.» – «Nein, ich fahre.» – «Nein, ich fahre.» – «Na gut, du fährst.» Und wenn das geklärt ist, die Bauchkrämpfe wie beim Betreten eines Prüfungssaals. Dann die stundenlange Suche. «Da, da ist eine.» – «Nein, das ist die, die nicht mitkommt.» – «Nein, das ist eine andere.» – «Na gut»: Aber wenn wir dann gewendet haben, hat schon ein anderer Wagen angehalten und sie aufgelesen. Wir suchen weiter in all den Seitenstraßen und Gassen, in denen sie normalerweise stehen; aber es ist früh am Nachmittag und eine schlechte Zeit; nur wollen wir das am frühen Nachmittag eben am meisten. Und wenn es klappt, sagt sie, zwanzig Piaster, und wir sagen okay, und sie fragt

wo, und wir sagen im Wagen. Fahren fiebrig in die Wüste hinaus. Heiß. Schwül. Einer von uns steigt aus und kommt zehn Minuten später zurück – länger dauert das ja nie. Der andere steigt aus. Wieder zu Hause sind wir dann enttäuscht und frustriert. Nie ist es so erotisch wie in unserer Phantasie. – Als wir dann etwas älter waren, gingen wir mit den verheirateten Frauen in den Club, aber heute geht Font nicht mehr in den Club.

Ich hatte mich von der kleinen Panikattacke erholt, die mich gepackt hatte, als das Wort «Polizei» ertönte. Ich wollte nach Hause, baden und mich umziehen, hatte aber keine Lust, meiner Mutter über den Weg zu laufen.

Das Telefon klingelte, und Font ging ran.

Ich wollte irgendwo allein an einem netten Plätzchen sitzen und nachdenken. Ich dachte an Edna, und meine Hand griff nach der Cognacflasche, aber ich zügelte mich.

«Deine Mutter ist dran», sagte Font. «Sie sagt, du sollst sofort nach Hause kommen. Deine Tante ist da, und dein Onkel Amis kommt jeden Augenblick aus Oberägypten an.»

«Herrje», sagte ich, «gestern hab ich Mounir in den Pool geschubst, da werden sie mir wohl den Marsch blasen.»

Ich ließ Font die Scheine auf dem Tresen liegen und fuhr mit dem Taxi nach Hause.

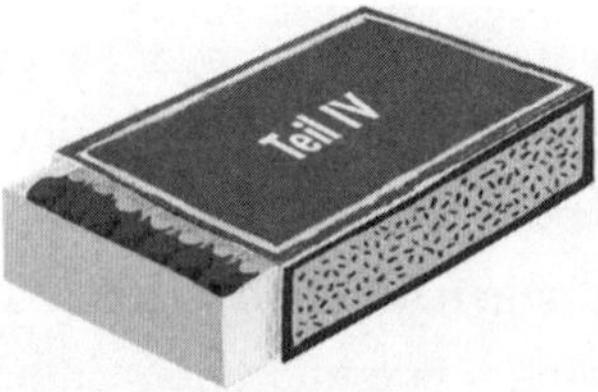

«*Il faut qu'il se marie*», sagte meine Tante, «das Maß ist voll.»

«Ich habe getan, was ich konnte», sagte meine Mutter. «Ich habe ihm ...»

«...mein Leben geopfert», beendete ich den Satz für sie.

«Nein, nein, nein», sagte mein Onkel, der Pascha. «Mehr Respekt, mehr Respekt.»

Sie saßen da und sprachen über mich. Anscheinend sollte der Eklat, dass ich Mounir in den Pool geschubst hatte, gar nicht mehr in Vergessenheit geraten dürfen. Der Pascha, einer unserer wenigen männlichen Verwandten, die überlebt haben, wohnt in Oberägypten und kümmert sich um die Ländereien. Wenn wieder mal eine Tante ihren Mann verloren hatte oder Cousins und Cousinen einen Elternteil, liquidierte der Pascha dessen Besitz und kaufte Land in der Nähe seines Wohnorts. Er ist der Einzige von uns, der nicht verwestlicht ist, und er wäre mir vielleicht sogar sympathisch, wenn er den «Gebildeten» in der Familie nicht so viel Respekt entgegenbrächte, was einen die Wände hochtreibt. Ursprünglich hatten wir etwa vier Paschas in der Familie, aber da die alle früh verstorben sind, steckten meine Tanten die Köpfe zusammen und beschlossen, diesem letzten einen Titel zu kaufen. Er kostete fünfunddreißigtausend Pfund, und die Sache lief folgendermaßen: Ein billiges Grundstück wurde gekauft und in einen Park umgewandelt, und dann wurde bekannt gemacht, mein Onkel würde den Park der Öffentlichkeit schenken. Zur Schenkungszeremonie wurden Minister eingeladen, und meine Tanten und ihre einflussreichen Freunde spielten bei dem anschließenden Fest die Gastgeber. Das Grundstück und seine Umwandlung hatten tausend Pfund gekostet. Die restlichen vierunddreißigtausend Pfund … ach, das tut jetzt nichts zur Sache; das waren eben die restlichen vierunddreißigtausend Pfund. Zwei Tage später ernannte Farouk meinen Onkel zum Pascha. Wobei mein Onkel Analphabet ist. Drei Jahre später kam es zur Revolution, und alle Adelstitel wurden verboten, aber wer mal Pascha gewesen war, wurde weiterhin Pascha genannt.

Also, der Pascha war aus Oberägypten zurückgerufen worden. Nein, nicht weil ich Mounir in den Pool gestoßen habe, sondern weil der besagte Mounir eine Villa in Heliopolis kaufen möchte und man sich fragt, ob aus den Fellachen weitere dreißigtausend Pfund oder so rauszuquetschen sind, ohne das Land zu verkaufen.

Ich zwinkerte meinem Onkel zu. Er schüttelte heftig den Kopf. Und dann ging die ganze Sache von vorne los.

«Es *war* ein Unfall», sagte ich.

«Garantiert nicht. Du hast das mit Absicht gemacht.»

Meine Mutter zog ihr Taschentuch aus der Handtasche, denn die Tränen liefen ihr über die Wangen. Plötzlich sah sie sich um, glättete das zerknüllte Taschentuch, wie um uns zu zeigen, dass da nichts drin war, und putzte sich die Nase.

Ich lachte laut auf. Meine Mutter ist berühmt für ihre Krokodilstränen. Früher legte sie sich immer eine Zwiebel ins Taschentuch, bis mich der Geruch eines Tages misstrauisch machte.

«Was gibt's denn da zu lachen?», rief meine Tante.

«Ehrlich, wenn ich es euch doch sage», sagte ich, «ich wollte einfach bloß meinen Stuhl zurückschieben und hab ihn aus Versehen angestoßen.»

«Lügner! Warum bist du dann weggerannt?»

«Das hab ich euch doch tausendmal erklärt.» Meine Erklärung lautete, Mounir wäre im Club so beliebt und ich so unbeliebt, dass ich Angst gehabt hätte, die Diener würden mich hochkantig rausschmeißen. Das gefällt meiner Tante. Aber sie drohte immer noch damit, meine Mutter zu zwingen, unsere Wohnung aufzugeben und bei ihr einzuziehen.

«Gib ihm doch noch eine Chance», sagte mein Onkel, der Pascha.

«Pascha, er ist nicht normal.»

Manchmal wird mein Humornerv oder mein Mitleidsnerv, wie immer man das nennen will, auf unerklärliche Weise gespannt, und schon die leichteste Brise bringt ihn zum Kribbeln. Ich lachte wieder. Das liegt an diesem Wort «Pascha», wissen Sie. Mein Onkel heißt Amis, und alle nannten ihn auch Amis, bis die Titel verboten wurden. Plötzlich und für einen Gegenwert von fünfunddreißigtausend Pfund nennen ihn alle Pascha. Ich konnte mich nicht beherrschen.

«*Regarde-le* …»

«Tut mir leid», sagte ich. «Ich bin hundemüde. Ich muss mir ein Fieber zugezogen haben.»

Meine Mutter schoss aus ihrem Sessel hoch und streckte ihre Hand nach meiner Stirn aus.

«Il es brulant», kreischte sie. *«Ca peut-etre la typhoide.»*

Mit *la typhoide* hat es bei uns seine eigene Bewandtnis. Wie beim Glücksspieler das Geld für die Rückfahrt kommt der Typhus erst zum Einsatz, wenn alles andere verloren ist. Es wird die Ärzteschaft überraschen zu erfahren, dass diverse Angehörige unserer Familien schon sehr oft an Typhus erkrankt sind. Wir lieben die Krankheit, aber so gern wir sie haben, so ungern sterben wir an ihr (was viele von uns getan haben). Daher ist Chloramphenicol so ein Segen. Heute können wir Typhus bekommen, ohne daran zu sterben. Die Krankheit geht mit Zeremonien, Segenswünschen und Ritualen einher, die den Überlebenden noch lange nach seiner Genesung begleiten. Wie gesagt, viele von uns *sind* an Typhus gestorben, und daher hat es nicht an Macht verloren, Besorgnis, Zuneigung und Geld an sich zu binden, Chloramphenicol hin oder her.

«Tatsächlich», sagte meine Tante, «den hatte er doch schon zwei Mal.»

«Je t'enprie», sagte meine Mutter. «Ziza hatte ihn zweimal, und beim dritten Mal ist sie daran gestorben.»

Ich war nicht gerade erpicht auf *la typhoide*. Als ich das letzte Mal daran erkrankt war, wohnte Font bei uns, und ich hatte ihn überzeugen können, sich ebenfalls anzustecken, weil wir beide nicht für unsere Prüfungen gelernt hatten. Der mit uns verwandte Professor, der Universitätsdozent, entschied, wir wären zu geschwächt zum Lernen, und deutete die Prüfungsthemen an – ‹andeuten› soll heißen, er gab uns die Prüfungsbögen zwei Wochen bevor wir sie eigentlich zu Gesicht bekommen sollten. Wie meine

Mutter damals durch eine penetrant riechende Träne hindurch gesagt hatte: «Wahrscheinlich werden sie die Ergebnisse nicht mehr erleben.»

Nein, ich war nicht erpicht auf *la typhoide.* Daran musste ich denken, als ich das Wort *armée* hörte.

Die Armee, unsere Armee. Die in Taxis unterwegs ist. Ich war überrascht zu sehen, wie sehr sich meine Familie während meines London-Aufenthalts mit der Armee versöhnt hatte. Sich nicht nur versöhnt hatte, sondern ihr sogar beigetreten war. Es war abzusehen, dass wir schon bald die Armee *sein* würden. Cousins, Verwandte, Brüder wurden von den Universitäten weggeholt und in die Armee gesteckt. Obwohl das «Sie wissen wohl nicht, wen Sie vor sich haben – ich bin Pascha oder Sohn eines Paschas» noch nicht ganz ausgestorben ist, ist ein anderer Satz zunehmend in Mode gekommen: «Sie wissen wohl nicht, wen Sie vor sich haben – ich bin Oberst oder General oder Sohn eines Generals.» Sie wollen, dass ich zur Armee gehe.

«Die besten Leute sind in der Armee», sagte meine Tante. «Glaub nicht, das wäre die fadenscheinige Angelegenheit von früher. Bist du was Besseres als Safwat, der Sohn von Boulos Pascha?»

«Bin ich nicht», sagte ich.

«… oder als Ammoon und sein Bruder Yassa?»

«Ich bin eindeutig schlechter als sie», sagte ich.

«… oder als der Sohn von Foufou?»

«Nein», sagte ich.

«Oder …»

«Das wäre also beschlossene Sache», sagte meine Mutter. «Du gehst zur Armee und heiratest.»

«Ja», sagte ich.

«Schließlich habe ich mein Leben …»

«… für mich geopfert.»

«Ein gutes Mädchen aus einer guten Familie», sagte mein Onkel, der Pascha.

«Ja», sagte ich, «mit ein bisschen Land.»

«Ja», sagte er.

«Und ein bisschen was auf der Bank.»

«Das kann nicht schaden …»

«Vorzugsweise aus militärischem Hause», sagte ich. Das ärgert ihn irgendwie. Wenn der Fellache das Wort Pascha hört, erschrickt er nicht mehr so zu Tode wie bei dem Wort Offizier.

«*Tu as finis?*», fragte meine Tante.

«Ja.»

«Denn wenn du noch nicht fertig sein solltest, stopf ich dir eigenhändig den Mund», sagte sie.

Ich hielt die Klappe.

«Umm Kulthum singt im Radio», erzählte ich meinem Onkel.

«*Voilà!*», rief meine Tante. «Nur dazu taugt er. Alles nur, um uns zu ärgern.»

Umm Kulthum ist die beliebteste und verehrteste lebende Person von der Türkei bis nach Nordafrika. Sie erreicht Menschen aller Schichten. Die Frau, die heute in ihren Vierzigern ist, hat ein unbescholtenes Leben geführt und besitzt eine Stimme von herzzerreißender Schlichtheit und Schönheit.

«Was … was singt sie denn?», fragte mein Onkel und wurde unruhig.

«*Voilà*», wiederholte meine Tante.

«*Sing to me slowly, slowly*», sagte ich. Ihre Songs sind ewig lang. Aber die Menschen im französischen *pensionnat* und im Club ebenso wie die «Gereisten» halten es für ein Zeichen von Gewöhnlichkeit, wenn man auf Umm Kulthum steht. Weil sie musikalisch Orientalen sind, hören sie lieber die portugiesische Amália Rodrigues, deren Stimme entfernte Verwandtschaft mit der von Umm Kulthum aufweist.

«Ihr schönstes Lied», seufzte mein Onkel.

«Das ist eine Unverschämtheit», sagte meine Tante. «Das ist doch die Höhe.»

«Was hab ich denn gemacht?», fragte ich.

«Willst du wirklich, dass wir uns stundenlang dieses Gejaule anhören?», kreischte sie.

«Ich wusste nicht, dass du sie nicht magst», sagte ich.

«Mach das Radio an und dreh es ganz leise», sagte sie, um Fassung bemüht, «und wehe, du sagst noch ein einziges Wort.»

Ich machte das Radio an, setzte mich wieder hin und verschränkte die Arme vor der Brust. Ich tat so, als würde ich nicht merken, dass mein Onkel seinen Sessel vors Radio schob, sein Ohr an den Lautsprecher drückte und unglücklich dreinschaute.

«Dreh schon lauter», kreischte sie, «*nom de Dieu!*»

Ich drehte am Knopf, bis die Musik zu hören war, und setzte mich wieder in meinen Sessel.

Corrollos, unser Diener, stand an der Tür und lauschte. Wenn meine Tante zu Besuch kommt, setzt er immer eine noch trübseligere Miene auf.

«Hol dir einen Stuhl aus der Küche und setz dich», herrschte meine Tante ihn an. Er bedachte sie mit einem

Blick unbeschreiblicher Ergebenheit, schaffte es, feuchte Augen zu bekommen, und ging in die Küche zurück.

«*Pauvre type*», sagte meine Tante.

«Ich weiß nicht, wie lange ich ihn noch bezahlen kann», sagte meine Mutter.

Meine Tante grunzte.

«Ich kann mir schon seit Jahren kein neues Kleid mehr leisten. So lebe ich jetzt», fuhr meine Mutter fort. Zwei Tage zuvor hatte sie sich zwei neue Kleider gekauft.

«Erst das Auto und jetzt die Bediensteten. Gott weiß, wie das alles enden wird.»

«Ja», sagte ich, «es ist furchtbar.»

«Und du bist an allem schuld», sagte sie, und das Taschentuch kam wieder zum Einsatz.

«Nur die Ruhe», sagte mein Onkel. «Du bist ein guter Junge, Ram. Mach deine Mutter nicht unglücklich.»

«Es tut mir leid», sagte ich zu ihm. «Möchtest du eine Zigarette haben, Onkel Amis?»

«Ja», sagte er und starrte mich an. «Ich probier mal eine von deinen.»

Ich zog mein Päckchen heraus und ging zu ihm. Ich zeigte auf eine bestimmte Zigarette und flüsterte ihm zu, er solle sie im Bad rauchen. Er nickte eifrig und ging. Zwei Minuten später kam er mit enttäuschtem Gesichtsausdruck zurück. Ich lachte schallend.

«Aber er ist ja vollkommen verrückt», sagte meine Tante.

«Es tut mir leid», sagte ich wieder. «Ich sage kein einziges Wort mehr.» Mein Onkel hatte die Zigarette für einen Joint gehalten.

Corrollos kam zurück, blieb im Blickfeld meiner Tante stehen und dachte, ich würde ihn nicht sehen.

«Der arme Bursche», sagte meine Tante. «Hol dir einen Stuhl und setz dich, Corrollos. Setz dich, bis das Lied vorbei ist.» Er schüttelte den Kopf und kehrte in die Küche zurück.

Ich folgte ihm.

«Lass ihn in Ruhe», sagte meine Mutter.

Ich schloss die Küchentür, setzte mich auf den Gasherd und sah Corrollos an.

«Wo ist das Radio, das ich dir geschenkt habe?», fragte ich.

Er schüttelte den Kopf.

«Herrgott, ich bring dich um», sagte ich. «Wo ist es?»

«Ich weiß nicht, wie man es benutzt», wimmerte er.

«Du hast es doch ein Jahr lang benutzt.»

«Ich hab Angst, dass es kaputtgeht.»

«Stell es auf den Tisch und schalt es ein», sagte ich.

Er holte das Radio aus dem Küchenschrank, stellte es auf den Tisch und schaltete es ein, ohne es vorher einzustöpseln, schüttelte die ganze Zeit den Kopf und behandelte es, als wäre es ein Kristalllüster.

«Es gibt keinen Ton von sich», sagte ich.

Er legte das Ohr an den Lautsprecher und horchte angestrengt.

«Und?»

Er schüttelte wieder den Kopf.

«Du hast es kaputt gemacht», erklärte ich. «Dafür zieh ich dir zwei Pfund vom Gehalt ab.» Ich tat so, als wollte ich die Küche verlassen.

«Vielleicht hab ich vergessen, es einzustöpseln», sagte er.

«Vielleicht», sagte ich.

Er stöpselte es ein.

«Warum machst du jedes Mal so ein Theater, wenn meine Tante zu Besuch kommt?», fragte ich.

«Was für ein Theater?»

«Spiel nicht den Ahnungslosen. Hat sie dir jemals ein Trinkgeld gegeben, du Schafskopf?»

Trinkgeld? Was denn für ein Trinkgeld? Er fängt an zu greinen und schafft es tatsächlich, dass ihm Tränen über die Backen laufen, und weil er kein Taschentuch hat, saut er sich den Kittelsaum ein.

Ich ließ ihn stehen und ging ins Wohnzimmer zurück.

«Ich tu, was ich kann», sagte mein Onkel gerade, «aber sie zahlen einfach nicht.»

«Wie lange müssen wir uns das alles noch gefallen lassen?», fragte meine Tante.

«Sie zahlen einfach nicht», wiederholte mein Onkel. «Sie haben kein Geld.»

«Haben kein Geld», schnaubte meine Tante. «Lieber lass ich das Land brach liegen, als uns dermaßen ausrauben zu lassen.»

Ägyptische Landbesitzer verpachten ihre Ländereien üblicherweise und bebauen sie nicht selbst.

«Es könnte schlimmer kommen», sagte mein Onkel. «Das Land könnte verderben, und dann würden wir im Bezirk einen schlechten Namen bekommen.»

«Einen schlechten Namen», äffte meine Tante ihn nach.

«Es sind schwere Zeiten», sagte mein Onkel.

«Du bist zu gut für sie», sagte sie. «Das ist dein Fehler. Du hast sie zu sehr verwöhnt.»

«Die Zeiten haben sich geändert», sagte er.

«Du musst etwas tun. Mounir heiratet bald.»

«Dann müssen wir verkaufen», sagte er.

«Verkaufen, verkaufen», brüllte sie. «Wenn sie die Kaufsumme aufbringen, können sie auch die Pacht bezahlen.»

«Aber sie sind doch nicht die Käufer, Schwester», sagte er. «Verkauf doch eins von den Mehrfamilienhäusern in Kairo.»

«Hältst du mich für wahnsinnig? Ist es schon so weit gekommen? Wir verhungern, während die Fellachen Schulden bei uns haben?»

Mein Onkel Amis ist gütig und sanft, stopft sich wie jedes Tier den Wanst mit dem voll, was gerade in Reichweite ist, und denkt sich dabei nichts Besonderes. Sogar die Fellachen mögen ihn, weil er sich zu ihnen setzt und Witze reißt. Manchmal bringt ihr Elend ihn sogar zum Weinen, genau wie sie, ohne dass er sich fragen würde, welche Ursachen das Elend hat. «Die Welt», seufzt er dann, und sie seufzen mit und wiederholen: «Die Welt.»

«Wer verhungert?», fragte ich.

«Was?», rief sie. «Vivi», sagte sie und wandte sich an meine Mutter, «ich ertrage den Anblick deines Sohns nicht mehr. Ich bekomme gleich einen Nervenzusammenbruch.»

«Ich weiß nicht, was ich mit ihm machen soll», weinte meine Mutter.

«Aber ich weiß es», sagte meine Tante. «Du gibst diese Wohnung auf und ziehst zu mir. Mal sehen, was er dann macht.»

Jetzt musste meine Mutter im Ernst weinen.

«Entschuldige dich bei deiner Tante, Ram, entschuldige dich», sagte mein Onkel.

«Es tut mir leid», sagte ich.

«Geh hin und küss ihr die Hand», sagte er.

«Surtout pas!», kreischte sie.

Ich wollte gerade zu ihr gehen, da klingelte es. Es war Marie, die stracks zu meinem Onkel ging.

«Pascha», rief sie auf Arabisch, «wie schön, dich wiederzusehen. Ich habe immer nach dir gefragt. Du siehst richtig gut aus.» Sie drehte sich zu meiner Tante um und sagte: *«Il a l'air malade, le pauvre.»*

Mein Onkel ist immer peinlich berührt, wenn die gute Gesellschaft ihn ein paar Sekunden lang mit ihrem Charme beglückt. Er murmelte arabische Höflichkeitsfloskeln, lächelte unbeholfen und wusste nicht, wohin mit seinen Händen.

«Vivi», wandte sich Marie an meine Mutter und sah jetzt erst, dass sie weinte. «Arme Vivi», sagte sie, und ihre Stimme wurde sanft. «Du hast immer Probleme gehabt, Vivi, *chérie.»* Sie tätschelte ihr den Rücken, küsste meine Tante auf beide Wangen, streifte ihre Handschuhe ab und setzte sich.

«Guten Tag», sagte ich.

«Hab ich dir nicht *bonjour* gesagt?»

«Nein», sagte ich.

«Welch ein Nachmittag», sagte sie. «Ich weiß gar nicht mehr, wo mir der Kopf steht.»

«Erzähl: Was ist passiert?», fragte ich im Konversationston.

Marie hatte schon immer Angst vor mir. Ich weiß nicht warum. Sie ist eine fromme Katholikin, die immer alle Welt als *cousine* und *petite sœur* bezeichnete und es in ihre Vierziger schaffte, ohne zu heiraten. Sie nannte weiterhin alle *tante* und *oncle,* sprang auf, um sie zu küssen, trug männliche Schuhe mit flachen Sohlen, bis meine Tante sie plötzlich unter ihre Fuchtel nahm. *«Elle est tellement serviable, cette Marie.»* Ab sofort hatte Marie sie nicht mehr *tante* zu nennen und das kindische Getue bleiben zu lassen.

Jetzt sah Marie meine Tante an, deren Kopfbewegung ihr ein «übersieh den geflissentlich» signalisierte.

«Ich hoffe, du bist gesund und munter, Madame Marie», sagte mein Onkel. «Madame» ist der Höhepunkt seiner Kultiviertheit.

«Comme il est gentil», sagte sie. «Ich danke dir, Pascha. Hier leben wir vom einen Tag zum anderen und wissen nicht, was uns als Nächstes zustößt.»

Er murmelte angemessene Kondolenzsprüchlein.

«Je me demande», sagte sie, an meine Tante gewandt, «wie er es aushält, die ganze Zeit in seinem Dorf da zu leben.»

«Danken wir Gott, dass er Fellache geblieben ist», sagte meine Tante. «Kannst du dir vorstellen, dass ich mich mit den Leuten dort abgebe?»

«Du musst öfter nach Kairo kommen», sagte Marie und hob dabei die Stimme an, wie manche Menschen das unwillkürlich machen, wenn sie glauben, ihr Gegenüber könne die Sprache nicht.

Er dankte ihr überschwänglich.

Ich ließ sie stehen, ging ins Bett, legte mich auf den Rücken und verschränkte die Hände hinter dem Kopf. Ich hatte einen toten Punkt erreicht; steckte in einer Sackgasse. Wieder einmal wusste ich nicht, wie ich aus meiner ausweglosen Situation rauskommen sollte. Edna nach so langer Zeit wiederzusehen; und jetzt mit dieser Narbe. Ich seufzte.

Unsere Liebe war immer mit Politik vermengt gewesen. Vom allerersten Tag an, an dem ich ihr bei meiner Tante begegnet war, hatte sich die Politik in unsere Liebe eingemischt. *Un amour engagé,* so wie es engagierte Literatur gab. Ich lachte.

Als meine Tante zwei Stunden später gegangen war, kam der Pascha zu mir ins Zimmer. Ich tat, als würde ich schlafen.

«Ach, komm schon, du Taugenichts, du schläfst doch gar nicht.»

Ich schnarchte.

«Schau mal, was ich für dich habe.»

Ich rührte mich nicht und hörte, wie er sich an Papieren in seiner Tasche zu schaffen machte.

«Ähem», machte er, «möchtest du sehen …»

Ich sprang aus dem Bett und riss ihm einen Umschlag aus der Hand.

«Ram – Ram. Nein, nein. Sei nett, sei ehrlich.»

«So, du Aas», sagte ich. «Gack-ack-ack ackack-ack», ich gackerte wie ein Huhn. «Du wirst jetzt einen netten ruhigen Abend mit deinen Schwestern verbringen, und wie.»

«Nein, nein, nein, Ram. Erst gibst du mir den Umschlag zurück.» Er wollte ihn mir wegnehmen und setzte sich dann keuchend. Ich setzte mich aufs Bett und sah in den Umschlag. Er enthielt Hundertpfundscheine. Ich zählte fünfzehn.

«Mit dir rede ich nicht», sagte ich.

«Mein Gott, was hab ich denn getan?»

«Du hast für sie Partei ergriffen.»

«Nein, nein, nein», sagte er. «Das war doch nur der Form halber; nur der Form halber. Glaubst du, ich verstehe die ausländischen Wörter, die sie immer benutzen? Aber jetzt gib mir erst mal mein Geld zurück.»

«Und außerdem gehe ich heute Abend nicht mit dir aus», sagte ich.

«So behandelst du also deinen Onkel Amis? – Deinen armen Onkel Amis, der ein ganzes Jahr lang nicht in der Stadt gewesen ist? Tut man das? Deinen Onkel Amis, der vierhundert Pfund für deine Spielschulden bezahlt hat?»

«Wie bitte?»

«Ich schwöre bei der Jungfrau Maria, ich habe sie für dich bezahlt. Hier, schau dir das an.» Er nahm eine Quittung aus der Brieftasche, reichte sie mir und schnappte sich dabei mit der anderen Hand das Geld.

Sechs Monate zuvor hatte ich beim Baccara vierhundert Pfund verloren und einen Schuldschein ausgestellt.

«Du bist fürwahr ein König», sagte ich. «Du sollst den schönsten Abend deines Lebens haben. Keine Angst. Mein lieber Fellachenonkel. Den Nektar der Götter sollst du … wenn du die armen Fellachen nur ein bisschen besser behandeln würdest …»

«Na na na na», sagte er. «Jetzt fang du nicht auch noch mit dem Blödsinn an, Ram.»

«Na gut», sagte ich.

«Komm schon», sagte er und zog mich vom Bett hoch. «Ans Telefon.»

«Sag mir erst mal, was du möchtest.»

«Als Erstes eine Pokerpartie bis zum Abend», sagte er.

«Und dann … wo ist noch mal der Laden mit dieser rothaarigen Bauchtänzerin? Und dann …»

Ich hängte mich ans Telefon.

«Jameel? Onkel Amis ist in der Stadt.»

«Amuse-le, le pauvre», sagte meine Mutter, als wir aufbrachen.

Als ich am nächsten Morgen aufwachte, ging es mir richtig schlecht. Ich schlief im Wohnzimmer, weil mein Onkel mein Zimmer bekommen hatte. Am Vorabend hatten wir Haschisch geraucht, und von der Erinnerung an die vulgäre Orgie im Snooker-Club wurde mir übel. Mein Onkel hatte sechshundert Pfund auf den Kopf gehauen. Die rothaarige Tänzerin war zusammen mit drei Frauen ihres Ensembles und dem Flötenspieler in den Snooker-Club gekommen. Omar und Yehia waren auch dabei gewesen, außerdem Ellena und die beiden anderen Prostituierten. Ich stöhnte unwillkürlich. Font hatte bei diesen Ausschweifungen plötzlich weinen müssen, und um ihm Gesellschaft zu leisten, hatte Ellena mitgeweint. Mein Onkel war gegen drei Uhr kollabiert, und als Jameel uns nach Hause gebracht hatte, hatte er den Wagen an einen Laternenpfahl gesetzt. Zu siebt hatten wir meinen Onkel ins Bett geschleppt.

Ich öffnete die Augen. Meine Mutter saß da und stopfte meine Socken. Dafür setzt sie eine Brille auf, und wenn sie eine Brille trägt, verändert sich ihr ganzes Erscheinungsbild. Um mit ihrem intelligenten und konzentrierten Äußeren zu harmonieren, wird sie still und nachdenklich.

«*Tu souffres?*», fragte sie.

«Kopfschmerzen und ein ausgewachsener Kater. Es

war schlimm gestern Abend. Dein Bruder ist furchtbar vulgär.»

«Was hast du denn erwartet? In seinem Alter immer noch Junggeselle, und in die Stadt kommt er doch bloß einmal im Jahr. Außerdem hat er nicht deine Bildung.»

«Allerdings nicht», seufzte ich.

«Trink eine Tasse Kaffee. Es gibt auch warme Croissants.» Sie goss mir eine Tasse ein und reichte mir ein Croissant. Es kommt zwischen uns nur selten zu so einer Mutter-Sohn-Intimität, und wenn, dann immer morgens, wenn ich aufwache.

«Warte noch mit dem Rauchen. Iss erst mal was.»

«Gut», sagte ich.

Sie stopfte weiter.

«Dr. Hamza hat gestern zweimal angerufen», sagte sie.

«Ach ja?»

«*Il est très aristocrat, cet homme; tiens,* er ist der Onkel von Didi Nackla. *Elle est adorable, cette fille.* Mounir wird sehr glücklich mit ihr werden. Und sie hat Glück, ihn zu bekommen.»

«Ach, die beiden heiraten?» Das überraschte mich. Mounir war nicht Didis Typ.

«Ja. Deine Tante bereitet schon alles vor. *Ca sera un couple charmant.*»

«Ja», sagte ich.

«Sie war in England, oder?»

«Eine Weile», sagte ich.

«Hast du sie oft gesehen?»

«Wir haben zusammengewohnt.»

«*Pas possible!* Das hast du mir ja gar nicht erzählt.»

«Nein», sagte ich.

«*Comment?* Sie hat mit dir und Font zusammengewohnt?»

«Und Edna», sagte ich.

«Das stelle ich mir großartig vor, Ram. Glaub mir, ich weiß nur zu gut, wie schwer es für dich ist, arm zu sein.» Sie seufzte. *Les beaux voyages,* fuhr sie fort, die sie früher jedes Jahr gemacht hatte. Die ganze Nacht lang Charleston getanzt. Und dann Paris, Josephine Baker, Maurice Chevalier, sogar ins Maxim's, mein lieber Ram. Nur die besten Hotels. *Tout le monde faisaient la cour.* Und jetzt …

«Warum er wohl angerufen hat …», fragte sie nach einer Weile.

«Wer?»

«Dr. Hamza.»

«Wahrscheinlich wegen Jameel», sagte ich. «Levy gibt ihm Arabischstunden.»

«*Apropos*», sagte meine Mutter, «deine Tante möchte, dass Levy Mounirs Arabisch auffrischt. Du musst mir seine Adresse geben. Es war schrecklich, was du getan hast, Junge. Warum hast du ihn ins Wasser gestoßen? *Il a toujours était très correct envers toi.*»

«Bitte, Mummy, fang doch nicht wieder damit an. Es war ein Unfall.»

Sie seufzte. «Ich verstehe nicht, warum du dich immer so seltsam aufführst. Ich glaube, du brauchst eine Frau. Wenn du erst verheiratet bist, muss ich bei meiner Schwester wohnen.»

«Aber nicht doch!», sagte ich. «Ich werde dich nie verlassen. Wenn ich heirate, ziehst du zu mir.»

«Ach, das sagen sie alle. Aber wenn du dann erst deine

eigene schöne Frau hast, willst du nicht, dass eine alte Schachtel wie ich bei dir herumgeistert.»

«Du bist keine alte Schachtel», sagte ich. «Du bist noch sehr attraktiv, und ich liebe dich sehr.»

«Was möchtest du heute Mittag essen, mein Junge?»

Ich wollte rauchen, aber wenn ich das tat, musste ich aufstehen und auf die Toilette gehen, denn das ist bei mir nun einmal die Wirkung der ersten Zigarette am Tag.

«Was glaubst du? Wer würde mich heiraten?», fragte ich.

«Das dürfte nicht schwer werden», sagte sie. «*Après tout* gehören wir doch immer noch zu Ägyptens besten Familien.»

«Vicky Doss würde mich nehmen, hab ich gehört», sagte ich.

«Die hat doch keinen roten Heller.»

«Ich auch nicht.»

Sie seufzte und widmete sich weiter meinen Socken.

«Mummy?»

«Ja, Junge?»

«Mummy, was hältst du von Edna Salva?»

Sie antwortete nicht.

«Hm?»

«Du kannst es ruhig wissen: Die Leute sagen, sie hätte dich als Gigolo nach London mitgenommen.»

«Das stimmt nicht», sagte ich.

«Ich weiß. *Mais le gens parlent, tu sais.*»

«Was hältst du davon, wenn ich sie heirate?»

Sie legte die Socken weg und sagte, es sei ihr egal, wen ich heiratete, solange ich nur glücklich würde. Sie sagte, sie wisse, dass Edna meine Freundin gewesen sei. Eine Jüdin zu heiraten, sagte sie, *«ce n'est pas très pratique en ce moment»,* aber wenn ich sie liebte und wenn das der Grund sei, warum ich mich so aufführte, dann könne ich sie auch heiraten. Das heißt, wenn sie mich nehmen würde; sie kam schließlich aus einer Familie von Multimillionären. Außerdem sei sie älter als ich, meinte meine Mutter. Plötzlich sagte sie, ich solle aus Liebe heiraten, und fing an zu weinen.

Das Telefon klingelte. Meine Mutter nahm die Brille ab und sah wieder so aus wie immer.

«*C'est* Dr. Hamza», flüsterte sie. «Sei sehr höflich.» Sie brachte mir das Telefon und blieb gespannt neben mir stehen.

«Ram», brüllte er.

«Ja?»

«Was hast du mit der letzten Bilderserie gemacht?»

«Ich habe Kopien gemacht und allen Zeitungsherausgebern geschickt», sagte ich.

«Wer hat dir das erlaubt?»

«Niemand», sagte ich.

«Du bist ein verantwortungsloses Kind», brüllte er. «Du bringst nicht nur dich in Gefahr, sondern alle, die mit der Angelegenheit zu tun haben. Verbrenn alles, was du hast. Komm nicht mehr zu mir ins Büro.» Er legte auf.

«Was will er denn?», fragte meine Mutter.

«Nichts», sagte ich.

«Ich habe gehört, was er gesagt hat, Ram. Du hast dich in die Politik verstrickt. Ich wusste es», kreischte sie. *«C'est le fin.* Du wirst uns alle umbringen. *Mon dieu. Mon dieu …»*

Ich beruhigte sie und ging ins Badezimmer. Ich legte

mich auf den Boden und schob die Hand unter die Badewanne. Ich tastete nach einer losen Kachel, unter der ich einen großen braunen Umschlag hervorzog. Ich legte ihn ins Waschbecken, zündete ihn an, legte die Kachel an ihren Ort zurück, machte alles sauber und zog mich an.

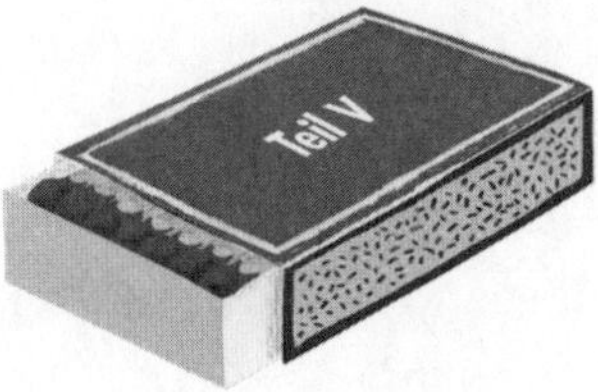

Ich klopfte bei Edna. In London, wo wir uns besonders nah gewesen waren, hatte sie mal gesagt, wenn wir uns je für immer trennen müssten, würde sie sich die Haare abschneiden, weil sie den Gedanken nicht ertragen könne, dass ich sie ihr nicht mehr kämmte. Ich hatte geantwortet, auch ich könne den Gedanken nicht ertragen, dass ein anderer ihr die Haare kämmen würde.

«Komm rein, Ram.» Sie erkannte mein Klopfen. Sie saß am Schreibtisch und schrieb einen Brief, eine Zigarette in der Hand und eine Tasse türkischen Kaffee neben dem Papier. Sie wollte aufstehen, aber ich sagte, sie solle ruhig weiterschreiben. Ich zog mir einen Stuhl heran und setzte mich hinter sie.

«Schreibst du einen Brief?», fragte ich.

«Ja.»

«Hast du eine große Familie, Edna?»

«Ich bin ein Einzelkind, das weißt du doch. Aber die Familie ist sehr groß.»

«Wo leben die alle?»

«Über die ganze Welt verstreut, Ram. Die Salvas aus Deutschland und den baltischen Ländern sind jetzt hauptsächlich in Südafrika und Rhodesien … da in der Gegend.

Ich habe auch Cousins, Cousinen und Tanten in England, Frankreich und Nordamerika. Über die ganze Welt verstreut, Ram.»

«Auch in Israel?»

Sie schüttelte den Kopf. «Ein paar von den Jüngeren aus Frankreich und England sind als Touristen dort.»

«Sind sie alle so reich?»

«Salva-Filialen gibt es in der ganzen Welt. Du kennst uns Juden doch. Wir beschäftigen gern Juden und am liebsten Familienangehörige. Und wir helfen uns nur zu gern gegenseitig.»

«Warum wohnst du in diesem Viertel, Edna?»

«Unser Haus ist *sequéstre,* Ram, genau wie unsere hiesigen Filialen. Das Viertel gefällt mir, und ich habe noch keine Pläne für die Zukunft gemacht.»

«Wie sehen deine Pläne aus, Edna?»

Sie schwieg.

«Edna, möchtest du nicht heiraten und eigene Kinder haben, die auf deinen Knien schaukeln und dich mit großen Augen ansehen und fragen, ob sie noch ein Eis haben dürfen?»

Sie lächelte.

«Und einen Mann, der die Kinder an den passenden Stellen auf dem Boden platziert, den Selbstauslöser der Kamera vorbereitet und dann neben dich eilt und dir für das Familienfoto die Hand auf die Schulter legt?»

«Du bist süß, Ram.»

«Und wenn die Kamera dann ‹Klick› gemacht hat – es ist eine von diesen neumodischen Dingern, die das Bild sofort entwickelt und ausdruckt – siehst du, dass ich eine Grimasse gezogen habe, und wir müssen beide …»

«Du, Ram?»

«Ja, ich.» Ich betrachtete ihren Nacken. Sie hatte ihre Zöpfe hochgesteckt, sodass sie die Ohren bedeckten. Sie hat einen schlanken, blassen Hals, eine konkave Linie zieht sich wie bei einer Zwölfjährigen im Nacken hinab.

«Das wird es nie geben, Ram.»

«Wenn du mir nur einen Grund nennen würdest», sagte ich. «Es gibt Hunderte. Einer würde genügen. Oder sag einfach, dass du mich nicht liebst.»

«Ich liebe dich doch», flüsterte sie.

Ich legte die Hände auf die Stuhllehne und starrte sie still an. Dann sagte ich: «Als du London das erste Mal verlassen und ein Jahr lang nicht geschrieben hast, bin ich nachts durch die Straßen gelaufen und habe mich gefragt, worin eigentlich Glück und Erfüllung im Leben liegen. Vielleicht ist es nur meine Privatmeinung, vielleicht liegt es daran, dass du dieses Gefühl in mir geweckt hast; für mich ist Glück jedenfalls die Freiheit zweier Menschen, die sich lieben, ihr Leben gemeinsam in Umständen verbringen zu können, die dieser Liebe gestatten, lebendig zu bleiben. Wenn ich von unterdrückten Menschen höre, von Konzentrationslagern, Kriegen, Hunger, Verhaftungen, denke ich immer an Menschen, die unter solchen Umständen getrennt werden. Ich weiß, dass Menschen sich nicht mehr lieben können, wenn sie sich ein Zimmer mit ihren Kindern teilen müssen, krank oder schmutzig sind oder Hunger haben. Trotz all deines Idealismus, deiner Großzügigkeit und Güte finde ich dich grausam. Du bist grausam, wenn du sagst, du liebst mich, aber darauf bestehst, von mir getrennt zu leben. Wenn du mich nicht lieben würdest, wäre das eine ganz andere …»

«Bitte, Ram. Hör auf.»

«Gibt es denn nichts, wirklich gar nichts, was ich tun kann?»

Sie schüttelte den Kopf.

Manchmal kann ein Mann einen Marathon laufen, die ganze sagenhafte Strecke, aber wenn das Rennen vorbei ist, bricht er erschöpft zusammen, als hätte seine Kraft nur genau bis zum letzten Meter gereicht.

Ich hob die Hand und legte sie auf ihren hochgesteckten Zopf. Plötzlich sprang ich auf und stand mit der ausgestreckten Hand da, als hätte mich etwas gestochen. Der Zopf fiel mir auf den Boden, entflocht sich und sah mich verzweifelt an. Sie hatte sich die Haare abgeschnitten.

Es war so weit; ich war den letzten Meter gelaufen.

Ich saß auf ihrem Bett, und sie saß neben mir und hielt meine Hand. Sie hatte nie über eine Ehe sprechen wollen, weil sie schon verheiratet war. Genauso gut hätte man den Marathonläufer, den zusammengebrochenen Marathonläufer, bitten können, noch ein Rennen zu laufen.

«Ich bin schon verheiratet, Ram», hatte sie gesagt.

«Mit wem?», hatte ich eine halbe Stunde später gefragt.

«Ich habe geheiratet, kurz bevor ich dich kennengelernt habe. Er war Jude und Mitglied der Kommunistischen Partei hier. Ein sehr guter Mann, Ram. Sehr ehrlich, sehr liebenswürdig. Absolut selbstlos. Wir wussten, dass man ihn verhaften würde, und da ich einen britischen Pass hatte, haben wir gehofft, er würde nicht ins Gefängnis kommen, wenn wir verheiratet wären. Die Briten verweigerten ihm Asyl und Staatsangehörigkeit. Zu den Sowjets wollte er nicht gehen, weil sie Nasser unterstützten. Plötzlich war er ganz auf sich gestellt. Zwei Wochen nach unserer Hochzeit wurde er abgeholt und zu zehn Jahren verurteilt. Er hat versucht zu fliehen, zusammen mit ein paar anderen Häftlingen, einige von ihnen starben durch Waffen, die Nasser von den Russen bekommen hatte. Er wurde von drei Kugeln getroffen und ist völlig entstellt. Er ist nicht einmal mehr ein Mann. Er ist in Israel, weil er Jude ist.»

«Es spielt keine Rolle», sagte ich.

«Ich wollte es dir schon so oft sagen.»

«Es spielt keine Rolle», wiederholte ich.

«Aber ich hab's nie getan. Als ich dich verlassen habe und nach Israel gegangen bin, hatte ich vor, niemals zurückzukommen … aber ich musste dich einfach wiedersehen. Ich bin auch eine Frau, Ram. Und schwach wie andere Frauen. Ich liebe wie andere Frauen. Vergib mir, Ram.»

«Ich vergebe dir tausendmal», sagte ich.

Ich ging durchs Zimmer, öffnete ihren Schrank und schloss ihn wieder; zog ihre Schubladen heraus und schob sie wieder hinein.

«Wirst du zum Alkoholiker, Ram?»

Ich schüttelte den Kopf. Sie öffnete ihr Schreibpult und reichte mir eine noch verschlossene Flasche Whisky.

«Möchtest du auch ein Glas?»

«Ja.»

Ich öffnete die Flasche und schenkte uns zwei Gläser ein.

«Du bist also eine Israelin», sagte ich.

«Nein, Ram, ich bin Ägypterin.»

Ich stand auf. «Weißt du, Edna, du bist keine Ägypterin. Nicht weil du mit einem Israeli verheiratet oder weil du Jüdin bist; du bist einfach keine Ägypterin. Und ich sag dir auch, warum nicht. Erinnerst du dich, wie du mal gesagt hast, ich wäre kein Ägypter, weil ich zur Elite gehöre und so? Aber ich bin Ägypter. Ich bin ein genauso echter Ägypter wie Jameel und Yehia. Ich habe unseren Humor. Auch wenn mein ‹Ägyptersein› durch meinen Englandaufenthalt und die Bücher, die ich gelesen habe, geschwächt worden ist, bin ich vom Wesen her doch Ägypter. Du nicht», sagte ich. «Du hast keinen Humor, Edna. Wir wären alle schon vor langer Zeit gestorben, wenn wir unseren Humor nicht hätten.»

«Ich habe nicht viel zu lachen», sagte sie.

«Mein Gott», sagte ich und ging zu ihr. «Ich habe dich geliebt und liebe dich mehr als alles andere auf der Welt, und die letzten sechs Jahre hätten die glücklichsten je gelebten Jahre sein können, wenn du nur etwas Humor gehabt und meinen nicht immer missbilligt hättest; wenn du manchmal etwas unbeschwerter gewesen wärst. Es hätte keine Rolle gespielt, ob du verheiratet bist oder nicht. Es spielt auch heute keine Rolle. Juckt mich das? Wir können bis zu unserem Tode zusammenbleiben, und nur das juckt mich. Du weißt, dass ich jederzeit Arbeit bekommen kann. Dafür würde meine Tante schon sorgen. Oder wir könnten nach Oberägypten ziehen und bei meinem Onkel leben. Wir könnten da sogar eine Schule aufmachen, wenn du willst.»

Ich trank noch einen Schluck Whisky.

«Wenn es darum geht, dass ich dir ein zu unpolitischer Mensch bin», sagte ich bitter, «dann suche ich mir eben etwas in der Richtung.» Ich erzählte ihr von Dr. Hamza.

«Warum hast du mir das nicht früher erzählt?»

«Hast du mir denn je die Chance dazu gegeben? Seit meiner Rückkehr hast du dich geweigert, mich zu sehen. Es gibt vieles, was du nicht weißt.»

«Was denn, Ram?»

«In England bin ich der Kommunistischen Partei beigetreten.»

«Du! Warum?»

«Warum? Die naheliegendste Antwort wäre, dass ich aus denselben Gründen beigetreten bin wie jeder andere – weil ich an ihre Grundsätze glaube.»

«Ist das auch dein wirklicher Grund?»

Ich nahm meinen Rundgang durchs Zimmer wieder auf. Trank meinen Whisky aus und schenkte mir noch ein Glas ein. Ohne Soda und Eis mag ich Whisky nicht besonders, aber ich trank ihn trotzdem.

«Ich bin beigetreten, weil ich nicht wusste, was ich mit meinem Wissen anfangen sollte», sagte ich.

«Wie meinst du das, Ram?»

«Ganz einfach», sagte ich. «Meine historische, politische und literarische Bildung musste in irgendeine Richtung gelenkt werden, wenn ich nicht wahnsinnig werden wollte. Am Anfang war das alles nur Draufgängertum, Prahlen und Allotria – meine Politik, mein Verhalten, meine Affären. Ich habe dich zu Vorträgen über Südafrika begleitet, zu Kundgebungen auf dem Trafalgar Square, habe Reden von Bevan, Russell, Soper und Collins verfolgt und Paul Robeson singen gehört; und dann bin ich Händchen haltend mit dir nach Hause gegangen und habe gedacht, was das doch für ein interessantes Leben ist und wie ich das genieße. Mich erfüllte leidenschaftlicher Zorn angesichts der Grausamkeiten und Ungerechtigkeiten, von denen ich hörte, aber auch diesen leidenschaftlichen Zorn genoss ich. Ich genoss es, mit dir zusammen für das Gute zu wirken. Ich liebte dich, und das war das Wichtigste in meinem Leben. Als du dann plötzlich fortgegangen bist und ich Angst hatte, dich für immer verloren zu haben, wurde mein politischer Zorn zu einer echten, persönlichen Angelegenheit. Meine Bitterkeit, weil ich dich verloren glaubte, vermischte sich mit den Gräueltaten, von denen ich hörte und las. Es war, als hätte ich dich wegen Leuten wie Verwoerd verloren. Und selbst wenn ich ehrlich genug war, mir einzugestehen, dass es nichts mit den Ungerechtigkeiten der Welt zu tun hatte, dass du mich verlassen hattest, glaubte ich doch trotzdem, dass du und ich in einer gerechteren Welt zusammen unsere Liebe hätten leben können.

Immer wenn du gegangen bist, bin ich mit gigantischem Wissen und politischem Bewusstsein zurückgeblieben und wusste nicht, was ich damit anfangen sollte. Solange du bei mir warst, hatte es – und sei es auch noch so vage – mit unserer Liebe zu tun. Mein Wissen machte mich deiner wenigstens ein bisschen würdig.»

Ich füllte unsere Gläser wieder auf.

«Das erste Mal habe ich dich verlassen, ohne dir zu schreiben, weil ich Angst hatte», sagte Edna. «Du hast dich während der kurzen Zeit in England so schnell verändert, dass es mir vorkam, als läge es an meinem Einfluss auf dich. Dass du mir vielleicht beweisen wolltest, dass du ein echter Mann bist. Das wollte ich nicht. Es gab noch einen Grund, warum ich gegangen bin. Aber ich hätte dir schreiben können.» Sie trank ihr Glas mit einem großen Schluck aus und schenkte sich selbst wieder nach.

Sie sah mich an.

«Ram, ich habe mich zweimal in dich verliebt. Beim ersten Mal war ich einsam, und deine ganze Art war so wunderbar. Du warst frisch und offen. Ich bin älter als du, Ram. Ich dachte, deine Liebe zu mir würde sich nach einer Weile auf ganz natürliche Weise legen. Als ich ein Jahr später nach England zurückkam, warst du ganz und gar verändert. Du warst ein schwieriger und komplizierter Mensch geworden. Und ich habe mich wieder in dich verliebt. Aber es war eine andere Liebe. Ich habe dich geliebt, weil ich dich anziehend fand … Frauen finden dich anziehend. Gib mir mal Feuer, Ram.»

Ich steckte ihr die Zigarette an.

«Warum sagst du, dass du mich geliebt hast, wo du doch immer so getan hast, als würdest du mich nicht lieben?», fragte ich leise.

Sie machte eine wegwerfende Geste. «Weil wir nicht heiraten können. Und selbst wenn, würdest du nie glücklich mit mir werden.»

«Warum sagst du das?»

«Weil ich es sicher wusste, als Didi nach England kam.»

«Das ist doch ein Teufelskreis», sagte ich. «Ich sage, dass Didi und ich was miteinander hatten, weil ich das Gefühl hatte, du liebst mich nicht, und du sagst, du hattest das Gefühl, wir würden nie glücklich werden, weil da die Sache mit Didi war.»

«Ram, Liebster …» Ich musste unwillkürlich lächeln.

«Ich frage mich, warum wir eigentlich nie Koseworte füreinander hatten», sagte ich. «Sachen wie ‹Liebste› oder ‹Schatz›. Das ist jetzt das erste Mal, dass du mich ‹Liebster› nennst.»

«Ja», sagte sie, «stimmt, das haben wir nie gemacht. Ich weiß nicht, warum nicht.» Sie zuckte auf schlichte, angenehme Weise die Schultern und lächelte auch.

«Ich wollte dir jedenfalls sagen, dass sich dein alter Charakter eine Zeit lang zurückgemeldet hat, als Didi in England war.»

Jetzt zuckte ich die Schultern.

«Wann bist du in die Kommunistische Partei eingetreten?», fragte sie.

«Als du das letzte Mal weggegangen bist, du und Font; kurz vor dem Suezkrieg.»

«Warum bist du wirklich eingetreten?»

Ich füllte noch einmal mein Whiskyglas auf, stand da und sah aus dem Fenster. Seltsamerweise führte Hitze bei mir schon immer zu einem Surren in den Ohren; ein leises Dauersummen, das mir manchmal bewusst wird, so wie man manchmal eine Uhr ticken hört. Ich schüttelte unwillkürlich den Kopf.

«Wenn jemand ungeheuer viel gelesen hat», sagte ich, «und über umfassende Kenntnisse der Zeitgeschichte verfügt, vom Anfang des Jahrhunderts bis heute, wenn er Phantasie hat, Intelligenz mitbringt, gerecht und nett ist, sich für Menschen aller Rassen einsetzen möchte, genug Zeit zum Nachdenken hat und ehrlich und aufrichtig ist, dann bleiben ihm eigentlich nur zwei Dinge übrig. Er kann in die Kommunistische Partei ein- und dann wieder aus ihr austreten, um sich über ihre Unzulänglichkeiten zu mokieren, oder er kann verrückt werden. Falls er unbewusst verlogen ist», setzte ich noch hinzu, «kann er sich auch einem der vielen linken Splittergrüppchen in Europa anschließen und sich dort verlustieren.»

Ich stellte mein Glas auf den Schreibtisch und ging wieder im Zimmer auf und ab.

«Und was bist du, Ram?»

«Ich bin verlogen, aber aufrichtig», sagte ich.

«Bist du noch Kommunist?»

«Ein Kommunist», sagte ich. «Ein Kommunist. Frag mich lieber, ob ich noch der Kommunistischen Partei angehöre. Dann lautet die Antwort nein.»

«Warum bist du im Suezkrieg nicht mit uns zurückgekommen? Warum bist du so ein Zyniker geworden? Warum hast du uns nie erzählt, dass du in die Kommunistische Partei eingetreten bist?»

«Weil Font dann auch eingetreten wäre, wenn er das gewusst hätte», sagte ich. «Aber Font ist ehrlich. Er wäre auch hier ein aktiver Kommunist geblieben und wäre dafür eingesperrt und gefoltert worden. Und außerdem bin ich erst eingetreten, als ihr schon weg wart.»

«Und jetzt?»

«Was jetzt?»

«Was willst du jetzt machen?»

Ich lief wieder auf und ab, trank noch mehr Whisky und spürte langsam seine Wirkung.

«Du hast gefragt, warum ich so ein Zyniker und so geworden bin», sagte ich. «Du warst es, die mich immer daran erinnert hat, dass ich Ägypter bin, dabei wolltest du nie, dass ich mich wie andere Ägypter benehme. So lange …»

«Warum bist du zurückgekommen, Ram?»

Ich zündete mir noch eine Zigarette an und stellte mich wieder ans Fenster.

«Du hast so oft gesagt, du liebst Ägypter. Ich auch,

Edna, aber unbewusst, anders als du. Für mich machen so viele verschiedene Dinge Ägypten aus. Wenn ich mit Doromian und Varenian, den Armeniern, Snooker spiele, dann ist das für mich Ägypten. Zynische Bemerkungen sind für mich Ägypten – nicht nur der Fellache und seine Misere. Straßenbahn fahren ist Ägypten. Kennst du meinen Freund Fawzi? Der kann keinen einzigen Satz sagen, der nicht witzig wäre … trotzdem hat ihn das nicht bekannt gemacht. Er ist ein stinknormaler Ägypter. Letzte Woche steh ich mit ihm in der Straßenbahn, da tritt ihm ein Mann auf den Fuß. ‹Entschuldigen Sie bitte, dass ich Ihnen auf den Fuß getreten bin›, sagt der Mann. ‹Kein Problem›, sagt Fawzi, ‹ich trete mir da selbst seit siebenundzwanzig Jahren drauf›. Wie kann ich dir begreiflich machen, dass Ägypten für mich etwas Unbewusstes ist, nichts speziell Politisches oder … oder … ach, ist ja auch egal», sagte ich.

«Aber warum führst du dann kein normales Leben? Warum arbeitest du nicht, warum ärgerst du deine Angehörigen, warum hilfst du Dr. Hamza?»

Und wieder überkam mich dieses schreckliche Gefühl der Unterdrückung, und ich wollte alles in die Luft jagen und selbst bei der Explosion umkommen.

Ich schlug die Hände vors Gesicht.

«Ich besitze dieses schreckliche Wissen», sagte ich. «Die ganze Literatur, die ich gelesen habe. Dich. Das Bewusstsein meiner selbst, das mich plagt, seit ich einen Fuß nach Europa gesetzt habe. Ich sehe mich nicht nur durch ägyptische Augen, sondern durch Augen, deren Blick die ganze Welt erfasst.»

«Ich verstehe nicht alles, was du sagst, Ram.» Sie kam

zu mir und tat etwas, das sie noch nie getan hatte. Sie kniete sich vor mich und sah mit Tränen in den Augen zu mir hoch.

«Mein Gott», sagte sie. «Erst jetzt wird mir klar, wie einsam ich dich gemacht habe.»

Wir haben in Ägypten keine Dämmerung. Wir haben einen großen Sonnenuntergang am Horizont mit malvenfarbenem Licht, mehr Substanz als Farbe, die bedauerlicherweise von allen Gegenständen ausgeht. Das hält nur wenige Minuten an, aber es kündigt eine frische Brise an, und plötzlich beleben sich die Straßen, und man hat das Gefühl, die Lethargie ist wie weggeblasen.

Ich stand auf der Straße und wusste nicht, was ich mit mir anfangen sollte. Wenn man nicht gerade Alkoholiker ist, ist es schrecklich, schon am frühen Nachmittag mit dem Trinken anzufangen. Man verspürt Augenblicke sowohl der freudigen Erregung als auch der Depression, und dann trinkt man weiter, bis es Zeit fürs Bett ist. Ich wollte zu Edna zurück, wusste aber, dass das nicht gut gewesen wäre. Ich hätte sie gern zum Tanzen auf dem Dach vom Semiramis ausgeführt und mit Blick auf den Nil mit ihr zu Abend gegessen. Langsam zählte ich mein Geld. Es waren über hundert Pfund. Während ich so dastand, kam ein Straßenjunge und putzte mir die Schuhe. Ich gab ihm ein Pfund und sagte, den Rest könne er behalten. Ich überquerte die Straße, ging in die Mirandi-Bar und bestellte einen Whisky. Dann trat ich in die Telefonkabine und wählte Mounirs Nummer.

«Bona sera, Anna, come sta?»

«Va bene, gracia, Signor Ram, et tu?» Eine nette, sanfte

Frau, diese Anna, *femme de ménage* meiner Tante und vorher meiner Großeltern. Ich fragte sie, ob die amerikanische *Signora* im Haus sei.

«La signora Carolina?»

«Si, Anna.» Aber sie war nicht da. Alle waren ausgegangen. Ich ging zum Kino Metro, stellte mich eine Weile in den klimatisierten Eingangsbereich und musterte einen amerikanischen Filmstar, der auf den Plakaten koreanische Proletarier ermordete. Dann ging ich zu einem anderen Kino und sah denselben Filmstar mit einem Stethoskop im Ohr. Ich ging zum Ägyptischen Museum, bekam aber zu hören, es sei geschlossen. Manchmal bin ich gerne da und berühre all die gigantischen Exponate. Da ich in der Nähe vom Semiramis war, trank ich dort noch einen Whisky in der Erdgeschossbar. Ich nickte Pietro, dem Pianisten, zu und ließ ihm einen Whisky bringen. Pietro spielte *Ich küsse Ihre Hand, Madame;* ich hatte ihm mal erzählt, dass ich den Chanson mochte. Ich ging aufs Dach hinauf, aber es war noch zu früh; nur die Band war schon da und trank ebenfalls Whisky an der Bar.

«Tu viens ce soir, Ram?», fragte der Bandleader.

Ich ging hinunter, verließ das Semiramis und sah die Feluken vorbeisegeln. Dann spazierte ich am Nilufer entlang nach Garden City. Dort wohnen viele meiner Freunde. Ich kam am Haus von Nackla Pasha vorbei. Vor dem Haus parkten viele Autos, darunter auch die Wagen von Jameel und Assam dem Türken, was bedeutete, dass heute Abend Karten gespielt wurde. Ich ging die Auffahrt hinauf und klingelte. Didi Nackla öffnete und tat, als wäre sie nicht überrascht, mich zu sehen. Es war, als hätte es unsere gemeinsame Zeit in London nie gegeben oder als hätten wir uns erst am Vortag gesehen. Didi Nackla ist sehr selbstsicher und bildschön; sie hat Mandelaugen wie eine Chinesin und ist an der Sorbonne in Literatur promoviert worden. Als Font fünfzehn war, war er sehr in sie verliebt. Heute arbeitet sie bei einer Zeitung.

«Tu vas jouer?», fragte sie.

«Nein», sagte ich. «Ich spiele nicht mehr.»

«Chic», sagte sie, «du machst bei uns Visite.»

Levy bringt ihrem Bruder, dem Schwachkopf Hamo, Arabisch bei und ist bis über beide Ohren in sie verliebt. Er hat es mir nie verraten, aber ich weiß es.

«Ja», sagte ich. Didi Nackla gehört zu den seltenen Blumen, die urplötzlich in einem Unkrautbeet erblühen.

«Entzückend», sagte sie und machte zum Spaß einen Knicks.

«Ich statte erst mal deiner Mutter eine Visite ab, und dann komm ich zu dir, ja?»

«Gut», sagte sie. Sie hat in einem Seitentrakt des Hauses zwei Zimmer und eine Küche für sich. Mrs Nackla, ihre Mutter, ist blind, und es ist üblich, dass man sich ein paar Minuten zu ihr setzt, wenn man zu Besuch kommt. Ein Dienstmädchen, das zu ihren Füßen saß, nannte ihr meinen Namen, als ich hereinkam.

Ich küsste Mrs Nackla auf die Wangen und setzte mich auf einen Stuhl ihr gegenüber.

«Wie geht es deiner Mutter, Ram?»

«Es geht ihr sehr gut, vielen Dank», sagte ich.

«Und deiner Tante?»

«Welcher?»

«Aida.»

«Meiner Tante Aida geht es sehr gut, danke», sagte ich.

«Und deiner anderen Tante?»

«Welcher?»

«Noumi.»

«Meiner Tante Noumi geht es sehr gut, danke», sagte ich.

«Und wie geht es deiner Tante Samiha?»

«Auch meiner Tante Samiha», sagte ich langsam, «geht es sehr gut, danke.»

«Ich freue mich, das zu hören.»

«Auch meinem Onkel in Oberägypten geht es gut», sagte ich.

«Das habe ich nicht gefragt», sagte sie.

«Nein, wolltest du aber.»

Sie lachte. Sie lacht gern, Mrs Nackla, und sie hört gern den neusten Klatsch und Tratsch. Also machte ich es mir bequem und fing an.

«Marie hat sich für sechstausend Pfund ein neues Auto gekauft, weil das alte zu viel Benzin verbraucht hat. Ti und Sina sind wegen ihrer Aussteuer nach New York geflogen. Meine Cousine Madi ist verlobt und heiratet nächsten Monat. Lolo hat eine Affäre mit einem deutschen Industriellen, und ihr Mann ist so impotent wie eh und je.»

«Du bist ein Possenreißer, Ram.»

«Ich sage nur die Wahrheit. Hassan Abdu, Abdus ältester Sohn, heiratet eine Norwegerin. Lotfy Safwat, Gidas Mann, ist ins Konzentrationslager gekommen, weil er Kommunist ist. *Den* sehen wir nie wieder. Claro Hanno hat beim Glücksspiel in Italien ihre Juwelen verloren. Farah Farah lässt sich von seiner Frau scheiden und heiratet Fatma, die Bauchtänzerin. Kicko Rassoom konvertiert aus geschäftlichen Gründen zum Islam. Assam der Türke, Yehia und Jameel spielen nebenan mit deinem Mann Karten. Dem Vernehmen nach könnten mein Cousin Mounir und deine Tochter Didi ein Paar werden. Denselben Mounir habe ich gestern in den Swimmingpool geschubst, und jetzt gehe ich und besuche deine Tochter.»

«Nein, nein, Ram, bleib noch ein bisschen. Ich möchte etwas zu lachen haben.» Sie stupste ihr Dienstmädchen mit dem Fuß an. «Geh und ruf Jameel», sagte sie. «Ich habe schon seit Wochen nicht mehr richtig gelacht.»

Ich zündete mir eine Zigarette an und wartete. Jameel erschien in der Tür und kam auf mich zugelaufen.

«Ram, Ram; etwas Haut. Gib mir etwas Haut; ich hab den ganzen Tag noch kein gutes Blatt gehabt.»

«Geht nicht», sagte ich, «ich hab alle verbraucht, die ich heute hatte.»

«Keine einzige Karte, Mrs Nackla», jammerte er. «Ich hab den ganzen Tag noch kein Gewinnblatt gehabt.»

«Gib ihm etwas Haut», sagte Mrs Nackla.

«Na gut», sagte ich, «ein bisschen was hab ich noch übrig, aber das ist am Fuß.»

«Gib schon her», sagte Jameel.

«Aber du weißt, Haut von den Füßen muss mit dem Mund genommen werden.»

«Das ist allgemein bekannt», sagte Mrs Nackla. «Heute Morgen wollte mein Mann etwas Haut von meinen Füßen haben, die ich für das große Spiel meines Sohns Hamo morgen gespart hatte. Ich dachte erst, der Hund leckt mir die Füße ab.»

«Du kannst lachen», sagte Jameel. «Assam der Türke schwört, er kauft Haut bei einem Hautspender hier vor Ort, und er hat eine richtige Glückssträhne.»

Also zog ich Schuhe und Socken aus, Jameel rieb seinen Mund an meinen Sohlen, um Glück zu bekommen, und das Dienstmädchen beschrieb Mrs Nackla die Szene. Dann lief er zum Kartenspiel zurück.

«Diese Glücksspiele», seufzte Mrs Nackla, «es ist schrecklich. Seit die Baccara-Etablissements geschlossen worden sind, schnappt mein Mann mir all meine Besucher fürs Kartenspiel weg. Was ist denn aus Font geworden?», fragte sie plötzlich.

«Nichts», sagte ich.

«Komm schon, Ram. Ich kenne ihn nun wirklich lange genug. Was soll diese Narretei? Er arbeitet wie ein normaler …»

«Er ist verrückt geworden», sagte ich, jetzt deprimiert und verstimmt.

«Aber …»

Ich verließ sie und ging durch zwei herrlich ausgestattete Hallen zu Didis Einliegerwohnung. Sie saß da, hatte die Beine unter den Leib gezogen, von einem Halbkreis Rock bedeckt; ein zierlicher handgefertigter Lampenschirm hinter dem Sofa tauchte die Arbeit in ihren Händen in warmes Licht: ein Buch, Leder und Werkzeuge zum Bücherbinden. An den Wänden ihres Wohnzimmers stehen Bücher, die sie gelesen und dann höchstpersönlich in Leder eingebunden hat. «Ich habe noch nie ein Buch eingebunden, das mir nicht gefallen hat», hat sie mir mal erklärt. Die Mahagoniregale und die Bücher hätten dem Zimmer zusammen mit dem großen Schreibtisch in einer Ecke ein sehr männliches Gepräge gegeben, hätte es in der Ecke, in der sie jetzt saß, nicht diesen kleinen Kreis der Weiblichkeit gegeben. Ein weißer, schmiedeeiserner Tisch mit einem hellrosa Tischtuch, auf dem ein blaues Teeservice für zwei Personen stand. In dieser Ecke liegt ein schlichter brauner Teppich, und auch das Sofa und ein einzelner Sessel sind braun gepolstert, aber mit hellerem und glänzendem, satinähnlichem Material.

«Setz dich, Ram.»

«Gleich.» Ich ging durchs Zimmer und sie setzte ihre Arbeit fort. Ein Friede erfüllte den Raum, den jemand wie ich kaum je verspürt, wenn er ihn überhaupt kennt. Heiterkeit: ein heiterer Gleichmut, der sich plötzlich in all seiner umfassenden Schönheit auf mich herabsenkte. Ich hatte das schon einmal erfahren, wollte mich jetzt aber nicht daran erinnern. Das letzte Mal hatte ich Didi in London gesehen. Ich blieb an einer Stelle stehen, an der sie mich nicht sehen konnte, und betrachtete sie. Genau wie Edna ist sie weder manieriert noch affektiert, nur hat ihre französische Erziehung sie mit einer Koketterie begabt, die Edna fehlt. Sie trug weiße Sandalen – flache Absätze für ihre Füße und einfache goldene Schlaufen für die großen Zehen. In London hatten wir einmal im Hyde Park auf dem Rasen gelegen, und als Edna gerade wegsah, hatte ich Didi die Füße geküsst. Auf ihrem Schreibtisch steht eine hohe, schlanke Metallvase, aus der eine ebenfalls schlanke junge Rose emporschießt, und neben der Vase eine massive schwarze Kerze in einem Eisenständer. Ich zündete die Kerze an und trat ein paar Schritte zurück, um den Effekt zu begutachten. So langsam meldeten sich die Whiskys vom Mittag und dem frühen Nachmittag. Kopfschmerzen, Benommenheit und plötzliches Herzklopfen. Die unerfüllten Augenblicke der freudigen Erregung, der Frustration und der Depression. Ich konnte den heiteren Gleichmut um mich her noch wahrnehmen, hatte aber schon keine Kraft mehr, ihn auch zu spüren.

Ich setzte mich.

Wenn Didi Nackla lächelt, tauchen plötzlich zwei winzige Punkte, Grübchen neben ihren Mundwinkeln auf, und man ist überrascht, weil ihr Gesicht vollkommen glatt ist, ohne irgendwelche Linien, die die Position dieser Grübchen verraten würden. Sie tastete nach ihrem Halsschmuck, einer Nofretete aus Messing und Korallen, dann fuhr ihre Hand höher und berührte Kehle und Hals. Sie lächelte. «Wenn ich dir nicht zufällig die Tür aufgemacht hätte», sagte sie, «würdest du jetzt mit meinem Vater und deinen Freunden Baccara spielen.»

«Ja», sagte ich.

«Bist du zu Geld gekommen?»

«Hab erst mit meinem Cousin Mounir Bridge gespielt und dann Snooker mit Doromian, dem Armenier.»

«Wie lange bist du schon zurück?»

«Ungefähr ein Jahr.» Ich zündete mir eine Zigarette an und drückte sie gleich wieder aus – mir wurde speiübel, und ich hätte mich fast übergeben.

Sie machte mit ihrem Bucheinband weiter. Ich stand wieder auf und versuchte, meine Kopfschmerzen zu bekämpfen. In London hatte ich sie immer zum Lachen bringen können. Ich musste bloß die Londoner beschreiben und nachahmen. Ich schilderte ihr Paddy und sprach wie er. Diese Sache mit der Liebe. Und Edna hat keinen Humor. Bei Didi Nackla ließen sich Politik, Humor und Liebe verbinden; für Edna ist Politik Politik. Und so sollte es wohl auch sein, sagte ich mir.

Ich seufzte.

Dieser Whisky. Jetzt schlug der Kopfschmerz richtig zu. Ich ging ins Badezimmer, fand Aspirin, gurgelte, putzte mir mit Didis Zahnbürste die Zähne und lutschte ein Pfefferminzbonbon.

«Was ist passiert, nachdem ich London verlassen habe?»

«Ich habe fürchterlichen Krach mit Font und Edna bekommen. Wegen des Suezkrieges. Ich habe mich geweigert zurückzukommen.» Ich setzte mich, stand wieder auf und wanderte erneut durchs Zimmer wieder auf. Ich blies die Kerze aus und zündete sie wieder an. Dann setzte ich mich auf den Schreibtisch und spielte mit einem Brieföffner herum.

«Einmal hab ich dir einen langen Brief geschrieben», sagte ich.

«Den hab ich noch.»

«Levy liebt dich», sagte ich.

Sie schwieg.

Ich setzte mich neben ihr auf die Sofalehne.

«Und Font war mit fünfzehn auch in dich verliebt; und ich liebe dich.» Meine Schläfen pochten schmerzhaft.

«Und Edna?»

«Und Edna auch.» Ich trat gegen das Kabel, und die Lampe ging aus. Ich nahm ihr das Buch aus der Hand, warf es zu Boden, ließ mich aufs Sofa fallen und legte ihr den Kopf in den Schoß.

«Didi.»

«Was ist denn?»

«Didi», sagte ich, «Edna ist von einem Offizier das Gesicht aufgeschlitzt worden.» Ihre Hand legte sich auf meinen Kopf und drückte mich sanft in ihren Schoß.

Nach einer Weile fragte sie, ob Whisky oder eine Tasse Tee mir guttun würden.

Tee.

Gegen Mitternacht wachte ich auf. Die Kerze brannte noch, und im Radio war ganz leise ein Violinkonzert zu hören; ich hatte keine Schuhe mehr an und lag unter einer leichten Decke. Meine Kopfschmerzen waren wie weggeblasen, und ich lag ganz still da und lauschte der Musik.

«Bist du wach?»

«Ja», sagte ich.

«Dann setze ich neuen Tee auf.»

Ich knipste das Licht an und zog, immer noch unter der Decke, die Knie an die Brust.

«Erzähl mir von Paddy», rief sie aus der Küche. Ich konnte sehen, wie sie Sandwichs machte, den Kühlschrank öffnete und schloss und das Violinkonzert mitsummte. Sie ist glücklich. Alle Menschen sollten wie Didi Nackla sein. Ich meine, die ganze Welt sollte in Ordnung sein, und jedermann sollte eine schöne Wohnung wie Didi Nackla haben und immerzu Melodien vor sich hin summen. Wie Singvögel.

«Ich hab da eine Zeit lang gewohnt, wusstest du das?»

«Wie bitte?»

«Als Edna und Font nach Ägypten zurückgekommen sind, hab ich eine Zeit lang in Vincents Haus gewohnt. Paddy und ich haben in der Küche geschlafen. Er hat immer den *Greyhound* oder so gelesen.» Ich ahmte Paddys irischen Akzent nach. «‹Herrgott, Mann›, sagte er, ‹ich sag dir, der Hund ist nicht zu schlagen.› Er schüttelte den Kopf. ‹Mensch, Junge, Junge, der Hund geht ’ne halbe Meile vor den anderen durchs Ziel. Mindestens zwanzig zu eins.

Sollte mich nicht wundern, wenn Frank Maloney damit zu tun hat. Shirley›, rief er, ‹weißt du, wo die Mutter jetzt ist?›

‹Nein›, rief die zurück.

‹Wetten, die ist jetzt in White City›, meinte er zu mir. ‹Hätte ja nicht gedacht, das sie da hingeht. Beim Shamrock, wenn der Hund gewinnt, wird's ihr leidtun.›

‹Wie heißt der Hund denn?›, fragte ich Paddy.

‹Trafalgar der Dritte›, sagte er. ‹Ein prima Hund, echt erste Sahne. Ich sag dir was, ich hab seinen Großvater gesehen, das war in Cork, und da kommt dieser Frank Maloney zu mir und sagt: Paddy, sagt er, wenn du das Geld für zwei Karten aufbringst, können wir mit dem Hund nach White City fahren, dann ist alles geritzt, Junge. Er hatte zwanzig Pfund dabei, hat er mir gezeigt; die wollte er auf den Hund setzen. Ich kann dir sagen, ich bin nach Hause gerannt, so schnell ich nur konnte. Der alte Herr war weg einen heben, und ich geh in sein Zimmer, und unter der Matratze, Herrgott, da hat er ein Bündel Fünfpfundscheine in ein altes Handtuch gewickelt.› Er verstummte und lachte. ‹Und ich sag dir, kaum bin ich bei Frank Maloney, kommt der Papa haste was kannste auf uns zu. Das war'n alter Mann, aber Herrgott, konnte der rennen. Da waren wir nun; Maloney und ich rennen haste was kannste zum Bahnhof, und der Papa ist uns auf den Fersen und schwingt seinen Stock. Und ich sag dir, wär der Zug nur 'ne halbe Sekunde später abgefahren, hätte er uns noch erwischt, echt.›

Ich fragte Paddy, ob der Hund gewonnen habe.

‹Na, spitz mal die Ohren. Ich schwör dir, der Hund war der beste, den White City je gesehen hatte.›

Shirley kam dazu und blieb in Türnähe stehen. ‹Das

war der beste Hund am Ort›, sagte sie, ‹aber alle anderen Hunde waren gedopt worden, nur Trafalgar der Erste nicht, also ging er natürlich erst eine Meile hinter den anderen durchs Ziel; und Paddy hat sich jahrelang nicht zu seinem Vater nach Hause getraut.›

‹Herrgott›, sagte Paddy dann, ‹der alte Herr hat im Leben alles total persönlich genommen, wie das eben so vorkommt. Ich weiß noch, wie ich mit ihm und 'nem Mann namens Jimmy O'Donovan mal nach Dublin bin …›»

Didi lachte.

«Wie lange hast du da gelebt?», fragte sie.

«Ungefähr ein Jahr lang. Dieser Paddy war wahnsinnig faul und konnte wochenlang dasitzen und nichts tun. Manchmal kamen seine Freunde mit einer Kiste Guinness vorbei: ‹Na, wie läuft's denn so, Paddy Tynan? Eins muss ich dir sagen, Paddy Tynan, du hast da zwei durchgescheuerte Stellen am Hosenboden. Lass mal sehen, Paddy Tynan. Nicht mehr lange, und du rutschst auf dem Hintern, Herrgott.›»

«Hast du gern dort gelebt?»

«Ach, weißt du, Didi, weil ich viel zu viel gelesen habe und Font und Edna weg waren, hab ich mich schon manchmal sehr einsam gefühlt.»

«Warum bist du weggegangen?»

«Die Polizei hat mich aufgegriffen. Im Suezkrieg hab ich auf dem Trafalgar Square einen Polizisten angegriffen, und mein Visum war abgelaufen und nicht erneuert worden. Außerdem konnte ich nirgends Arbeit finden und hatte kein Geld mehr. Es war schon echt komisch, wie mich nach und nach alle *New-Statesman*-Freunde und Mit-‹Intellektuellen› im Stich gelassen haben, als ich in der

Patsche saß. Alle bis auf Vincent. Sogar die Dungates, weißt du. So wurde ich jedenfalls aus England rausgeworfen.»

«Und was hast du dann gemacht?»

«Bin nach Deutschland gegangen; das war das einzige Land, wo ich ohne Visum einreisen konnte. Ich hab hier und da in Fabriken gearbeitet. Aber das spielt jetzt alles keine Rolle mehr.»

«Warum bist du zurückgekommen?»

«Wahrscheinlich wegen Font. Ich seh heute noch vor mir, wie seine Augenbrauen vor Verwunderung über seine Umwelt immer höher wanderten, und dann ...»

«Und dann was?»

«Weißt du, ich mag Font sehr. Und dann hab ich gedacht, ich könnte mich nützlich machen, Didi», sagte ich. «Lehrer werden oder so; oder vielleicht in Dörfern helfen. Weißt du, Didi Nackla, ich bin ...» Ich wollte ihr sagen, ich wäre nicht der schlechte Kerl, nach dem ich aussah, behielt das dann aber für mich.

«Selbst, was dich angeht, Didi. Ich meine, ich hab dir frank und frei erzählt, ich würde Edna lieben. Weißt du noch, wie wir da gelacht haben? Bei Edna konnte ich nie wirklich ich selbst sein, warum, weiß ich nicht. Na ja, als ich dann zurückgekommen bin, hab ich gemerkt, dass sich das Leben hier keine Spur geändert hatte. Bis hin zur Mahroussa. Ich meine, wie soll ich denn in einem brodelnden Dorf Sozialarbeit leisten, wenn *er* in Farouks Yacht herumsegelt, deren Unterhalt allein schon eine Million verschlingt? Und das ganze Geschwätz von wegen Nationalisierung ist doch lächerlich, auch wenn ich Font das nicht erzähle. Das Geld versickert in der nutzlosen Armee.

Und der Assuan-Staudamm? Wenn der endlich fertig ist, hat Ägypten zehn Millionen Einwohner mehr.»

«Was soll er denn machen, deiner Meinung nach?»

«Na, Geburtenkontrolle und so.»

«Damit würde er sich sehr unbeliebt machen.»

«Und Israel auch. Stell dir mal vor: Ein Drittel unserer Steuern wird in eine Armee gesteckt, die zwei Millionen armselige Juden bekämpfen soll, deren Angehörige im letzten Krieg übel massakriert worden sind. Unbeliebt? Na wennschon. Er sitzt fest genug im Sattel und kann sich unpopuläre Maßnahmen leisten. Und weißt du was? Eigentlich ist Israel uns Ägyptern doch piepegal. Nein, Didi Nackla», sagte ich, «es ist hirnrissig, in einem Polizeistaat zu leben, wenn man ihn nicht auch kontrolliert.»

«Wie meinst du das?»

«Ach, tu doch nicht so begriffsstutzig. Wenn wir schon unter einer Diktatur leben müssen, dann sollte es eine kommunistische sein. Ich sag dir, wie ich das meine. Schau dir Indien an. Dort büßen die Menschen für ihre Demokratie, indem sie verhungern. Die Chinesen hungern kein bisschen und können voller Zuversicht in die Zukunft schauen, weil sie eine kommunistische Diktatur haben. Während wir das Schlimmste von beiden Systemen abbekommen haben. Sowohl die Diktatur als auch das Hungern und keine nennenswerte Zukunft. Nicht dass man in *unseren* Kreisen großen Hunger leiden würde», sagte ich und musste lachen.

«Und was sagen Font und Edna zu alldem?»

«Mit denen kann ich über das all das gar nicht reden. Die platzen doch dermaßen vor Theorien und Idealen und politischer Raffinesse, dass es einfach lachhaft ist. Font ist immer zu Fuß von Aldermaston nach London gelaufen, und Edna fährt in unseren Zügen dritter Klasse, um ihre Gleichheit herauszustellen. Das wird auch herzlich viel ändern.»

Sie goss mir noch eine Tasse Tee ein.

«Es ist schön, hier bei dir sitzen und reden zu können», sagte ich. «Es ist schön und gemütlich und bequem, und du bist so wunderschön.»

Sie lächelte.

«In England hast du mir fast das Herz gebrochen», sagte sie. «Du bist ein schrecklicher Charmeur.»

«Und warum nur fast?»

«Warum was nur fast?»

«Warum hab ich dir nur fast das Herz gebrochen?»

«Du bist intelligent genug, um zu wissen, dass ich jemanden wie dich nicht ernst nehmen kann.»

«Ja, das weiß ich», sagte ich und lachte.

«Dieser ganze Quatsch mit euch dreien», sagte sie.

«Ja», sagte ich.

«Der Spanische Bürgerkrieg», erinnerte sie sich an unsere Diskussionen und Aktivitäten in London. Sie hatte acht Monate lang bei uns gewohnt. «Die Atombombe, die britischen Wahlen, die Independent Labour Party, Father Huddleston, das kleine Theater im East End …»

«Ja», sagte ich.

«Entre nous», sagte sie, «das passte zu dir. Du warst sehr attraktiv und bist unter all den Rollkragen und Dufflecoats immer durch deine elegante Kleidung aufgefallen. Die Liebe hat mir übrigens auch gefallen», sagte sie. «Das war ein Urlaub, den ich sehr genossen habe. Aber es war ein Urlaub, und er ging zu Ende.»

«*Cliché*», sagte ich.

«Was ist ein *cliché?*»

«Es war ein Urlaub, und er ging zu Ende.»

«Für Edna war sie auch unerträglich, *cette affaire.* Du glaubst doch nicht im Ernst, sie hätte nicht mitbekommen, wie oft ich die Nacht in deinem Zimmer verbracht habe. Warum sie sich das hat gefallen lassen …»

«Weißt du was?», sagte ich. «Als Edna plötzlich das erste Mal aus England abgereist ist, habe ich erfahren, wie schmerzhaft Liebeskummer sein kann. Sie hat ein ganzes Jahr lang nicht geschrieben, und keiner wusste, wo sie war. Und als sie zurückgekommen ist, hat sie nur gesagt, sie sei nach Israel gegangen und habe ein Jahr lang in einem Kibbuz gelebt, und wie ich dann entdeckt habe, hatte sie zusätzlich zu ihrem ägyptischen Pass auch einen britischen; als wäre das ein Grund, sich ein Jahr lang nicht zu melden. Sechs Monate später war sie wieder weg, diesmal in Südafrika. Sie hat noch mehr Geld auf unsere Konten überwiesen, und schon war sie wieder weg, ohne mir zu sagen wohin. Kurz bevor du gekommen bist, habe ich ihr einen Heiratsantrag gemacht.»

«Und?»

«Und die Antwort lautete nein», sagte ich. «Warum wir dann Liebhaber wären? Warum sie nicht Schluss machen würde? ‹Weil ich dich liebe›, sagt sie und schaut traurig drein.»

«Liebst du sie denn nicht mehr?», fragte Didi.

Ich schwieg.

«In deinem Alter machen viele Menschen gern ein bisschen Revolution», sagte Didi. «Auch viele Ägypter. Ich finde das hiesige Regime gut.»

«Wie meinst du das?», fragte ich mit leicht erhobener Stimme.

Meine Lautstärke verwirrte sie kurz.

«Die Regierung ist gut und gerecht. Wenn Leute wie du und Font ein bisschen theatralisch werden wollen – das gibt sich wieder.»

«Das gibt sich wieder? Erinnerst du dich an Bobby Malla? Er ist tot. Im Konzentrationslager ermordet worden. Erinnerst du dich an Hakima Mohammed, die mit dir zur Schule gegangen ist und einen Skandal ausgelöst hat, weil sie einen Kopten geheiratet hat? Ihr Mann hat ihren verstümmelten Körper letzte Woche begraben. Sie hätte ‹Suizid begangen›, hat man ihm gesagt. Weißt du, wie viele junge Männer, Ärzte, Ingenieure und Anwälte in Konzentrationslagern sitzen? Oder weißt du nicht, dass es bei uns Konzentrationslager gibt?» Ich schrie inzwischen und stand auf. «Du verdammte Idiotin», sagte ich, «du sitzt da und ziselierst die Ledereinbände deiner Bücher mit deinem Namen, während anständige junge Menschen zu Hunderten sterben oder ins Gefängnis geworfen werden, was du dann ‹theatralisch› nennst. Du bist genau so ein Miststück wie alle anderen», schrie ich. «Du und deine beschissene Erziehung und deine Promotion. Die Zeitung, für die du arbeitest, hat doch einen Maulkorb um, oder? Du bist eine beschissene Redakteurin und schreibst einfach, was sie dir sagen, stimmt's?»

«Ram! Bist du verrückt, so herumzuschreien?»

«Ja, ich *bin* verrückt. Wusstest du, dass in den Konzentrationslagern diese Woche zwölf Männer ‹Suizid begangen› haben und dass sich der Gefängnisarzt, sein Name sei gepriesen, geweigert hat, die Totenscheine zu unterschreiben? Wusstest du das oder nicht?», schrie ich.

Sie antwortete nicht.

«Ich habe die Bilder und Dokumente dir und den anderen Redaktionen nämlich höchstpersönlich geschickt. Kein Wort wurde gedruckt, ihr seid doch alle Feiglinge und Arschkriecher!» Ich hatte jegliche Selbstbeherrschung verloren. Ich hatte die Fotos der entstellten Gesichter der zwölf gesehen. Den einen hatte ich an der Universität gekannt. Ein stiller, friedlicher Bursche aus Oberägypten, Sohn eines Fellachen. Er lebte von sieben Pfund im Monat, die er abends als Platzanweiser im Kino verdiente. Ein Kathedermarxist, der sich geweigert hatte, gegen Israel zu kämpfen, solange Nasser nicht einmal versuchte, sich mit Ben-Gurion zu Friedensverhandlungen an einen Tisch zu setzen. Er ging, ohne Aufhebens zu machen, erzählten seine Nachbarn, und man hörte nie wieder etwas von ihm, bis ich dann das Foto sah.

«Nicht so laut, Ram.»

Ich setzte mich. Es war so schön und friedlich gewesen, aufzuwachen und mit ihr Tee zu trinken.

«Entschuldige, Didi. Ich wollte nicht so laut werden. Ich geh jetzt nach Hause.»

«Nein. Der Gärtner schließt nachts das Tor, und ich möchte nicht, dass er dich so spätabends noch aus meinem Zimmer kommen sieht.»

«Trotzdem, es tut mir leid», sagte ich. «Eben gerade hab ich noch gedacht, alle Menschen auf der Welt sollten so sein wie du.»

Sie stand auf und fuhr mir mit der Hand durchs Haar. «Du bist ein Kindskopf, Ram. Aber ich mag dich.» Dann setzte sie sich auf meinen Schoß und legte mir einen Arm um den Hals.

«Küss mich so wie früher.»

Sie lächelte, und ich küsste die Grübchen auf ihren Wangen.

«Nach dir in London hat mich niemand mehr berührt», flüsterte sie. Sie war Jungfrau gewesen.

«Was ist denn, Ram?»

«Nichts.»

«Du hast plötzlich gelacht.»

«Ich muss geträumt haben.» Sie strich mit der Wange über meine Brust und legte sich dann auf mich. Ich spürte ihr Gewicht, entspannt und kühl. Ich fuhr ihr sacht mit den Händen vom Nacken bis ins Kreuz und wieder hoch.

«Du bist feucht», sagte ich.

«Ich habe gebadet.»

«Warum?»

«Ich wollte frisch und kühl für dich sein, wenn du aufwachst. Magst du mein Schlafzimmer?»

«Ja», sagte ich.

«Und mich?»

«Und dich auch», flüsterte ich. «Du bist so wunderschön.»

«Halt mich ganz fest und sag mir wunderschöne Sachen.» Ich spürte, wie ihr Herz pochte, und ihre Brüste wurden an mir hart.

Es gibt einen Augenblick, da hat sich die Leidenschaft des Mannes plötzlich völlig verausgabt, und alles, was bleibt, ist ein abgeklärtes, reserviertes, vielleicht etwas selbstgefälliges Allmachtsgefühl. Und wenn der Mann die Frau nicht wirklich liebt, gerät sie gewaltig ins Hintertreffen.

Auf einmal befindet er sich in einer überlegenen Position einem Menschen gegenüber, der eben noch seinesgleichen war.

Obwohl Didi so kultiviert ist und in kultivierten Kreisen verkehrt, muss dieser Teil ihres Lebens, dieser Kern, bis zu ihrer Hochzeit unerfüllt bleiben. Das erste Mal hatte ich sie damals in London fast mit Gewalt genommen. Jetzt lag sie neben mir im Bett, ihre Abgeklärtheit war dahin, und ein naiver, hilfloser Ausdruck lag auf ihrem Gesicht.

«Ich liebe dich», sagte sie.

Und dieses Allmachtsgefühl macht einen Mann für gewöhnlich grausam. Selbstgefällig, wie gesagt. Und je grausamer er ist, desto hilfloser und geschlagener ist seine Begleiterin.

«Erstens solltest du einem Mann niemals sagen, dass du ihn auf diese Weise liebst», sagte ich. «Das macht ihn grausam. Zweitens, wenn du den Mut gehabt hättest, dich früher einem anderen hinzugeben, dann hättest du dich in den verliebt.»

«Nein», sagte sie.

«Meine Tante Noumi fädelt eine Ehe zwischen dir und meinem Cousin Mounir ein», erklärte ich ihr.

Sie schüttelte den Kopf.

Ich drehte mich auf den Bauch und schob den Kopf unter das Kissen.

«Wenn du Mounir nicht magst, kannst du auch gleich mich heiraten», sagte ich.

Sie streichelte mir die Schultern und den Rücken.

«Mach dich nicht über mich lustig, Ram.»

«Ich meine das sehr ernst.» Ich drehte mich auf die Seite und sah sie an. «Willst du meine Frau werden?»

«Aber …»

«Aber was?»

«Aber … aber …»

«Aber aber aber aber», äffte ich sie nach. «Wenn man jemanden liebt, heiratet man ihn.»

«Aber …»

«Aber», wiederholte ich.

«Aber …»

«Aber», sagte ich und lachte.

«Aber Ram, du hast keine Arbeit und kein Geld.»

«Das stimmt; deswegen wirst du ja auch mit Mounir verheiratet.»

«Und außerdem …»

«Gar nichts außerdem. Mounir hat sich in Amerika ein paar Bücher darüber gekauft, wie man Liebe macht. Ich hab sie gesehen; mit Figuren und Positionen. Ein Kapitel heißt ‹Die perfekten fünf Minuten›. Die Skizzen sind auf den Hintergrund einer Uhr mit Sekundenzeiger gezeichnet worden. In den ersten vier Minuten ‹erregt› er dich, und dann profitiert er eine volle Minute lang von seiner ‹Erregung›. Und wenn du keine Lust hast, legst du an deiner Stelle ein Kissen ins Bett. Das erinnert ihn dann an seine Grundausbildung. Er hat mir die Bücher gezeigt: ‹Da kannst du noch einiges lernen, Junge.›»

«Und Edna?», fragte Didi.

«Mit Edna hab ich Schluss gemacht», sagte ich.

«Außerdem …»

«Was denn, noch ein außerdem?»

«Sei doch mal ernst. Woher hast du diese ganzen Berichte und Bilder aus den Konzentrationslagern?»

«Das ist mein Hobby», sagte ich.

«Von Font?»

«Font? *Font.* Kannst du dir Font mit solchen Sachen vorstellen? Der würde doch auf die Straße laufen und überall Kopien verteilen; und vor der Hinrichtung wäre er längst verrückt geworden. Nein», sagte ich, «lass Font in seinem Snooker-Himmel; da kann ihm nichts passieren.»

«Bist du Mitglied der Kommunistischen Partei?»

«Ich sag dir, die gibt es gar nicht; so wenig wie Liberale, Sozialdemokraten, Pazifisten und Idealisten; die sind alle an den Ufern des Roten Meers. Wir haben hier viele ehemalige SS-Männer aus Deutschland, die wissen, wie man mit solchen Leuten umgeht.»

«Sag die Wahrheit, Ram.»

«Ich sag doch, das ist mein Hobby. Du kennst mich doch und weißt, dass ich mein komfortables Leben niemals aufs Spiel setzen würde.»

«Aber du liebst mich nicht, Ram. Warum wolltest du mich eben heiraten?»

Ich zog sie an mich und küsste sie. «Ich werde dich lieben», sagte ich. «In London gab es Zeiten, da habe ich dich wahnsinnig geliebt. Du bist wunderschön. Ich möchte mit dir in einem schönen Haus mit vielen ledergebundenen Büchern leben. Dich jeden Abend in piekfeine Restaurants ausführen. In unserem Auto mit dir Ausflüge in die Wüste machen. Dich jede Nacht streicheln und mit dir schlafen. Dir die schönsten Kleider, Juwelen und Parfums kaufen, die es auf der Welt gibt …» – ich musste unwillkürlich lachen, ich habe diesen Tic, urplötzlich zu lachen – «mit deinem Geld natürlich. Weil du sehr reich bist.»

«Du lachst mich also doch bloß aus.»

«Nein. Ausgelacht hätte ich dich, wenn ich *nicht* gesagt

hätte, dass du reich bist. Glaubst du, ich hätte dich gefragt, ob du meine Frau werden willst, wenn du arm wärst? Wovon hätten wir dann leben sollen? Gerade weil du reich bist, meine ich es ernst.» Ich drückte sie noch mehr an mich, und als sie wieder etwas sagen wollte, verschloss ich ihr den Mund mit den Lippen. Wir lagen eine Weile schweigend da, bis sich in mir wieder die Leidenschaft regte. «Ich möchte, dass du unser Haus mit deiner Heiterkeit erfüllst», sagte ich. «Mit Heiterkeit und Abgeklärtheit. Dass wir beide durch unser Haus gehen und Lieder summen.»

«Ich habe dich immer geliebt», sagte sie.

«Ich heirate Didi», erklärte ich meiner Mutter, «nicht Mounir.»

«*C'est le comble*», setzte meine Mutter an. «*Ça c'est le comble …*»

«Didi und ich werden heiraten», wiederholte ich.

«Du machst dich über mich lustig. *Ce n'est pas possible.*»

«Ich mache mich nicht lustig», sagte ich. «Außer du möchtest, dass ich sie für Mounir aufgebe.»

«Das glaube ich einfach nicht.»

«Es stimmt. Wir haben uns in London verlobt», log ich.

«Aber was wird deine Tante dazu sagen?»

«Das sage ich dir, wenn ich sie heute Nachmittag getroffen habe.»

«Wo?»

«Didi fährt mit ihnen nach Kirka. Dort treffe ich sie.»

«Aber sie hat doch schon alles vorbereitet.»

«Was?»

«Die neue Villa in Heliopolis für die beiden, und Nackla Pasha war entzückt …»

«Und Didi?», fragte ich.

«Sie hat sich noch nicht festgelegt. Ich schwöre dir, sie hat mit keinem Wort erwähnt, sie wäre mit dir oder einem anderen verlobt; sie hat nur gesagt, sie würde darüber nachdenken ... *et nous avons tous crus ...*»

«Oder möchtest du etwa nicht, dass dein Sohn Didi heiratet?», fragte ich. «Diese charmante Frau ... diese Millionärin? Natürlich würde ich sie niemals gegen deinen Wunsch heiraten.»

Das alles wurde ihr einfach zu viel. Sie zog ihr Taschentuch hervor und rieb sich die Augen.

«Kauf ihr ein teures Geschenk», sagte sie nach einer Weile. «Und sie sollen die Rechnung hierherschicken und nicht zu deiner Tante.»

‹La Edna› wäre sowieso viel zu alt für mich, fügte sie noch hinzu.

Dieses Geschäft. Man betritt es, und der Kroketrasen im Club fällt einem ein. Es ist eins von diesen Geschäften mit meilenlangen Schaufensterauslagen, in denen nur eine Baskenmütze und eine Rose liegen.

Gaston hatte die Hände im Rücken verschränkt und ging im Foyer auf und ab. Er ist der *maître de cérémonie* des Geschäfts. Er gehört zu den Männern, die man Gaston nennt, dabei sind sie ein bisschen Malteser, ein bisschen Italiener, ein bisschen Grieche, wahrscheinlich noch gewürzt mit einer Prise Osteuropa. Er kam mir entgegen.

«Bonjour, bonjour, Monsieur», sagte er. «Die Familie ist oben. Darf ich Ihnen zur Verlobung Ihres Cousins gratulieren?»

«Sie dürfen», sagte ich. Gaston ist, wie gesagt, eine Mischung aus vielen Rassen, aber seine Eltern und er sind gebürtige Ägypter. Trotzdem spricht er kein Wort Arabisch. Das Geschäft wird bald «verstaatlicht». Ich setze *verstaatlicht* in Gänsefüßchen, weil es hier meiner Meinung nach keine wirtschaftliche Relevanz hat, außer, um die Armee zu bereichern. Relevant wird die Frage der Verstaatlichung aber für Gaston, denn er muss dann aufhören, die einzige arabische Wendung zu benutzen, die er kennt, die «geh weg» lautet und die er sein Leben lang fünfundneunzig Prozent der ägyptischen Bevölkerung gegenüber verwenden durfte. Ich erinnere mich noch an die Verstaatlichung des Sueskanals, die viele Aktionäre und britische Gentlemen fuchsteufelswild gemacht hat. Es ist sehr gut, dass der Kanal verstaatlicht worden ist, besonders für Leute, die den französischen Club in Port Fouad kennen und wissen, dass die Franzosen beruflich dem Müßiggang frönen und den Rest der Welt von oben herab behandeln. (Ein britischer Gentleman ist sehr oft eine Witzfigur, aber seine Entourage aus jungen Frauen mit Pferdegesichtern und Einfaltspinseln mit Privatschulnäseln kommt im Vergleich zu einem Haufen französischer Bourgeois aus der Mittelschicht gar nicht so schlecht weg.) Die Sueskanal-Gesellschaft war ein Himmel der übelsten Ränke schmiedenden Taugenichtse aus Frankreich, die sich in ihrem Club einen schönen Lenz machten. Einmal stellten Font und ich ein Auto vor dem Club ab – einen verbeulten alten Wagen, den wir für eine Sues-Expedition gebraucht und von dem aus wir ein paar harmlose Molotowcocktails in die britische Garnison geschleudert hatten. Wir parkten den Wagen vor dem französischen Club und gingen hinein, um einen Whisky zu trinken.

«Psssst … vous là-bas», rief ein Franzose und deutete auf den Ausgang.

«Allez vous faire foutre», sagte Font. Wir gingen in die Bar und bestellten einen Whisky.

«Non», sagte der Barkeeper. Plötzlich tauchten ungefähr fünf Franzosen mit Knüppeln auf – die setzten uns tatsächlich mit langen, dicken Holzknüppeln an die Luft. Aber das war noch nicht alles. Während unserer Schlägerei draußen auf der Terrasse entfernte eine zweite Gruppe von Franzosen unseren kleinen Fiat und warf ihn auf den Strand. Und als die Polizei kam, waren *wir* es, die mitgenommen wurden. Ich sag Ihnen, als der Kanal verstaatlicht worden ist, hätten Font und ich dem Hauptmann vor Bewunderung die Füße küssen können.

Aber zurück zum Geschäft. Gaston geleitete mich zum Fahrstuhl und ersparte es mir, ungefähr acht Stufen hochzusteigen. Dieses Geschäft. Da gehen die Leute hin wie zu einem *Apéritif;* soll heißen, sie gehen nicht hin, um etwas zu *kaufen,* oder weil sie irgendetwas brauchen. Nein: Sie trinken mit dem Geschäftsführer einen Kaffee, man unterhält sich über Paris und Rom und New York, dann erinnert man sich plötzlich an Budapest in der guten alten Zeit und fragt sich, was wohl aus La Comtesse Ozbensky geworden ist … Welch ein entzückendes Geschöpf, diese Nina! Und Luigi, der Geschäftsführer, versichert ihnen *«c'était une reine»*, und alle schütteln betrübt die Köpfe: Wo*hin* ist es mit der Welt bloß gekommen, fragen sie. Schließlich fällt ihnen ein, dass es um sie selbst auch nicht mehr zum Besten steht. Das Reisen ist zunehmend beschwerlich, Luigi, und selbst wenn man reist, muss man immer mehr Vorkehrungen treffen, damit einen dort dann auch ausreichend Geld erwartet … und das nicht nur in Budapest und Prag, *mon cher,* und alle nicken wissend. Dann erzählt Sousou ihnen von Tata, die sei eine wahre «*debrouillarde, ma chère*» und schicke jeden Monat offiziell siebzig Pfund an einen imaginären Studentensohn in der Schweiz … damit verfügt sie über eine ausreichende Reisekasse und kann jedes Jahr ein paar Wochen in Lausanne Urlaub machen. Luigi muss lachen, dann legt er den Zeigefinger an die Lippen und ermahnt sie, man müsse heutzutage aufpassen … man könne nie wissen. Zu guter Letzt fällt ihm plötzlich etwas ein. «Habe ich Ihnen das schon erzählt?», fragt er. «Ich habe vier neue Diors, die ich noch nicht aufgemacht habe.» – «*Pas possible!* Zeigen Sie sie uns, Luigi, *ne sois pas méchant.*» – «Aber gern», erklärt er ihnen, «aber nicht heute.» – «*Ouf, Luis, ne sois pas antipathique* … wir wollen sie doch bloß mal anschauen.» Dann zanken sie sich untereinander um die Kleider, und wenn Luigi ihnen schließlich auch noch die neuen Schuhe zeigt, die er aus Italien bekommen hat, decken sie ihre Familien mit genug italienischen Schuhen für die nächsten fünf Jahre ein. Eine runde Stunde später veranlasst Luigi, soeben verkaufte Ware im Wert von drei- oder viertausend Pfund einzupacken. Dann ruft er Madame Abdulla alias Fifi an. «Hab ich schon die Ware erwähnt, die ich gerade aus Wien erhalten habe?»

Ich verließ den Fahrstuhl und blieb mit der Hand in der Hosentasche stehen. Als ich mich umsah, erblickte ich meine Tante. Sie hielt Hof.

Ihr Hofhalten ist mir vertraut. Dann und wann lädt sie

die ganze Familie für einen Tag in ihre Villa ein. Uns alle, Reiche, Arme und wirklich Arme; Geistliche, Angestellte, arme Mädchen, die für ihre Aussteuer sparen, Cousins zweiten und dritten Grades, Großtanten und -onkel.

«Also, Samia», beginnt sie, «ich möchte, dass du Fathy heiratest. Hörst du, Fathy?»

«Ja, liebe Tante.»

«Am besten nächsten Monat. Ich habe die Faxen dicke. Das Alter spielt keine Rolle. Er hat ein gutes Auskommen, und nur das zählt.» Dieser Fathy ist dann rund fünfundzwanzig Jahre älter als das bedauernswerte Mädchen.

«Ja, liebe Tante.» Dann gibt sie Samia ein Dutzend von Mounirs Hemden und sagt, sie solle sie mit Mounirs Initialen besticken als Entschädigung dafür, dass sie sie gezwungen hat, den abstoßenden Fathy zu heiraten.

«Ja, liebe Tante … danke, liebe Tante, danke.»

«Aziz, du behältst gefälligst deine Arbeit. Wenn ich noch einmal höre, dass du zu spät kommst oder eine Fahne hast, will ich dich in diesem Haus nie wieder sehen. Hast du verstanden?»

«Ja, liebe Tante.»

«Und du hör mal zu, Amin. Die Kirche ist völlig verkommen, du musst den Preis für Oblaten anheben; ich bin doch keine Ein-Frau-Wohltätigkeitsorganisation, die für alles aufkommt. Wenn du den Oblatenpreis nicht anhebst, red ich mal ein Wörtchen mit dem Patriarchen. Das ist mein letztes Wort. Ach, eins noch: Leg ein paar Zehnpiasterscheine auf den Opferteller, bevor du ihn herumreichst.»

«Ja, liebe Tante.»

Wenn diese Angelegenheiten geregelt sind, kommt sie

zu den wichtigeren Personen und wendet sich irgendwann auf Französisch an meine Mutter.

«Du musst dein Auto verkaufen, Vivi.»

«Mal sehen», sagt meine Mutter dann.

Heute füllte sie ein großes Sofa aus. Meine Cousine Mado heiratete, und meine Tante wollte kontrollieren, ob sie die richtigen Dinge gekauft hatte.

«Unsinn», sagte sie mit ihrer Quäkstimme, «das wirfst du doch nach einer Woche weg. Zeigen Sie mir noch mal das Crêpe de Chine, Luigi.» Er eilte davon. «Nein, nein. Ich habe Nein gesagt, und das *bedeutet* nein, Mado.» Meine Cousine Mado ist genauso reich wie meine Tante, gibt aber klein bei.

Meine Tante hat Glupschaugen, große Halbkugeln, die unter ihren Augenbrauen hervorstehen. Ich sah, dass sie mir einen flüchtigen Blick zuwarf und dann wieder den Stoff betrachtete, den Marie ihr hinhielt.

Ich schüttelte mich und setzte mich vielleicht zehn Meter von ihnen weg. Luigi nickte mir zu, und ich erwiderte sein Nicken. Ich hörte, wie er einen jungen Mann anwies, mir einen Kaffee zu bringen. Didi Nackla saß auf einem Sofa gegenüber dem meiner Tante und Mounir neben ihr. Ab und zu warf sie mir einen Blick zu. Mein Kaffee kam und wurde neben mir auf ein antikes Tischchen gestellt. Ich zündete mir eine Zigarette an. Ich musste an Ednas Mann denken und fragte mich gerade, wie er wohl aussah, als sich das Grüppchen um meine Tante herum auflöste. Sie stand auf. Erst eine Hand auf eine unterwürfige Schulter, dann hoch und auf einer Seite ein bisschen einknicken, um dort das Korsett zurechtzuziehen. Dann ein Einknicken auf der anderen Seite, um dort das

Korsett zurechtzuziehen; nach einer kurzen Grimasse war sie gehfertig. Sie kam auf mich zugewatschelt, wühlte in ihrer Handtasche nach einem Taschentuch, putzte sich die Nase und setzte sich ruhig neben mich.

«Gib mir eine von deinen ägyptischen Zigaretten», sagte sie, «die amerikanischen von Mounir sind mir zu stark.»

Ich reichte ihr eine Zigarette und gab ihr Feuer. Mit der Hand verscheuchte sie ein paar Cousins und Cousinen, die um uns herumscharwenzelten, um ein paar Gesprächsfetzen aufzuschnappen.

«Was höre ich da über dich und Didi Nackla?»

«Wir heiraten», sagte ich.

«So, so», sinnierte sie.

«So, so», wiederholte ich.

«Deshalb musst du nicht gleich ungehobelt oder arrogant werden.»

«Entschuldige», sagte ich deprimiert und kläglich.

«Und wie willst du deine Frau ernähren?»

«Sie ist reich genug», sagte ich.

«Aha. Macht ihr Geld sie so attraktiv?»

«Geld ist attraktiv», sagte ich.

«Aha …»

Ich drückte meine Zigarette aus und kreuzte die Arme vor der Brust.

«Und deine Mutter?»

«Was ist mit meiner Mutter?»

«Wovon soll sie leben?»

«Wie meinst du das?», fragte ich.

«Dein Vater hat sein ganzes Vermögen an der Börse verspielt, und ich unterstütze deine Mutter – von dir ganz zu schweigen. Es kommt nicht infrage, dass ich ihr auch nur noch einen roten Heller gebe, wenn Didi nicht Mounir heiratet.»

«Didi hat genug Geld.»

«Und hast du Didi das gesagt?»

«Das mach ich noch», seufzte ich.

«Aha.» Sie griff wieder nach ihrem Taschentuch und putzte sich die Nase.

«Wie weit bist du mit deinem Studium hier und in England gekommen?»

«Warum fragst du?»

«Beantworte meine Frage.»

«Oh, ich kann jederzeit meinen Abschluss machen.»

«So, so.»

«Ja», sagte ich.

«Das ist deine letzte Chance, Ram. Dieses Angebot mache ich dir nur ein einziges Mal. Du gehst zu Cook's oder in ein anderes Reisebüro und buchst eine Flug- oder Schiffsreise nach London oder wohin du willst. Ich zahle noch einmal für vier Studienjahre. Du bekommst eine angemessene monatliche Unterstützung; du kannst dir auch ein kleines Auto kaufen. Da hast du's. Du solltest meine Geduld und meine Großzügigkeit nicht überstrapazieren.»

«Danke», sagte ich. «Aber Didi Nackla heirate ich trotzdem.»

«So, so.»

«So, so», wiederholte ich.

Sie nickte Mounir zu, und er kam mit ausgestreckter Hand auf uns zu.

«Das Trocknen hat ein bisschen gedauert, Cousin»,

sagte er beim Händeschütteln. «Aber Schwamm drüber, nehm ich mal an.»

«Danke», sagte ich. «Es war ein Unfall.»

«Wir hatten ganz schön gebechert, was?»

«Ja», sagte ich.

«Junge, es ist toll, zwei schöne Frauen im Haus zu haben. Ich glaube, da bahnt sich was an, Sportsfreund.»

«Vielleicht», sagte ich.

«C hat nach dir gefragt. Bei der bist du echt gelandet.»

«Wer ist C?», fragte ich.

«Caroline.»

«Ach so.»

«Hey, Ram, hättest du nicht Lust, eine Weile in die Staaten zu gehen?»

«Nein danke, Mounir.»

«Es wäre für alles gesorgt. Ich komme für alles auf.» Er klopfte sich auf die Brieftasche.

«Danke.»

«Pass auf, reden wir mal von Mann zu Mann, ja?»

«Na gut», sagte ich. Wir kehrten seiner Mutter den Rücken und setzten uns auf ein anderes Sofa.

«Ich würd mal sagen, ich bin ganz schön scharf auf Didi, und das hat mich richtig überrumpelt, das mit dir und ihr. Weißt du, ich hab mir da gesagt, der Ram hat echt einiges hinter sich, wo sein Vater doch alles an der Börse verloren hat. Ich hab mich gefragt, was ich an deiner Stelle wohl gemacht hätte. Und weißt du was, Sportsfreund? Ich hätte genau dasselbe gemacht wie du.» Er klopfte mir auf die Schulter. «Man braucht doch einen gewissen Komfort, Sportsfreund; ein Auto, Geld, Reisen. Didi ist eins a, was? Junge, kuck dir bloß diese Kurven an.» Er zwinkerte.

«Mann, ich mach der auf der Stelle einen Heiratsantrag …»

«Mounir», sagte ich. «Didi Nackla sitzt da. Wenn sie dich heiraten will, heiratet sie dich; wenn sie mich heiraten will, heiratet sie mich. Damit hat sich die Sache.»

«Ich habe ganz schön auf sie eingeredet.»

«Und was hat sie gesagt?»

«Na ja …»

«Hast du ihr gesagt, ich würde sie wegen ihres Geldes heiraten?»

«Glaub schon, Cousin.»

«Und was hat sie gesagt?»

«Ich glaube, da hat sie gar nichts gesagt.»

«Na», sagte ich. «Dann red ich wohl mal selbst mit ihr.»

Didi saß allein in einer Ecke.

«Didi, ich hab das alles satt. Du weißt, dass sie mich bestechen wollen. Ich hab dir doch gesagt: Wenn du arm wärst, hätte ich dich nicht gefragt, ob du meine Frau werden möchtest. Da hatte ich übrigens vergessen, dir zu sagen, dass wir auch meine Mutter unterstützen müssen.»

«Ich weiß, Ram. Das haben sie mir gesagt.»

«Und?»

«Das ist mir egal.»

Ich setzte mich neben sie. Es lag am Sex; das arme Mädchen. Ich war der einzige Mann, den sie je gehabt hatte, und ihr Körper sehnte sich nach mir. Das war mir klar. Und mir war auch klar, dass sie mich später wahrscheinlich verachten würde. Das sagte ich ihr auch.

«Nein», sagte sie. «Ich möchte mit dir leben. Ich habe mich mein Leben lang gelangweilt. Ich habe nur Angst wegen Edna und dieser anderen Sache.»

«Edna ist schon verheiratet», sagte ich.

«Ach ja?»

«Ja, Didi, ist sie.»

«Und die andere Sache?»

«Welche andere Sache?»

«Diese politische Angelegenheit. Das ist sehr gefährlich, Ram. Ich mache mir schreckliche Sorgen um dich.»

«Damit höre ich auf», sagte ich.

«Ich liebe dich wahnsinnig», sagte sie.

Ich stand auf und zog sie hoch. «Wenn du mich liebst, dann küss mich hier, wo alle es sehen.» Sie schloss die Augen und schmiegte sich in meine Arme. Wir küssten uns und gingen dann Hand in Hand zur Treppe.

«Kommst du jetzt mit mir nach Hause?»

«Nein, kann ich nicht», sagte ich. «Ich werde … ich muss noch bei dieser politischen Organisation Bescheid sagen, dass ich nicht mehr mitmache. Ich komme morgen und bleibe den ganzen Tag bei dir.» Ich gab ihr noch einen Kuss und begleitete sie zu ihrem Wagen. Sie winkte und warf mir eine Kusshand zu, bevor sie abfuhr.

Ich ging wieder zur Mirandi-Bar, trat in die Telefonkabine und wählte eine Nummer. Eine heisere Stimme meldete sich. «Hallo, hallo?»

«Assam, du alter Gauner», sagte ich. «Ich habe seit Monaten keine anständige Partie Poker mehr gespielt. Was? Ja, ja. Ich hab jede Menge. Gut; bring sie mit, und wir treffen uns im Groppi's.»

Und ich ging ins Groppi's.

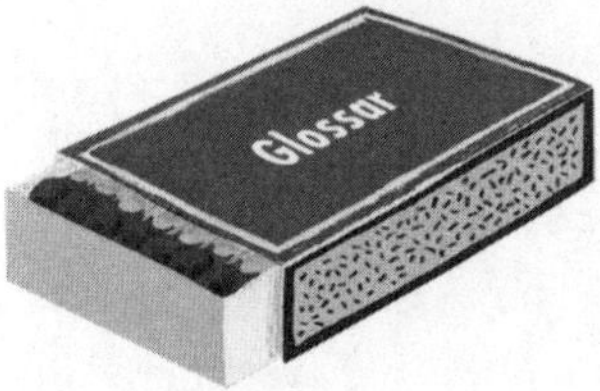
Glossar

Seite 14 ***Piaster*** Bezeichnung einer alten spanischen Kursmünze von hohem Wert. Durch Handelsbeziehungen verbreiteten sich die Münze und ihre Bezeichnung auch im arabischen und nordafrikanischen Mittelmeerraum. Dort ging die Bezeichnung dann auch auf andere silberne Großmünzen über. Das ägyptische Pfund ist in 100 Piaster und 1000 Millièmes unterteilt.

Seite 17, 23 ***Jimmy Porter*** Hauptfigur aus John Osbornes Theaterstück «Blick zurück im Zorn».

Seite 18 ***Farouk (I.)*** von 1936 bis 1952 der zehnte Herrscher Ägyptens und des Sudan.

Seite 19 ***Draught Bass*** naturbelassenes dunkles Fassbier.

Seite 19 ***Teddy Boys*** ursprünglich eine jugendliche Protestbewegung, die sich erstmals Anfang der 1950er Jahre in England entwickelte, sich bewusst nicht als Subkultur unter die Gesellschaft stellte, sondern durch vornehme Kleidung und einen affektiert wirkenden vornehmen Gestus den etablierten Mittelstand als die Proletarier abstempelten. Der Protest war hauptsächlich gesellschaftlich ausgerichtet, ohne politische Intention.

Seite 23 ***James Keir Hardie*** einer der Gründer der Labour Party sowie einer ihrer ersten beiden Abgeordneten im britischen Parlament.

Seite 24 ***Hugh Todd Naylor Gaitskell*** von 1955 bis zu seinem Tod 1963 Führer der Labour Party.

Seite 25 ***Konni Zilliacus*** wichtiges Mitglied des linken Flügels der Labour Party.

Seite 25 ***Archibald Fenner Brockway*** britischer Journalist, Publizist, Politiker der Independent Labour Party (ILP) sowie der Labour Party. Als Pazifist gehörte er 1958 zu den Mitgründern der Friedensbewegung Campaign for Nuclear Disarmament (CND).

Seite 25 ***Glück für Jim*** ist der 1954 erschienene satirische Debütroman des britischen Schriftstellers Kingsley Amis mit seiner Hauptfigur James Dixon, der heute zu den Klassikern der britischen Nachkriegsliteratur zählt.

Seite 26 ***Shirley Catherine Wynne Summerskill*** Politikerin und Mitglied der Labour Party, außerdem Ärztin.

Seite 26 ***Lord Stansgate*** erblicher britischer Adelstitel in der Peerage of the United Kingdom. Der Titel wurde im Januar 1942 für William Wedgwood Benn geschaffen. Dieser war Labour-Politiker und ehemaliger Secretary of State for India und Secretary of State for Air. Da der älteste Sohn des 1. Viscounts im Zweiten Weltkrieg gefallen war, erbte sein zweitgeborener Sohn Tony Benn bei dessen Tod 1960 den Titel.

Seite 26 ***Basil Kingsley Martin*** britischer Journalist beim linken Politmagazin *New Statesman.*

Seite 26 ***Zamalek*** Stadtbezirk von Kairo auf dem nördlichen Teil der Insel Gezira, einer von zwei zur Stadt gehörenden Inseln im Nil. Die andere Insel ist Roda. Häufig werden beide Stadtteile als Zamalek zusammengefasst.

Seite 35 ***Zitadelle von Saladin*** eine der wenigen erhaltenen befestigten Anlagen der Stadt Kairo und zugleich eine ihrer markantesten Sehenswürdigkeiten. Die Zitadellenanlage gehört seit 1979 als Teil des «Historischen Kairo» zum UNESCO-Weltkulturerbe.

Seite 36/45 ***Fabianer*** leitet sich ab von dem römischen General Quintus Fabius Maximus Verrucosus, dem Zögerer, Cunctator, der für seine berechnende, lange Zeiträume einkalkulierende Strategie bekannt war und eher durch Störmanöver und Zermürbung als durch Frontalangriffe gegen die Karthager unter ihrem berühmten General Hannibal zum militärischen Erfolg gekommen ist. Die *Fabian Society* ist eine britische sozialistische intellektuelle Bewegung, die durch ihre wegweisende Arbeit im späten 19. Jahrhundert bis zum Ersten Weltkrieg bekannt wurde.

Seite 38 ***Israel Maurice Edelman*** britischer Politiker, Mitglied der Labour Party und Autor.

Seite 39 ***Victor Gollancz*** britisch-jüdischer Verleger, Sozialdemokrat, Humanist und Kämpfer für die Menschenrechte. Er war ein früher Hitler-Gegner und ein Kritiker der Behandlung der Deutschen nach dem Zweiten Weltkrieg, insbesondere auch ein Kritiker der Vertreibung.

Seite 41 ***Father Huddleston*** britischer anglikanischer Erzbischof und Kämpfer gegen die Apartheid in Südafrika.

Seite 41 ***Gorki-Trilogie*** von dem Filmregisseur und Drehbuchautor Mark Semjonowitsch Donskoi. Dazu gehören:
I. 1938 Maxim Gorkis Weg ins Leben I: Gorkis Kindheit *(Détstwo Górkogo)*
II. 1939 Maxim Gorkis Weg ins Leben II: Unter den Menschen *(W ljúdjach)* – auch Drehbuch
III. 1940 Maxim Gorkis Weg ins Leben III: Meine Universitäten *(Moí uniwersitéty)* – auch Drehbuch

Seite 41 ***Donald Oliver Soper*** Geistlicher der Methodist Church of Great Britain, der besonders durch seine jahrzehntelangen öffentlichen Predigten am Tower Hill sowie im Hyde Park bekannt wurde. In seinen Reden wandte er sich gegen Alkoholismus, Glücksspiel, Armut, Krieg, Apartheid und Kapitalismus. Andererseits setzte sich Soper, der Vater von vier Töchtern war, in seinen Predigten auch für kontrovers diskutierte Themen wie die Rechte von Homosexuellen sowie die Ordination von Frauen ein.

Seite 41 ***Alan Stewart Paton*** war ein südafrikanischer Schriftsteller, Politiker und Apartheid-Gegner.

Seite 41 ***La Question*** Sachbuch von Henri Alleg, veröffentlicht 1958, beschreibt ausführlich die Foltermethoden, die während des Algerienkriegs von den Franzosen angewandt wurden. Das Buch wurde in Frankreich verboten, nachdem es sich innerhalb von zwei Wochen über 60 000 Mal verkauft hatte.

Seite 41 ***Kenneth Peacock Tynan*** bedeutender und einflussreicher englischer Theaterkritiker und Autor.

Seite 42 ***Robert Graves*** britischer Schriftsteller und Dichter. 36/20: *Strich drunter!*: Autobiographie von Robert Graves. Das 1929 zum ersten Mal veröffentlichte Werk, das den Alltag des Grabenkrieges im Ersten Weltkrieg darstellt, gilt als Meilenstein der englischen Anti-Kriegs-Memoiren.

Seite 71 ***Reginald Jeeves*** fiktive Figur des britisch-amerikanischen Schriftstellers P. G. Wodehouse (1881–1975), die in Kurzgeschichten und Romanen eine Rolle spielt, die Wodehouse zwischen 1917 und 1974 verfasste. Der fast immer nur mit dem Nachnamen angesprochene Jeeves ist, anders als häufig vermutet, kein Butler, sondern als personifizierter «gentleman's personal gentleman» der Kammerdiener des wohlhabenden Bertie Wooster.

Seite 80 ***Die Wafd-Partei*** ägyptische nationalistische Partei, die nach der Unabhängigkeit Ägyptens 1922 die stärkste Kraft im Parlament war. 1952 wurde sie verboten, 1983 als Neue Wafd-Partei wieder zugelassen.

Seite 82 ***Mahmoud Fahmi an-Nukrashi Pascha*** ägyptischer Politiker. Er diente unter König Farouk als Premierminister des Landes (1945–1946 und 1946–1948) und war 1938 einer der Gründer der Saadist Institutional Party SIP. Nach der Niederlage der arabischen Staaten im Palästinakrieg wurde er am 28. Dezember 1948 von einem Mitglied der Muslimbruderschaft ermordet. Die Ermordung führte wahrscheinlich im Gegenzug zur Ermordung des islamischen Fundamentalisten Hassan al-Banna. Nukrashis

Regierung wurde durch die Empörung der ägyptischen Öffentlichkeit, inklusive der islamischen Geistlichkeit über die Niederlage destabilisiert. Am 26. Juli 1952 wurde König Farouk durch einen Militärputsch unter Ali Muhammad Nagib abgesetzt. Am 18. Juni 1953 wurde Ägypten eine Republik.

Seite 82 ***Hasan Ahmad 'Abd al-Rahmān al-Bannā*** Gründer und erster geistlicher Führer der Muslimbruderschaft, einer der wichtigsten und einflussreichsten islamistischen Bewegungen des 20. Jahrhunderts. Al-Banna wurde am 12. Februar 1949 in Kairo erschossen. Der Attentäter wurde nicht gefasst.

Seite 88 ***William Wymark Jacobs*** englischer Autor von Kurzgeschichten und Romanen.

Seite 100 ***Mayfair*** Londoner Stadtteil. Ein Großteil des Viertels ist seit mehr als 300 Jahren im Besitz der Familie Grosvenor, die ihre dortigen Immobilien durch das britische Leasehold-System teuer verpachtet hat. Die Grosvenors gelten noch heute als eine der reichsten Familien Englands.

Seite 101 ***Horatio Herbert Kitchener*** britischer Feldmarschall und Politiker. Er reorganisierte als Oberbefehlshaber die British Indian Army und war Hochkommissar für Ägypten. Zu Beginn des Ersten Weltkrieges wurde er Kriegsminister.

Seite 105 ***William George Bunter (bekannt als Billy Bunter)*** eine fiktionale Charles-Hamilton-Figur.

Seite 110 ***Siegfried Loraine Sassoon*** britischer Dichter und Erzähler. Er stammte aus der angesehenen jüdischen Kaufmannsfamilie Sassoon. Seine Kriegserlebnisse im Ersten Weltkrieg verarbeitete Sassoon in seinen frühen Werken.

Seite 150 ***(Ely) Culbertson*** (1891–1955) US-amerikanischer Bridge-Experte.

Seite 150 **Acol** Bietsystem im Bridge.

Seite 152 **Revoke** Nichtbedienen einer Farbe im Bridge.

Seite 154 **Sinuhe der Ägypter** historischer Roman des finnischen Schriftstellers Mika Waltari (1908–79) aus dem Jahr 1945.

Seite 165 **Lokum** muslimische Süßigkeit auf Basis eines Sirups aus gelierter Stärke und Zucker.

Seite 183 **Chloramphenicol** Breitbandantibiotikum, das seit 1947 gegen schwere, sonst nicht zu beherrschende Infektionskrankheiten wie Typhus, Paratyphus, Pest, Fleckfieber, Ruhr, Diphtherie und Malaria zum Einsatz kommt.

Seite 185 **Umm Kulthum** (geb. zwischen 1898 und 1910, vermutlich 1904; gestorben 1975) ägyptische Sängerin und Musikerin, deren Ruhm in der arabischen Welt mit dem von Maria Callas und den Beatles in der westlichen Welt vergleichbar ist. Sie war seit ihrer Kindheit eng befreundet mit dem Offizier und späteren Präsidenten Gamall Abdel Nasser.

Seite 186 **Amália Rodrigues** (1920–99) die wohl bedeutendste Fado-Sängerin; wird auch als «Königin des Fados» bezeichnet.

Seite 207 **Bevan: Aneurin Bevan** (1897–1960) britischer Politiker der walisischen Labour Party.

Seite 207 **Russell: Bertrand Russell** (1872–1970) britischer Philosoph, Mathematiker und Logiker; erhielt 1950 den Literaturnobelpreis; Aktivist für Frieden und Abrüstung mit sozialistischen Neigungen.

Seite 207 **Soper: Donald Oliver Soper, Baron Soper** (1903–98) war ein methodistischer Geistlicher, der ab 1942 über Jahrzehnte hinweg am Speakers' Corner im Hyde Park öffentliche Predigten hielt. Im Zweiten Weltkrieg wurde er stellvertretender Vorsitzender der *Peace Pledge Union* (PPU), einer pazifistischen Organisation, in der sich auch der eben genannte Bertrand Russell engagierte.

Seite 207 ***Collins: Lewis John Collins*** (1905–82) anglikanischer Domherr, der zusammen mit Russell 1958 die *Campaign for Nuclear Disarmament* gründete.

Seite 208 ***Verwoerd: Hendrik Frensch Verwoerd*** (1901–66) 1958 bis zu seinem gewaltsamen Tod Premierminister der Südafrikanischen Union; wird oft als Architekt der Apartheid-Ideologie bezeichnet.

Seite 225 ***(El) Mahrussa*** 1865 vom Stapel gelassene ägyptische Superyacht, die drei ägyptische Könige ins Exil schipperte, nach dem Ende der Monarchie zum Marineausbildungsschiff umfunktioniert wurde, heute aber noch bzw. wieder als Präsidentenyacht Dienst tut.

Seite 227 ***Independent Labour Party** (ILP)* sozialistische Partei in Großbritannien; wurde 1893 gegründet und war damit die zweite sozialistische Partei in Großbritannien nach der *Social Democratic Federation.* Mit der Gründung der *Labour Party* 1906 wurde sie deren Mitglied, stieg aber 1932 wieder aus der Partei aus. 1975 löste sich die ILP auf.

Das Motto auf S. 11 von Fjodor Dostojewski stammt aus:
Aufzeichnungen aus einem Kellerloch,
in der Übersetzung von Swetlana Geier,

Das Motto auf Seite 136 von Anne-Louis Girodet
wurde für diese Ausgabe übersetzt von Frank Heibert.

Titel der englischen Ausgabe:
Beer in the Snooker Club

Zuletzt erschienen bei Serpent's Tail, London, 1987

1. Auflage. 2018
Für die deutsche Ausgabe:

Umschlagabbildung: Nach dem Entwurf des Originalumschlags

Umschlaggestaltung: Geviert, Grafik und Typografie, Michaela Kneißl
Satz: Fotosatz Amann, Memmingen
Druck und Bindung: CPI – Ebner & Spiegel, Ulm
Gedruckt auf säurefreiem, alterungsbeständigem Papier
(hergestellt aus chlorfrei gebleichtem Zellstoff)
Printed in Germany
ISBN 978 3 406 71902 8

www.chbeck.de